U0927378

藏锋

【长篇小说】

吕铮 著

图书在版编目（CIP）数据

藏锋 / 吕铮著. -- 南京：江苏凤凰文艺出版社，2021.8

ISBN 978-7-5594-6091-2

Ⅰ. ①藏… Ⅱ. ①吕… Ⅲ. ①长篇小说－中国－当代 Ⅳ. ①I247.5

中国版本图书馆CIP数据核字（2021）第123942号

藏锋

吕铮　著

责任编辑　刘洲原
策划编辑　孙小波
特约编辑　郑嘉期
责任校对　孔智敏
出版统筹　孙小野
出版发行　江苏凤凰文艺出版社
　　　　　南京市中央路165号，邮编：210009
网　　址　http://www.jswenyi.com
印　　刷　石家庄继文印刷有限公司
开　　本　700毫米×1000毫米　1/16
印　　张　19
字　　数　270千字
版　　次　2021年8月第1版
印　　次　2021年8月第1次印刷
书　　号　ISBN 978-7-5594-6091-2
定　　价　52.00元

目录

字警

谭彦在写稿的时候，总喜欢听着音乐，仿佛只有这样，才能触摸到文字的灵魂。音乐能让他心无旁骛，躲进自己的世界里，在孤灯下起舞。他会随着音乐的节奏，让稿中的文字跃动起来，时而低吟浅唱、婉转悠长，时而拍案而起、振聋发聩。他不会像别人那样苦苦伏案、搜刮空肠，而是让自己融进稿中的情境，用灵魂起笔谋篇布局。写到酣处，他甚至会手舞足蹈，仿佛此刻就站在台上，面对着台下成千上万的听众。他能感受到会场的气氛，听众的情绪，以及空气中弥漫着的紧张、压抑、激荡与奋进，他要用文字的力量将所有人裹挟进来，让他们的情绪纠结在一起，随着演讲的起承转合，最后推向高潮获得满堂彩。他相信感动听众的前提，是要首先感动自己。

他自然不会理会章鹏等人对他的污蔑，说什么他干的都是些吹牛、说瞎话的事儿。他坚信自己做的是一件有意义的工作。他甚至觉得，此刻面对书桌和电脑的自己，就是一个英雄，一个能指挥千军万马的英雄……但是，理想的丰满总是抵不过现实的骨感，现实中的英雄并不是他，而是海城市公安局的副局长郭俭，他才是那个辉煌舞台的主角。而谭彦只不过是郭局背后的一介书生，一个舞文弄墨的“字警”。

在公安局这个武夫扎堆的地方，“字警”的处境是很尴尬的，干不好被说成眼高手低，干好了也难入主流。但谭彦还算是这里面混得好的。他刚过第三个本命年，是海城市公安局宣传处牵头工作的副处长，人长得文弱，与传统的警察形象相距甚远，日常工作除了给郭局写讲话稿外，就是负责局里的宣传工作。这个活儿在别的警种眼里是个美差，每天只是动嘴动笔，不用像派出所那样的“七乘二十四小时”地连轴转，也不用像刑警那样风里来雨里去，更何况还有机会在局领导面前晃悠，大小还算个“红人”，也算比上不足比下有余。但事情往往就是这样，看上去很美却冷暖自知，没干过宣传的人怎能明白如今“字警”的苦和累，文化建设、典型推树、舆情应对、主题活动，哪个干不好都会出大问题，给领导写稿更是点灯熬油燃烧灵魂，说句丢失党性的话，就算成天跟着领导能近水楼台先得月，但伴君如伴虎，犯的错误也常常会被放大。这不，上一任处长老顾就是因为一档子宣传的事没弄好，被下派到分局任职了。老顾在任期间，被取了个外号叫“顾大局”，作风被称为“三事”，就是大事小事事无巨细，但就算这样还是在某次舆情应对上马失前蹄。所以谭彦在接手他的工作之后，更加谨小慎微如履薄冰。他从警这十六年都是在政工部门度过的，到如今也不过是个副处，警校同级的章鹏、林楠、那海涛都成了所在单位的“一把手”，说心里不着急那是假的。但由于他缺少基层工作经验，就一直卡在这个不上不下的位置上，看似距离“顾大局”的处长位置近在咫尺，实际上却远在天涯。在党政机关里，牵头是最害人的，不仅手中的责权不成正比，还随时可能被外来者取而代之。于是谭彦就只能寄希望于在工作上出彩，照着一鸣惊人努力，也好给郭局创造一个特例提拔自己的理由，也因此被底下人取了个外号，叫“谭荣誉”。谭彦听了哭笑不得，但“谭荣誉”就“谭荣誉”吧，也算是他的本分。

他今晚写的，是一个英雄事迹报告会上的讲话稿。爱民路派出所的所长陈飞，因连续加班造成心肌梗死牺牲在了工作岗位上，走的时候还不满四十岁。此事发生时，正值全局上下轰轰烈烈地在搞禁毒攻坚的“亮剑行动”，为了避免引发民警的负面情绪，“救火”的任务就落在了宣传处身上。

谭彦自告奋勇，肩负起宣传和讴歌的工作，誓要将坏事变好，将悲观的情绪转为正能量。但不知怎么了，这次动笔却始终找不到状态，一直干到凌晨，也没触摸到文字的灵魂。谭彦索性关上了电脑，打了个哈欠，伸了个懒腰，把已泡得无味的花茶倒掉，又用两个 U 盘重复备份了讲话稿的电子版，才关灯下楼。

仲夏的夜晚，月朗星稀，宁静安详，谭彦骑上自己的老电动自行车，缓缓地游弋在街头。耳机里放着霍尔斯特的《行星组曲》，这是他一天难得的闲适时刻。谭彦喜欢音乐和文学，早年在警校上学时就组过乐队，写过一些不那么正能量的颓废小调，在工作之余，还好写个长篇小说，有几部发表在了《当代》《十月》《中国作家》这样的文学大刊上。但这些事他却从不敢炫耀，在警察群体里“字警”势微，玩文艺的难免会被打入另册，最后成为仕途竞争中的软肋。

“无怨无悔，无私无畏，用生命铸就忠诚的丰碑……不行，太正统了。”谭彦一边骑车一边默念。

“永不言败，迎接最艰难的挑战，永不言弃，哪怕山高路远……不行，太文艺了。”

“信念，使命，是至高无上的荣誉……去他的，狗屁荣誉！”谭彦编不下去了，大脑的汁水似乎枯竭。他大声咒骂着，引得几个吃夜宵的人冷眼旁观。

谭彦停下车，仰望着云层中的月亮，突然感到一种失落。这种失落瞬间将他拉到谷底，让他开始审视自己的卑微与无力。自己干的是一个警察该干的事吗？自己的工作真的有价值吗？他叹了口气，从包里拿出了一粒口香糖放在嘴里，在成功戒烟之后，他靠这个聊以自慰。吹牛、说瞎话，他想起了章鹏对自己的评价，却顿时释然了。也许自己干的就是这么个事儿，天天嘴上说着荣誉，拿荣誉粉饰太平，但心眼里却压根不信，就拿那个陈飞来说，他真的是个英雄吗，还是个被工作压垮的倒霉蛋？唉，好好活着吧，多挣几年退休工资比什么都强。谭彦想着就拧动车把，让车速加快。但正在这时，身后却呼啦啦地冲来一帮人。

这帮人有十人之众，号称“南城骑行团”，每人一辆撅腚趴赛，总在夜里疯狂骑行，自诩健身达人。谭彦觉得这帮孙子有病，不想与之为伍，却不料又光荣地成了他们的坐标。谭彦骑快的时候，他们就猛追不放，个个撅腚超越，而一旦谭彦放慢车速，他们就趁势休息，聚在一起谈笑风生。谭彦最终忍受不了，松把停车让他们得逞。他叹了口气，感受着拂面的夜风，不料一段话却突然从脑海中蹦了出来。他赶紧拿出手机进行记录。

“所有为理想牺牲的人，都会化作璀璨的繁星，把世界照亮。他们生命的价值，就是真正的荣誉……”

这个靠谱！谭彦笑了。这就是灵感，好的稿件需要灵感，写出来的话要既高深又通俗，既熟悉又陌生。他兴高采烈起来，一扫刚才的自卑沮丧。他感叹着，在这样一个再普通不过的夜晚，一个卑微的“字警”完成了对荣誉的伟大描述，不亚于当年诗仙李白闹酒炸后留下的千古名句。而正当他扬扬自得之际，身后又传来一阵风声，谭彦不禁回头，正见一辆白色宝马风一样地从他身边驶过。他被吓了一跳，刚想咒骂，又看到两辆黑色大众紧随其后。谭彦觉得不对，认出了其中一辆的密档号码，那是禁毒队的车。他犹豫了一下，拧把加速追了上去。

几百米之外，白色宝马停在一个烧烤排档附近，一个留着寸头的壮汉走下车。他没立即锁车，而是左顾右盼了一会儿，才快步走进了排档。不远处的路口，那两辆黑色的密档大众正虎视眈眈地盯着他。

章鹏坐在车里，拿起电台呼叫着：“六子，老三，你们堵住东西两个路口，别开警灯，等我命令再靠近。”

“明白，章队。”六子在电台里回复。

章鹏控制着呼吸，以缓解紧张的情绪。他默默地从枪套里拔出 92 式警用手枪，静静地打开保险，然后打开车门，缓缓地走了下去。

“章队，抓捕之前是不是跟郭局报一下？”小周在身后提醒。

“报个屁！”章鹏皱眉，“报了之后，廖樊那帮孙子肯定会闻着味过来。到时抓了人算谁的？”

“明……明白……”小周点头。

“你回车上等着，老谢、老乔，你们俩跟我过来。记住，不到万不得已不要开枪。”章鹏叮嘱道。

几个人都打开了手枪的保险，在夜色中缓缓向烧烤排档靠近，不一会儿，已经可以看到那个壮汉的身影了。

章鹏打了个手势，示意身后的警员原地待命，自己则脱掉了外衣，想佯装成吃夜宵的人混进大排档。但不料，谭彦却骑车到了身边。

“哎，干吗呢？执行任务？”谭彦小声问。

章鹏一愣，赶紧竖起一根手指让谭彦闭嘴。但就是这么一个细微的动作，还是露了马脚。此时壮汉刚走出排档，警觉地朝这边一扫，立即向宝马车跑去。

章鹏知道不能再等了，举枪大喊：“警察！别动！”

话音未落，东西路口埋伏的警员也冲了出来。

情况瞬息万变，壮汉突然掏枪向章鹏射击。枪声划破了夜色的宁静，排档的食客顿时乱作一团。章鹏怕误伤群众，抬手让众人不要还击。壮汉借此机会蹿上宝马，夺路而逃。

“他大爷的！”章鹏咬牙咒骂，拿起电台发出指令，四周埋伏的警车顿时闪起了警灯，冲着宝马围追堵截，却不料壮汉车技了得，一阵左突右撞后竟冲出重围。

章鹏急了，也不顾谭彦，自己蹿上了小周驾驶的黑色密档车。

“六子，老三，你们绕到前面的路口截住他，我和老乔在后面堵，今天必须给丫办了！”章鹏大喊。

“哎哎哎，等等我。”谭彦也拉开了车门，蹿上了车。

“谭大处长，你就添乱吧！”章鹏撇嘴摇头。

说时迟那时快，三辆警车和两辆密档车已经死死咬住了宝马。章鹏换到了司机位，将油门一踩到底，一马当先地缩小与宝马的距离。小周摇开车窗，拿高音喇叭喊着：

“尾号 6806 的宝马，立即靠边停车，不然我们将采取措施了！”

“这是，抓谁呢？”谭彦被章鹏的几个急加速弄得肠胃不适，用手紧紧抓住后座的扶手。

“灰熊，本名邓晖，襄城毒枭蒋坤的手下。”章鹏回答。

他所说的蒋坤，是公安部 B 级通缉令的重犯，全省最大贩毒团伙的主犯之一。

“啊？这么大的事儿你怎么没跟市局报啊？郭局知道吗？”谭彦问。

“抓到了再报吧。哎，你扶好了啊。”章鹏说着就猛地打把，密档车一下撞到了宝马的车尾。

宝马顿时向右甩去，差点撞上了路基。章鹏顺势提速，冲到了宝马左侧。却不料，宝马发出轰鸣，迅速超过章鹏，灰熊并不恋战，亡命逃窜。章鹏知道，再过几个路口就要进入海襄高速，到时一旦飙起车来，他这辆大众 1.8T，是根本跑不赢宝马 3.0T 的。

“六子，老三，你们丫干吗呢？”章鹏急了。

还没等两人回答，宝马已经冲过了下一个路口。章鹏驾车经过的时候，六子和老三的警车才刚刚包抄过来。

“废物！”章鹏狠狠砸了一下方向盘。

“赶紧报指挥中心吧，在前面设卡拦截。”谭彦提醒。

章鹏叹了口气，依然有些不服输。

“你不报我报了啊。”谭彦抢过了电台，“喂，指挥中心吗？我是市局谭彦，警号 02783。我发现一名网上在逃嫌疑人，正在追逐中，请立即布警阻截，位置在海襄高速入口处。对，马上！”

“煮熟的鸭子要是飞了，可真他妈就丢大人了。”章鹏冒汗。

“我看你是贪功心切，想吃独食。”谭彦摇头。

“废话，抓灰熊就是我们禁毒的事儿，我们不上谁上啊！”章鹏不高兴了。

“但是郭局说过，这个专案是你们和特警联合办案。”谭彦说。

“联合个屁，扯淡！案子是我们的，特警他们丫就是个工具。”章鹏不屑。

在黑夜中，白色宝马像一道闪电，率先划破寂静，而随后驶来的警车，则被越甩越远。大家都知道，虽然谭彦通报了指挥中心，但已过了亡羊补牢的时间，前方警力根本来不及阻拦。眼看只差最后一个路口，宝马就要驶上高速，就在大家懊恼之际，一辆特警防暴车突然横空出现，拦腰撞在了宝马的右侧车身上。

轰的一声巨响，宝马顿时腾空，翻了一个一百八十度的跟头，重重翻在路上。

章鹏和谭彦都惊呆了，几辆警车迅速赶上，围在了周围。

那辆特警防暴车俗称“剑齿虎”，由福特 F550 改装而成，在海城市公安局只配有一辆。里面的驾驶者不是别人，正是特警队长廖樊。

车门打开，几名特警如狼如虎地跳了出来，举枪将宝马围住。廖樊一马当先，拽开了宝马的车门。他身材高大、虎背熊腰，全副武装，穿着印有“特警 SWAT”的作战服，远看像一尊铁塔，一脸的阴沉傲慢。

灰熊被撞倒了，玻璃碎片将他划得血肉模糊。廖樊拽着他的衣领，像拖死狗一样地甩到车外，灰熊刚想反抗，就被他猛抬一肘，击晕在当场。

章鹏见势不妙，赶紧小跑到跟前。“廖队，谢谢……协助了啊。”

廖樊没搭理章鹏，把灰熊往身边的大个儿特警那边一推，人就被拎了过去。

“搜车。”廖樊命令道。几名特警立即开车查验。

“哎，廖队，人已经抓到了，可以移交给我们了吧？”章鹏挡在了廖樊面前。

廖樊侧过脸，用余光瞥着章鹏。“什么意思？”

章鹏知道他是在较劲，语气也强硬起来。“没听懂吗？好，那我再重复一遍，在逃嫌疑人邓晖已经抓到了，按照程序，应该移交给我们禁毒队了。”

“哼……”廖樊不屑地笑了，“章鹏，人是我们抓的，为什么要移交给你们？”

“这是我们的案子，不管是谁抓的，也得交给我们处理。”

“什么你们的案子，灰熊是蒋坤的手下，他们涉嫌的案子多了，‘1·01’专案，‘4·19’专案，杀人、贩毒、故意伤害，这些案子都归你们禁毒管？”廖樊直视章鹏，“按照郭局的命令，我们特警也是专案组的成员，现在人犯是我们抓到了，当然要由我们押回到局里。”

“你……”章鹏一时语塞。

廖樊看身旁的特警停手了，脸色骤变。“什么情况？几天不训练就‘钝’了？给我他妈‘锐’起来，赶紧的，押人！”

他这么一说，大个儿特警立即动手，将灰熊拽向剑齿虎的方向。

“廖樊，你别太过分！”章鹏急了，他一挥手，身后的六子、老三、老乔等禁毒队员呼啦一下围了上来，挡住了大个儿特警的去路。

“什么意思？想跟我抢人吗？”廖樊提高嗓门，身后的两名特警也冲了过来。

双方对峙，禁毒队的十多名队员与廖樊等人剑拔弩张。六子和老三仗着人多，不由分说就要上去抢人，却不料大个儿特警突然出手，一拳一脚就将两人打倒。这下禁毒队的人不干了，都冲了上去。

“靠，仗着人多是吗？”廖樊恼了。他吹了声口哨，一股黑风突然从侧面刮了过来。章鹏猝不及防，下意识地后退，差点跌倒在地。定睛一看，一只虎眼立耳的德国黑背已冲到阵前，正龇牙低吼。

老乔在慌乱之中，下意识地抬手持枪。这下可惹了祸，见他抬枪，对面的特警也唰的一下提起了枪口。老乔手中的92式，对着几名特警手中的95式，眼看事态就要升级，谭彦见状，赶忙跑到了两队人中间。

“放下放下！干吗呢这是？有病吧！”他大喊。

老乔见状，立马就坡下驴，压下枪口。但廖樊却并不发令，冷眼看着谭彦，任由手下用枪指着对方。

“押人！”廖樊命令道。几名特警齐刷刷地向前一步，也许是他们气势太足，禁毒队的人不由自主地向后退去。

“不能走！人必须交给我们！”章鹏也急了，大喊道。禁毒队员们见状，又向前了一步。

“廖樊，命令你的人放下枪！你这是违纪知道吗？”谭彦也急了。

“哼……”廖樊瞥了谭彦一眼，从牙缝里挤出一句话，“写材料的靠边儿，别伤着你。”

这下把谭彦激怒了，他看说不动廖樊，索性几步走到一名矮个儿特警队员面前，用头顶住了对方的枪口。

“有种你就打，开枪，你们无法无天了是吧！”谭彦大喊。

矮个儿特警傻了，一时手足无措。但廖樊依然不为所动，看着谭彦表演。

这时，远处又开过来两辆警车。一个穿白衬衣的警官边走边喊：“干什么呢？造反了是吧！都放下枪！”

谭彦当然认得这个声音，来人正是副局长郭俭。

郭俭五十出头，中等身材，梳个大背头，虽然现在还是副局长，却日常负责市局的全面工作。市局一把手那局已经升任市委的政法委书记，局长这个位置算是兼任。所以郭局现在和谭彦一样，都身处在一个微妙的时期，做起事来自然要更加谨慎。他这么一喊，章鹏那边的人都退了后，但廖樊那边的特警却依然不为所动。

郭局三步两步走到跟前，正看见那个矮个儿特警用枪口指着谭彦。

矮个儿特警看看郭局，又看看廖樊。廖樊使了个眼色，特警才把枪口放下。

“你！叫什么名字？”郭局质问道。

“我……叫王宝。”矮个儿特警回答。

“拿枪指自己人？”

“我……”

“你们几个，都叫什么名字？”郭局气愤地转过头。

“我，吕铮。”拎着灰熊的大个儿特警回答。

“我，刘浪。”站在后面的特警说话疲疲沓沓。

“我，百合。”那个特警是个女性。

“好啊，你们真了不起啊，还记得自己叫什么名字是吧？”郭局点头，“都吃饱了撑的，拿枪对着自己人？怎么着，忘记自己的身份了吗？”

郭局这么一说，廖樊也扛不住了。“郭局，是他们动手抢人！”廖樊解释。

郭局没理廖樊，发着余火。“行啊，你们真行。为了一个嫌疑人，竟然在大庭广众下，相互拿枪指着，要不是我来，是不是还要开火啊？廖樊，你想干什么？弄个惊天大新闻，让我这个副局长下台是吗？”他是真急了。

“章鹏，你说！”郭局抬手指着章鹏。

“郭局，那个嫌疑人是我们案子上的，廖樊拦住了他，却非要带走，我们不让，于是就……”章鹏没把话说完。

“现眼！自己抓人还要别人帮忙……”郭局低吼，“章鹏，带人走！”他命令道。

郭局这么一说，章鹏有了底气，他带着六子和老三走到大个儿特警面前，一把攥住了灰熊的脖领。

这时灰熊已经醒了，迷茫地看着章鹏。章鹏一撅他的胳膊，让六子给他上了背铐。

廖樊看章鹏将人押走，一言不发。

“都上车，回局里再说。廖樊、章鹏、谭彦，一会儿直接到我办公室。你们今天真是让我开了眼了，闹市中抓捕，相互抢人，还警察呢？我看啊，你们就连小学生纪律守则的要求都达不到！”郭局气冲冲地走到车旁，摔门进了车。

章鹏万分沮丧，没想到好好一场抓捕变成了这个结果。他挥了挥手，让队员押走灰熊。但廖樊却仍气势不减。

“稍息，立正！”他喊起了口号，似乎在向郭局示威，“别他妈几天不训练了就掉链子，都给我锐起来，敏着点，跑步，走！”

几个特警队员整齐划一地跑起步来，同时还喊起了口号。

“锻炼身体，准备挨打；锻炼肌肉，准备挨揍！”

谭彦看着他们的背影，心里暗叹，看来这个廖樊是真的不想好好过了。

而那只德国黑背则还立在谭彦身旁，虎视眈眈地盯着他，谭彦见状没敢轻举妄动。

“雷欧！”那个女特警在远处冲黑背招了招手，它这才放弃阵地，蹿了过去。

“谭彦。”郭局摇开车窗，冲他喊。

谭彦见状，也蹿了过去。他不禁回望，正与那个女特警四目相对。女特警冲他微微一笑。他这才发现，自己正和警犬反方向地奔跑，心里顿时别扭起来。

机会

郭局在批评人时，总喜欢使用小学生的行为规范，似乎这就是最低的纪律标准。但谭彦在翻看那个纪律规范时，发现里面竟有洋洋洒洒两千多字的六十条标准，比如“举止文明，不说脏话，不骂人，不打架，不赌博”，比如“爱惜名誉，拾金不昧，抵制不良诱惑，不做有损人格的事”，又比如“诚实守信，言行一致，答应他人的事要做到，做不到时表示歉意，借他人钱要及时归还。不说谎，不骗人”，等等。谭彦觉得，这个行为规范的要求可一点不低，要是都能做到了，别说当个好警察了，就是做个活雷锋都不为过。

但回到市局，郭局并没像众人想象的那样暴风骤雨，而只是在办公室里简单地问了情况，就将众人驱散了。廖樊还是那副我行我素不以为然的德行，而章鹏却大呼了一口气，自认为平安过关，但谭彦却了解郭局，他越是拍桌子瞪眼甚至破口大骂，就越是说明这件事过去了，越是这样波澜不惊，就说明事情没完，在等着秋后算账。临走的时候，谭彦提醒了一下章鹏，近期要格外注意，章鹏也明白了，这不是个好兆头。

汇报完工作之后，天边已经微亮。谭彦自然回不了家了，就返回单位，窝在办公室的沙发上和衣而眠。六点半，手机上的《拉德斯基进行曲》准时响起，谭彦简单洗漱，填好“公车使用单”，驱车赶到了公安英烈纪念园。今天上午八点半，市局中层以上的干部将在市局领导班子的带领下，到这里祭奠忠魂。

谭彦第一个到达现场，围着英烈纪念园散了三圈步，直到七点半，宣传处的另外几位才陆续赶到。第一个到的是老赵，他上穿T恤、下穿警裤，足蹬一双运动鞋，身后背着一个鼓鼓囊囊的大书包，花白的头发也不染，显得乱糟糟的。老赵大名赵国华，今年五十五岁，和谭彦同级，是宣传处的副处长。他在这个职位上一干就是两个半任期，高不成低不就直奔着退休去了，要论文笔，他比谭彦是有过之而无不及的，但要论干工作的热情和主观能动性，却早已是炉膛里的灰烬，一点亮也看不见了。

“哟，谭处长，够早的啊。”老赵对谭彦一般都以职务相称，按照市局《严明党政机关工作人员之间称呼的要求》规定，对同事的标准称谓就是姓名加职务。老赵干的事，基本都是符合标准的。

“嗐，起猛了，先过来看看。”谭彦冲老赵笑，“哎，赵处，你怎么没穿制服啊？”谭彦上下打量着他。

“带着呢。”老赵把身后的背包拿到胸前，“血糖高，每天早上得走路，穿制服不方便。”他解释道。“你怎么着，昨天没回家吧？”他问。

谭彦没马上回答，揣摩着老赵的意思。

“嘿，我可都听说了，昨晚那事儿闹得可够大的，两边都杠起来了。”老赵笑。

谭彦就烦老赵这点，有话不直说，一张嘴就带钩，想探听事儿吧，非让对方主动说出来。

“哦，都是误会，没那么夸张。”谭彦也不直给，含含糊糊地回答。

“误会？别扯了，听说两边都亮家伙了，要不是领导到场，还不定怎么着呢。”老赵说。

“别听瞎传，没那回事。”谭彦封闭了话题。

老赵还想问，这时，老庞开着车到了。老庞开的是一辆奥迪A6L，据说是他找人拍下的二手公车，行驶里程还不到三万公里，但价格却便宜了一半。老庞本以为占了便宜，还请中间人吃了顿南城的窑台涮肉。但不料车还没开多久，就开始找起了后账，大小问题不断，还不到一年的时间，光修车的费用就花去了两三万，弄得他动不动就在办公室怒斥，不爱惜公车实在可耻。老庞大名庞刚，今年四十五岁，也与谭彦同级，是宣传处的副处长。他是那种打扮得整整齐齐的人，头发一丝不乱，衬衣掖在裤子里，说话也有板有眼。虽然来宣传处还不满两年，但举手投足却像个大拿一样，但凡能卡住下级单位的事，他是一个不落，先卡后放，下级单位自然对老庞多了几分忌惮。谭彦觉得老庞做事挺下作，但也不敢得罪他。老庞来宣传处之前，在市局纪委工作，是个有名的“针儿爷”。他有个习惯，每天上班不管有事没事，先到政治部大主任的办公室里坐一会儿，递根烟，再抽半根，大事小情、家长里短寒暄一番，之后才到自己的工作岗位。而大主任也愿意听他的东拉西扯，毕竟是个信息来源，总比那些守口如瓶、一问三不知的干部要好。领导最怕的就是下面铁板一块。所以谭彦在单位工作，也时时自省，生怕哪句话说错了，通过老庞的嘴传到领导耳朵里去。对了，下面的民警也给老庞送了个外号，他自己大概还不得而知，“膀胱”，庞刚的谐音。

老庞整了整笔挺的制服，叉着腰走到谭彦和老赵身旁。

“怎么样了？”他没头没尾地问。

谭彦知道，这是他等着听汇报呢，但却没接他的茬儿，毕竟自己才是牵头的一把手。

“庞处长，各单位都陆续到了，我看咱们分分工吧。你去统计一下已到和未到单位的情况，赵处去和纪念园的同志衔接一下，再理一下流程，我去门口接领导。”谭彦派着活儿。

“好嘞，我先去换个衣服。”老赵挺随和，笑了笑先走了。

老庞哼了一声，算是认可。他又叉着腰站了一会儿，等宣传处的民警小曲、小邢到了，才吩咐他们去统计到达和未到单位的情况。

谭彦看着老庞的背影，知道这位和自己一样，是窥视着宣传处长这个职位的。虽然现在自己牵头，但一旦工作上有什么闪失，随时会被他弯道超车。而老赵呢，看似随和、无欲无求，但也在暗地里找了政治部副主任楚冬阳好几次了，说希望组织上考虑，在退休前解决他的现职正处问题。前狼后虎，这个词用在谭彦身上一点没错。所以他现在干工作，得更加兢兢业业，更加如履薄冰，不但要做到万无一失，更要防止一失万无。他收了思绪，迈步向大门口走去，接领导这种关键任务，自然是要当仁不让的。

八点半，人民警察的入警誓言在英烈纪念园的英烈墙前久久回响，五百余名制服严整的民警在市局领导班子的带领下向公安先烈敬献了花篮。在宣传处的安排下，祭奠活动有条不紊地进行，整体分为敬献花篮、重温誓言、砥砺前行等环节。别看谭彦和老赵、老庞貌合神离，但真正干起工作来，三个人却从不相互拆台。他们都是明白人，一荣俱荣虽然不可能，但要是工作失误了，却肯定一损俱损。政法委书记兼公安局局长那洪林对祭奠活动很满意，对宣传处提出口头表扬，郭局借机对昨晚发生的情况轻描淡写了一番，说双方并没有持枪对峙，不过是夜深天黑，禁毒队员没穿制服，才让特警误会了他们的身份。那书记笑着点了点头，只说了句让郭局严格要求，算是给事情定了性，又同时提到了对英雄陈飞的宣传工作，郭局回复，宣传处已经开始着手实施。

在回程的路上，郭局把谭彦叫到了车上。司机小马开着车，双眼直视前方、绝不斜视，每当郭局在车上说事的时候，小马就操着这副像机器人一样的表情。

车上除了“机器人”小马，只有郭局和谭彦。郭局放松了些，摇开了后座的车窗，点燃了一支中南海。他喷吐了几下，才说话。

谭彦本以为他要问昨晚的情况，不料郭局直奔主题，聊起了工作。

“陈飞的报告会准备得怎么样了？”郭局问。

“演讲稿的初稿已经写好了，下午就能呈您过目。今天周二，我想报告会最迟不能晚于下周末举行。”谭彦一字一句地汇报。

“下周末？太迟了。”郭局摇头，“这样，你回去赶紧组织人手，加快进度。报告会在本周五下午举行。”

“本周五下午？”谭彦略作迟疑。

“对，那书记已经过问了，对陈飞的宣传工作必须立竿见影。下周一福建省厅的过来交流，下周三我得参加园艺博览会的筹备会，下周四、五省厅的周副厅长下来检查工作。你说，哪还有时间开这个会呢？”郭局反问。

“嗯，明白。我回去马上着手组织。”谭彦暗自冒汗。

“还有，明天上午我要开一个全局的纪律作风大会。昨晚那件事太恶劣了，必须做出相应的处罚。你尽快写一个讲话稿，怎么写你记一下思路。”郭局的语气变得严肃。

谭彦立即拿出笔和本，认真地记录，尽量让自己的态度谦恭。

郭局的升迁道路颇有些崎岖，几乎所有警种都干了一遍，派出所所长、刑警队长、预审队长、办公室主任。与那些“含着金汤匙”提拔起来的政工干部不同，他是名副其实的业务干部。丰富的从警经历让他说话滴水不漏，办事也仁至义尽，管理起队伍恩威并施。包括演讲，郭局也是有水平的。他讲起话来条理清晰、目的明确，既有慷慨陈词也有谆谆教导，既有疾风骤雨也有云淡风轻，当然，还有“胡萝卜”和“大棒”。在叙述讲话稿思路的同时，郭局还是过问了昨夜的情况，谭彦本着“三说三不说”的原则，详细进行了汇报。所谓“三说三不说”，是谭彦自己定下的规矩，“三说”是事实情况要说、人员状况要说、事情影响要说，而“三不说”则是道听途说的不说、自己推测的不说、与自己有利害关系的不说。谭彦一边斟酌一边汇报，做到了既陈述事实，又不夹杂个人的情感判断，既还原了事情原貌，又不添油加醋。郭局显然认可了他的汇报。

“廖樊这人啊，业务能力没的说，但管理队伍的能力太差，纪律作风也存在问题。这就是我总说的，业务拔尖但政工落后。”郭局叹气。

谭彦察言观色，透过反光镜看着郭局，不失时机地说：“是的，特警大队已经连续两个季度政工工作排名末尾了，而且上报信息的情况也全局垫底。”他见缝插针地扎了一针。

“唉……特警队的政委老陈也到任期了，在任期间没少跟我说廖樊的问题。家长制、一言堂，特警队的民警相互称兄道弟……哼，这支队伍都快被廖樊弄成水泊梁山了。”郭局苦笑。

“郭局，按照您的要求，我之前到特警队进行过暗访。暗访结果和您说的一样。”

“是吗？怎么个一样？”郭局抬眼。

“第一，管理混乱，民警上班迟到早退的情况突出，请销假制度不落实；第二，存在家长作风，一言堂，民警之间不称呼同事，而称呼外号或以兄弟相称；第三，党建弱化，政工学习材料大多是在检查前后补的，日常党课、党日活动缺失；第四……”谭彦一边汇报，一边看郭局的反应。

郭局没有表态，默默地点了点头，谭彦知道，自己的“针儿”扎得差不多了，再深入就差说廖樊反党反社会了。做事不能适得其反，这也正是谭彦的为官之道。其实廖樊和谭彦并没什么深仇大恨，不过是在工作之中几次慢待了谭彦。廖樊就是这种人，恃才傲物、目中无人，但昨晚他那句“写材料的靠边儿”却着实伤了谭彦，让谭彦至今不能释怀。

“你把这些检查到的问题，也写在明天纪律作风大会的稿子里，我要重点说说。谭彦，你知道宣传工作是为了什么吗？”郭局问。

“是为了……”谭彦故意不回答，等着接受郭局的教诲。

“宣传工作从小了讲，是为了鼓舞士气、凝聚警心、上传下达、应对舆情；从大了讲，是服务大局、统一思想、团结一心、打牢队伍根基。宣传工作很琐碎很艰辛，不像业务工作那样容易做出成绩，但却是非常重要的，它不仅是业务工作的辅助，更是业务工作的引领。在陈飞牺牲之后，全局上下多多少少有一些负面的情绪，有人说怪话，说什么陈飞是被‘亮剑行动’压倒的，市局爱警工作不到位，等等。我可以负责任地讲，陈飞是为了自己神圣的职责和使命牺牲的，他是派出所的一把手，是所在辖区百姓平安的第一责任人。他在工作中，劝连续加班的同事回家休息，而自己却一直坚守岗位，最后付出了年轻的生命。这不就是我们海城市警察抛家舍业、舍生忘死、服务群众的精神吗？这不就是我们的旗帜吗？”

郭局说得有些激动，谭彦笔不敢停，唰唰唰地在本上记录。刚才郭局即兴说的那一段话，正好可以作为讲话稿的高潮。能让领导自己说的话出现在讲话稿上，才是撰稿者手艺高超的表现。不仅如此，郭局在平日里说的一些话，谭彦也会牢记在心，之后在不经意间通过报告或汇报的形式呈现。这种小伎俩深得郭局的认可。

郭局一番激情澎湃过后，将烟捻灭在后排座的烟灰缸里。他摇上了车窗："谭彦，让你牵头宣传处的工作，是市局党委的信任啊，你牵头也一年有余了，好好干，也好名正言顺地解决你个人的问题。"

郭局的话已经再明确不过了，谭彦就差站起来敬礼了。

"放心，郭局，一定不会让您失望。"谭彦回答得干净利落。他知道，目前全世界最大的任务，除了世界和平之外，就莫过于开好这两次会了。这将是自己人生的重大转机。

藏锋

按照惯例，谭彦每天的工作时间是从早晨七点到晚上十点。他不是没有家庭，而是即将失去家庭。他和妻子季敏已经办完离婚手续了，两人在民政局将鲜红的结婚证交给工作人员的时候，谭彦心中竟然没有一丝波澜。谭彦觉得，在这个时刻起码要难过一下的，或者该流下眼泪。但两人却出奇地一致，就这么默默地按照程序办好了手续，又相敬如宾地打同一辆车回了家，甚至在洗菜做饭之后，还一起接了儿子挠挠。虽然季敏是有负于谭彦的，但谭彦明白，就算没那个烂事，两人也早晚会走到这一步。哀莫大于心死，两人对于爱情的憧憬与渴望，早就死了，谁对谁错已经并不重要，分开反而是最大的解脱。

但他今天却没有加班。时至五点半，他换上便服走出了办公室，他要赴一个聚会，那里都是所谓的自己人。

聚会的地方在章鹏家。谭彦到的时候，其他几位已经到了。现在出门吃饭，很难找到既低调又安全的地方，所以每次聚会，大家都尽量安排在各自的家中，还尽量不带外人。

谭彦刚进门，章鹏就起身迎接："哎哟，'谭荣誉'大处长姗姗来迟啊，怎么着，公务繁忙啊。"

谭彦瞥了章鹏一眼，反唇相讥："你丫没事吧，以后叫副处长，级别没你高。"

“得了吧，你丫就别谦虚了，谁不知道你是郭局眼前的红人，枕边风呼呼的。我们都得勤拍着你的马屁啊，要不等哪天你进了局领导班子，再拍可就来不及了。”那海涛跷着二郎腿坐在饭桌旁，捏着电子烟，坏笑着说。

“哎哟，今天那大‘名提’也有时间啊？怎么着，手里的活儿都清了？”谭彦笑。

“哼，能清得了吗？”那海涛叹气，“就章鹏他们弄的那案子，人又交给我了，过了两堂，铁嘴钢牙胶皮腮帮子，凡人不理，凡事不说，硬扛。”

“灰熊？”谭彦皱眉。

“嗯……”那海涛抽了一口烟。

章鹏引着谭彦入席，饭局设在章鹏家的露台，饭菜简单，涮羊肉。经侦的林楠和视频侦查的黎勇在一旁窃窃私语，见谭彦来了，也凑到桌旁。

黎勇最近搞了个漂亮案子，刚被提拔成市局视频侦查大队的大队长。在那个案子中，谭彦没少帮他的忙。黎勇看见谭彦，扑哧一下就乐了，弄得谭彦丈二和尚摸不着头脑。

“怎么了‘瞎猫’，眼睛好了，脑子又出毛病了？”谭彦盯着黎勇问。

“呵呵，呵呵……我是听说怎么着，昨晚有个写材料的让人拿枪顶脑门上了？”黎勇边说边笑。

“哎哟喂，那是英雄啊……怎么茬儿，得自己给自己写个材料啊。”林楠也笑。

“得得得，别提这一出了，都是章鹏这孙子惹的祸。”谭彦一屁股坐在凳子上。

章鹏的媳妇挺勤快，三下五除二就上好了菜，自己带着女儿到外面吃麦当劳去了。妻女一走，几个大老爷们也就不拘着了，大家脱了光膀子，大快朵颐起来。

“哎，谭彦，涮这毛肚啊，我媳妇自己处理的，肯定干净。哎，老那，别光抽烟，吃肉吃肉，特地在牛街买的。”章鹏尽着地主之谊。

黎勇嘴不闲着，照例讲了个笑话。说刚上班的时候，那时自己还在打扒队抓贼，有一次到农村去办案，碰见中午酒局了，就跟村里的警察和村干部一起吃饭。那时自己年轻啊，对老同志都很尊重，农村喝酒都豪放，用喝茶的杯子倒白酒。没想到他刚一落座，对面的村长就冲他挤眼。黎勇知道，这肯定又是规矩啊，得，谁让自己最年轻呢，结果他二话不说，仰头就干，三两白酒下肚面不改色心不跳。但不料一杯酒下肚，刚再斟满，对面的村长又冲他挤眼。黎勇心想，他大爷的，这不欺负人吗？但没辙啊，办案还得求着人家呢。于是再次举杯，连口凉菜都没吃，就干了小半斤白酒。但这下他可受不了了，胃里翻江倒海，冲到外面就吐。农村警察跟了上来，一边拍背一边问他，小伙子干吗这么实在啊，这么大口喝酒。黎勇说，不喝不行啊，那村长老冲我使眼色啊。这下农村警察乐了，说那哥们去年上山，让一块大石头砸脑袋上了，之后就落下了挤眼的毛病。

好的聚会总得有个能活跃气氛的笑话篓子，黎勇扮演的就是这个角色。大家笑得涕泪横流，气氛也热烈起来。除了谭彦没喝白的，另外四个人都以各自理由“报备”，林楠拿来的几瓶没标的白酒，据说和茅台是一个味道。按照局里的规定，喝酒必须“报备”，但谭彦心里装着讲话稿的事儿，回家还得遣词造句，就借故不喝了。

黎勇讲完笑话，又提起了章鹏近期搞的一个案子。他所在的视频侦查大队，是专门协助其他警种办案的，按他自己的话说，就好比是医院里的“辅助科室”，平时接触最多的就是刑侦和禁毒，所以黎勇和章鹏两个人的工作接触也比较密切。

“章鹏你可够坏的啊，来一拨抓一拨，抓一拨又来一拨，你这钓鱼钓得最后人家都爪干毛净了。”黎勇指着章鹏笑。

“什么来一拨抓一拨啊？”谭彦不解。

“哼，你问他。”黎勇指着章鹏笑。

章鹏吃了口涮肉，颇有些得意地说：“从仨月前开始啊，我们通过情报就发现了本市的一个毒贩，专门从襄城那边进货，然后在本市销售。我们就对他进行了贴靠，在他身边布设‘点子’。这孙子是个富二代，看了几集《绝命毒师》就觉得自己能上道了，结果第一批就从襄城那边的毒贩手里进了五十多万的货。我一琢磨，要是这么轻易就给他‘掐了’，太便宜他了。谭彦你知道的，现在省厅不是一直在搞‘亮剑行动’呢吗？全省各市大排名，咱们海城也得‘比学赶帮超’不是？于是我让六子和老三直接‘掐’上线，把背货的给办了，继续留着这个富二代。结果没过俩礼拜，这富二代又和上线联系上了，是襄城的另一个毒贩，这次进的多了不少，两百万的货，结果我让六子和老三又给丫办了，人赃俱获，咱们的排名一下跃居到全省的前三。”

“为什么他的货越进越多啊？”谭彦不解。

“嗐，摊低成本呗，总想着一把能将前面的损失捞回来。”章鹏笑。

“你这么干行吗？这不是放纵犯罪吗？”谭彦皱眉。

“嘿，我告诉你啊谭大处长，这基层办案比不了你在政治部搞宣传，不能都按规矩来。你要是老老实实地直接打上下线，别说深挖了，就是襄城的上游毒贩也落不到咱们手里。”章鹏感叹。

“接着说，后来呢？”林楠听得来了兴趣。

“还能怎么着啊？肯定是给人家彻底弄干净了再杀呗。”那海涛不屑一顾地说。

“哎哟喂，要不还得说是那大‘名提’呢。一点没错，最后那孙子再进货的时候,已经提高到三百多万了。于是我们立即通知襄城市局禁毒的老李，搞了个漂亮的大行动，不仅抓了咱们手里的这个富二代，而且将襄城的几个团伙也一网打尽了。哎，这事儿你知道啊？给郭局的简报不还是你帮着把的关吗？”章鹏问。

“哦，那件事啊。但你可没说前面怎么钓鱼的情况啊。”谭彦反问。

“嗐，那些桌子底下的事儿能说吗？”章鹏笑了，“搞案子啊，就得憋个大的，就跟玩牌一样，你要把什么底牌都明了，最后还怎么出手啊。”

“哎哎哎，为了禁毒章大队的小聪明，干一个。”黎勇举杯。

“嘿，怎么是小聪明啊，我这是大智慧。”章鹏笑。

“得了吧你，人家‘谭荣誉’处长才是大智慧呢，咱们都是小聪明。”那海涛夹枪带棒地挖苦。

众人碰杯满饮。每当大家聊起案子的时候，谭彦就会有种莫名的失落，其实相比黎勇所在的视频侦查大队，他所在的宣传处才真算是公安局的“辅助科室”呢。相比刑侦、经侦、禁毒等一线单位的冲锋陷阵，宣传处的主要任务就是给人作嫁衣。谭彦近些日子总会自问，自己现在干的是警察该干的事吗？自己的工作真的有价值吗？虽然这是个再幼稚不过的问题。

“老谭，说说你吧，牵头一年了，有什么打算？”那海涛问谭彦。

“哼，能有什么打算，我们处里的老赵和老庞看似波澜不惊，实际上都暗中较着劲呢，稍不留神，别说牵头了，处长都是人家的。”谭彦苦笑。

“老赵还好说，老同志了，顶多也就是退休前弄个正处。但你们那个老庞，可不是省油的灯。”那海涛摇头。

“是啊，有名儿的‘针儿爷’，在纪委的时候，就人送外号‘膀胱’。”黎勇笑。

“哎哎哎，说到‘膀胱’，我这还真有。羊宝，怎么着？切点去？”章鹏说。

“得得得，不吃那玩意，太臊气。”那海涛摆手。

“要说你现在的处境，也很微妙。牵头工作最不好干，名不正言不顺，说起话来不硬气，但该承担的责任却一个没少。”林楠说。他在经侦大队也牵头过很长一段时间，而他当时的搭档正是现在的政治部副主任楚冬阳。“你就说我那时和楚主任‘搭帮’，人家虽然是政委，但无论是级别还是年龄都比我高，我虽然牵头，但凡事还得看他的脸色，最后弄那个经济案子，要不是那三个老同志撑着我，最后还不定怎么着呢。”

“我劝你啊，树挪死人挪活，得往前走一步。”那海涛说。

“挪？挪哪去？”谭彦皱眉。

“要求‘前置’啊，离开政治部。市局这么多单位呢，哪不行啊？要不来我们预审，现在政委还空着呢。”那海涛说。

“你就算了吧，现在机构改革，以后有没有预审还两说着呢。”谭彦笑。

“你瞧你吧，前怕狼后怕虎，要不让人家用枪顶脑门上呢。”那海涛笑。

“别说这个，听着烦。”谭彦被戳中了心窝子。

“哎哟，谭处长生气了啊，来来来，喝一杯，喝一杯。”黎勇赶忙打圆场。

几个人又喝了一口。那海涛又说：“要说那个特警的廖樊，纯粹是让自己给架住了。据说‘上边儿’本来是想立他的，但就是因为他干的那几个事太过分了，所以才没提起来。”

“原来准备提哪去啊？”章鹏问。

“省厅啊，特警总队，据说想让他干副总队长。”那海涛说。

“你这信息都准不准啊？”谭彦皱眉。

“我是干吗的？预审，琢磨人的。我这儿的消息没错。”那海涛说。

“后来因为什么没提上去呢？”谭彦问。

“还不是年初他搞的那几个事儿。出任务解救人质，郭局不让开枪，他却下令开枪了，嫌疑人当场中弹身亡。还有配合刑侦抓捕那个南城老流氓，据说他指使手下的特警直接在抓捕中给那流氓废了，到现在那流氓还天天在‘号儿’里告状呢。”

“靠，这么说，这哥们够狠的。”谭彦惊叹。

“虽然找不到证据，但郭局可不是傻子啊。省厅的考察组听说这事儿，一回去汇报，他的副总队长也黄了。再加上他的脾气倔，恃才傲物，所以至今还原地踏步。哎，对了，听说上个月你还去特警暗访了，情况怎么样啊？”那海涛问。

“哎哟，你怎么什么都知道啊？”谭彦笑，“情况不容乐观，队伍管理家长制，党建弱化，重业务工作轻思想政治工作尤为严重。”

“嗯，可想而知。”那海涛点头。

“行了行了，不说他了，一提他我就一肚子气。”章鹏自顾自地喝了一口。

“得了，你们好好喝吧，我得先走了，回去还有个报告得写呢。”谭彦说着起身。

“嘿，现在才几点啊，着什么急啊？”章鹏说。

“陈飞的事迹报告会提前了，郭局让周五就开，材料还没弄齐呢。我还得回去……哼，奋笔疾书。”谭彦做了个打字的动作。

“唉，要说那哥们是挺惨的，还不到四十就倒下了，听说儿子刚四五岁，这上有老下有小的以后怎么办。”章鹏摇头。

“所以得好好宣传宣传他呢，我跟郭局汇报了，准备在开完报告会之后再组织个全局捐款，也给他家里解决点实际困难。”

“他比咱们大一届，算是师兄。去年夏天我办案的时候接触过，人挺仗义的，干活儿不要命，但也正因如此，才早早倒下了。派出所的活儿啊，真没法干……哎，哥几个，无论压力多大工作多忙，大家也得记着，咱们除了给老百姓活着，也得给媳妇孩子老爸老妈活着。来，干一个。”那海涛举杯。

“得，听你的，那大‘名提’说的话准没错。”谭彦将杯中的饮料喝尽。

那海涛有点喝多了，在谭彦临走的时候非要给他写幅字。据说他近期在工作之余为了修身养性，好上了书法。但由于章鹏太没文化，在家中找不到笔墨纸砚，最后只能作罢。但那海涛却应了谭彦，回去肯定创作一幅送他办公室去。问及写些什么，那海涛说了个长句，是他很喜欢的两句话：“藏锋藏智藏势，斗智斗勇斗心。”谭彦觉得太长，就选了“藏锋”二字。那海涛夸谭彦有眼光，说无论工作还是生活，“藏锋”是最重要的。

谭彦告别了众人，骑电动自行车回到了家，却不料见到了季敏。她本来是要陪挠挠去幼儿园夏令营的，但单位却临时有事走不开，于是就让孩子姥姥带挠挠去了。两人已经办好了离婚，挠挠归季敏抚养，但其他的事情下一步该怎么办，比如财产的分割，房产归谁，一切还没商量妥。对于离婚这事，两人都没有经验，本想约个时间好好谈谈，但无奈最近事都太多。谭彦忙着报告会，连回家都成了奢望；季敏在一个小区的物业公司做经理，近期正是收缴物业费的攻坚阶段，小区业主抱团成立了业委会，闹着换物业，收费工作难上加难。于是两人忙着，也间接逃避着面对面的尴尬，这事一拖就过了一个多星期。不料今天猝不及防地遇见了。季敏以为谭彦加班，就没去娘家住，准备回来收拾东西。谭彦以为她和挠挠去参加夏令营了，就准备回家写稿。此时两人隔着餐桌，相对而坐，竟无话可说。

结婚十二年了，竟到了无话可说的地步，连离婚都没有大吵大闹，谭彦觉得真是可悲。

"我看你一直挺忙的。"谭彦没话找话。

"嗯……"季敏轻轻点头，表情竟是微笑，"业主都不配合，收费率连百分之五十都达不到，老板还逼着我们收，达不了标这个月的绩效又要泡汤……你呢，我看这两天也都没回来。"季敏抬头看他。

"嗐，市局要连续开两个重要的会，加班写稿，还是老一套。"谭彦说得没有滋味。

"我现在有时觉得啊，自己都快不会哭了。每天上班都要对着业主笑，无论他们对你是什么态度，都得强装笑容。时间久了啊，干什么都笑，哼，真是可悲啊……有时我就想啊，这辈子还能不能换个地方，找个天天能哭的单位，一上班就哭，发泄够了就睡觉，那样大概比现在舒服。"季敏自言自语。

"实在不行就换个工作吧。"谭彦看着季敏。

"谈何容易啊，你也不是没给我介绍过。就说上次那个保险公司，一进去就让我推销保险，还让你帮着跟林楠拉关系。我知道，你们警察许多事不能碰，也不想给你添麻烦，所以才辞职的。"

谭彦不想再继续这个话题。"挠挠，在幼儿园乖吗？"

"还算乖吧，但最近有个大孩子总欺负他，老师也管不了。我去见过那个孩子的家长了，还算通情达理，说回去管教孩子。还有啊，挠挠也不知跟谁学的，最近老说'一边儿去'，我正在让他改这个毛病。"

谭彦和季敏的儿子大名叫谭晓荣，是在两人结婚后第七年出生的，所以谭彦给他起名叫挠挠，意思是帮助他们度过七年之痒。但没想到孩子出生后，就发生了一系列的事情，先是几次生病引起了家庭矛盾，后又因双方各忙工作聚少离多造成了感情降温，导致这段感情几乎走到了无疾而终的地步。但最后的导火索还是落了俗套，在一次准备给季敏制造惊喜的过程中，谭彦意外发现了她和同事老孟的关系。那天是谭彦和季敏相亲的纪念日，谭彦准备好一束玫瑰，他躲在物业公司的门口，期待着季敏见到他的惊喜。但没想到，他却见到了不该见到的一幕。那天下雨，微冷，老孟为季敏撑伞，两人就那么目不斜视地从距离谭彦不过几米的地方走过。他们漫步在雨中，相依相偎，你侬我侬。谭彦的心死了，怎么也没想到这种事竟发生在自己身上。他没有跟踪，也没有调查，他觉得那一刻事实就已经清楚了。比起现场捉奸的床单和避孕套,妻子看对方的眼神更能说明一切。那天晚上，谭彦扔掉了玫瑰，与季敏冷静地摊了牌。季敏并没有流泪，脸上浮现出不同层次的笑，尴尬的、苦涩的、自嘲的，比哭要难看很多。谭彦不想争出对错，他理性地告诉自己，要不是因为孩子，两人可能会在更早时间就结束了，这场爱情就是一个误会。而对他来说，与其自己提出分手，倒不如是这个结果，以德报怨，让别人亏欠自己，倒是他经常在职场上使用的手段。于是谭彦成全了两人。

谭彦觉得自己的心是空洞的、麻木的，整日谨小慎微地工作，让自己整天都紧绷着神经。除了见到儿子还能有一丝灵动之外，其他的生活似乎已灰黑一片，什么都引不起他的兴趣。他不知不觉地走了神，灵魂飘到了书桌旁和电脑前，嘴里不自觉地默念着什么。

“你……念什么呢？”季敏皱眉。

“哦，没念什么。”谭彦遮掩。

“呵,又是讲话稿吧……”季敏黯然,“哎……挠挠,你什么时候来看都行,我没事。”她看着谭彦说。

“那个，房子给你吧，等忙完这段，咱们去过户。”谭彦说。

“不用，存款你都给我了，我带着挠挠回我妈家住就行。”季敏尴尬地笑了一下。

“我跟你分开了，要房子有什么用。我们单位有公租房的指标，一个月两千多块，住房公积金正好供上。”谭彦说。

“不用，我能自己解决。”季敏又笑。

“这里离挠挠幼儿园近，以后你要想让你爸妈搭把手，还能让他们过来住。”

“我说过了，我带挠挠去妈那住。”

“听我的，你连房子都没了，以后还怎么过啊。”谭彦突然提高了嗓音。

季敏一愣，不再笑了。

“对不起，我不该对你这种态度。”谭彦叹了口气。

季敏的表情有些难过，眼泪似乎在眼眶里打转，却并未掉落。谭彦用余光看着她，觉得她也老了。女人一过三十就开始加速衰老，季敏比谭彦小两岁，但也已经三十四岁了。记得刚认识的时候，她还是个小姑娘，一笑起来特别好看，特别好看。但时光荏苒，一晃就过了这么多年，她的笑竟然成了职业，失去了本身的意义。人是会变的，所以说物是人非。

谭彦缓和了语气："再听我一次，房子给你，咱们虽然分开了，但以后有什么需要都要来找我。"

谭彦不想把谈话弄得这么温情，但文人的毛病一犯，又开始自作多情起来。他该知道，季敏与他离婚之后，会马上投到老孟的怀抱，两人甚至可能拿这里做婚房。但谭彦觉得，这一切都与自己无关了。自己此时能做到的，就是仁至义尽，彼此的故事虽然结束了，但曾经爱情的结晶，儿子挠挠，还会将他们的过去定格并维系下去。

季敏沉默了好久，终于点了头。"好吧，那就挂挠挠的名吧，给他留着。"她算是同意了。

谈判之后，两人开始各自忙碌。季敏不停打着电话，好像是在跟老板汇报着业委会的最新动向。谭彦打开电脑，开始整理市局纪律作风大会的讲话稿，同时把郭局下午车上的即兴发挥，有层次地融入陈飞的事迹稿件之中。他觉得这场报告会的重要性不仅是凝聚警心、鼓舞士气这些表面上的文章，更重要的是要给前来参会的省市领导一个合理的解释，那就是陈飞的牺牲不是被动的，绝不是传闻中的因为工作压力过大，被“亮剑行动”压倒，而是因为主动担责、率先垂范，作为一名派出所所长、一名保辖区平安的第一责任人，无私无畏地奉献出了年轻的生命。别看主动与被动一字之差，但结果却截然不同。他当然理解郭局下午那段话暗含的意思，所以会在讲话稿中着重强调。同时一个大胆的构思也在他脑海中产生，那就是能否让陈飞的家人亲自上台去讲述英雄。想到这里，谭彦感到有些激动，他立即拨打电话，让宣传处的小曲通知老赵、老庞明早开会，他要让这个报告会不仅庄严隆重，更要催人泪下感人至深。他知道，这是自己职场生涯的一个重大机会，章鹏不是说了吗？要憋就憋个大的。

谭彦一直忙到深夜，才到卫生间洗漱。这套十几年来一直被称为“家”的房子，其实只是个不到七十平方米的一居室。挠挠的儿童床被放在客厅的东侧，紧邻着沙发和餐桌。家里的电视很久都没有打开了，每次开机都要向歌华有线重新申请信号，所以挠挠爱看的《小猪佩奇》也大都是在季敏的 iPad 上播放。谭彦本想睡沙发，但穿上睡衣之后才想起沙发坏了，上周已被收废品的拉走。而这几天自己都没回家，所以忽略了这个问题。谭彦踌躇着，最后还是硬着头皮走进了卧室。季敏已经睡了，但床头灯还亮着。

谭彦钻进被窝，关上灯，躺在季敏身旁。他凝视着天花板，不知怎么的，突然想起了自己十多年前写的一首歌，名字叫“走过校园”，记得那次是他和季敏一起，到一所大学里散心，看到三三两两恋爱的学生，有感而发创作的。

歌词是这样的：

空荡的操场，安静的图书馆，
夕阳中羞涩的少年，
每一天过得那么缓慢，
你的微笑定格在照片；
满载的单车，弄脏的白球鞋，
课堂上出丑的片段，

那一年天真的我们，
以为诺言可以成永远。
转眼过了秋天，冬天下起了雪，
再也找不回淡淡的伤感，
回到操场，篮球架下面，
快乐的人们是陌生的脸；
转眼过了秋天，冬天下起了雪，
载你的单车丢失的地点，
走过校园，无人的台阶，
还好有故事让人去怀念。

谭彦回忆着往事，睡意全无。这时，季敏缓缓地从一旁搂住了他。谭彦没有说话，任季敏搂住自己。

“你恨我吗？”季敏问。

“比起恨你，我更恨自己。”谭彦回答。

季敏没说话，钻到谭彦的被子里。“从那次以后，你就没再碰过我了。我知道，你觉得我脏。”

谭彦没有说话，也控制住不去叹气。他觉得那样会显得懦弱。

“我是个正常的女人，我需要爱，需要陪伴，需要正常的性生活。你懂吗？懂吗？”季敏带了哭腔。

“对不起。”谭彦说。

季敏搂住谭彦，开始了陌生而熟悉的动作。谭彦没有拒绝，也不算配合，就那么半推半就地开始了动作。两人报复式地做爱，仿佛明天就是世界末日一样，谭彦竟找到一种许久未有的兴奋。季敏坐到了谭彦身上，用力地搂住谭彦的身体，让他感到窒息。

“我们，这是最后一次吗？”季敏突然问。

“什么？最后一次？”谭彦没懂。

“是最后一次了。从明天开始，就各走各路了。”季敏的眼泪滴在了谭彦的胸口上。

谭彦听懂了，但身体却并未变冷，反而更加亢奋起来。他知道，这叫作离别伤感，别说是人，就算是用旧的物件在割舍之前也会不舍。这就是人性，失去才会珍惜。谭彦配合着季敏，从被动到主动，两人仿佛是在用这种方式向过去告别，在为重新开启一个新的世界做准备。

“嘭，嘭嘭……”外面不知为何会绽放烟花。谭彦觉得这是幻觉，在思想深处正犹豫着是否起身窥探，就沉沉地睡去了。在梦里，他并未去回顾与季敏曾经的美好时光，而是一个人孤单地坐在大海边，面对着广袤无际的海面，对着笔记本电脑打字。谭彦惊醒了，睁眼的时候还不到早晨六点，但房间里已找不到季敏的身影。

大案

谭彦喜欢开会，也讨厌开会，这是个很矛盾的问题。他喜欢看郭局在台上表演，喜欢看他将自己撰写的文字通过手势、眼神、表情、音调等技巧，声情并茂地输送给听众，调动起他们的情绪。好的讲话稿是有灵魂的，读起来要有灵性，要像跃动在山间的溪水般轻盈，要像头顶响雷般振聋发聩。但仅有好讲稿是远远不够的，更需要有演讲的天才。而郭局就是这样的天才，他总能将谭彦的讲稿再提升一个层次。比如郭局在审稿的时候总会提醒谭彦，好的稿子不能光是书面用语，那样不易被听众接受，要大胆使用口语和俗语。比如“不忘初心、牢记使命”，讲稿中出现一两次可以，出现太多就书面化了，所以要换个意思表达，比如“永远不要忘了我们是谁，永远不要忘了我们从警的初心”，这样既能让人感同身受，也通俗易懂。同时还要注意情绪的把控，除了先抑后扬这种传统的方法之外，还要将整体讲稿的段落安排得充满意外，不按常规的逻辑和套路出牌，才能调动听众的情绪，不至于令他们困倦。所以在讲话中，台下的中层干部们大都是不敢睡觉的，因为郭局常会猝不及防地插入一个话题，或者点一个人起来问说得对不对。这样一来，会场的纪律便更加井然有序。郭局在台上演讲，干部们在台下倾听，就宛如一场完美的表演。但要说到谭彦讨厌开会的原因，也是可以理解的。

每次开会，谭彦都对讲稿的每一个词语如数家珍，甚至能预知郭局的下一个动作和表情，连那些郭局随机发挥的话题，实际上也都是他在讲稿中提前标注的。但他却依然要和其他干部一样，在台下认真聆听并领会自己撰写的讲话精神。这样的会一开就是一两个小时，谭彦就像在看一场已经重播无数次的电影，心情可想而知。还有，谭彦知道，身旁那些正襟危坐煞有介事倾听的听众们，其实大都不那么专心。就算会场的气氛再热烈，听众们的情绪再到位，但他们的灵魂却都不在场。这是一帮久经考验的老炮儿，他们严肃地昂着头在台下发着微信，郑重地在笔记本上画着花鸟鱼虫甚至乌龟王八。就算讲稿写得再好，郭局的表演再到位，整场讲话也很少有人记录。大家不过是装个样子而已。会议结束后，按照惯例市局会下发郭局的讲话，各单位的负责人会将材料交给手下的内勤，将会议精神按部就班地上传下达，然后统一思想，再准备赶赴下一个会议。这就是理想与现实的差距。

但谭彦却不会因此去怀疑自己工作的意义，他甚至觉得，此刻自己存在的价值就不过如此了。今天这个纪律作风大会的讲稿，他是听着霍尔斯特《行星组曲》写完的。因为郭局的要求是站位要高，从全局的角度出发，所以讲稿一开头，谭彦就引用一组数据来描述当前整顿纪律作风的紧迫性，特别指出了在近期暗访中查到的突出情况，如个别单位存在的“管理混乱，民警上班迟到早退的情况突出；家长作风，一言堂，民警之间不称呼同事”等问题。郭局在讲话时一改往日开头的和颜悦色，而是拍案而起，一下将全场的气氛直接推到如临大敌的地步，更将纪律整顿工作凸显得迫在眉睫，就宛如《行星组曲》第一乐章《火星》一般，节奏催人奋进，甚至让人坐立不安。而紧接着，郭局话锋一转，娓娓道来，谆谆教诲，恨铁不成钢，历数了海城人民对警方的期待，海城警方的光荣传统，又宛如第二乐章《金星》一样，电闪雷鸣之后，清风徐来，随风潜入夜，润物细无声，同时开始铺陈情绪段落，为之后的爆发积聚能量。而后，郭局习惯性地幽默了一下，讲了一个不大不小的笑话，就宛如第三乐章《水星》一样，轻松诙谐。这个笑话是谭彦提前备好的，既有趣又不失庄重，引人发笑又令人深思，这自然源于谭彦自身的文学素养。在《金星》《水星》两个乐章过后，重头戏便开始了。郭局将讲话的重点放在了《土星》乐章的宏大叙事上，这自然也是讲话稿的主体。谭彦知道，在这段叙述中，要层次分明、有的放矢，要重点突出、深入浅出，郭局要突出的重点问题和工作思路缺一不可。所以他在这里放入三个主题，第一是“C 大调”：提出问题、引入思考，比如工作为什么会不深不细，出现的问题为什么会屡禁不止……第二是延伸发问，第三则话锋一转，提出整改要求。郭局强调了两点：一是要求市局纪委拉出纪律作风整改工作的时间表，由纪委和政治部作为责任单位向市局各单位派出督导检查组，各单位的政委是第一责任人，如果在整改过程中再出现问题，一律追责，严重的立即停职处理；二是对市局近期的几项重点工作提出了表扬，比如治安大队净化社会面搞的“清风行动”、禁毒大队连续破获几起大案的“亮剑行动”，又比如视频侦查大队弄的那个蓝晶石的案子，这就是先抑后扬，以扬拉动情绪，再以扬为后面的讲话做情绪铺垫。讲到这时，台下的各级干部已经从讲话之初的轻松、紧张、激动转为郑重的凝视，不仅奋笔疾书地记录，更表现出感同身受。谭彦之所以喜欢《行星组曲》，除了它的大气磅礴、婉转悠长之外，还因为它有一个隐喻，那就是当肉体衰落的时候，理想总会实现。谭彦坚信这点。但不幸的是，郭局在最后结束讲话的时候，还是恨铁不成钢地拿出《小学生行为守则》来要求全体民警。他还是那句话：“还警察呢？你们就连小学生纪律守则的要求都达不到！”这不仅使整个讲话虎头蛇尾，还严重地掉了讲稿的水准。这是谭彦认为最失败的处理方法。当然，这只是他的一厢情愿罢了，因为这个结尾既不会出现在上传下达的文件中，也不会印在与会人员的脑海里，就连这长达一个多小时的讲话，也会随着今天的太阳一样朝升夕落。现实就是这么残酷，有时肉体即使衰退了，理想也很难实现。

整场会议，主要工作其实也就两点：一是海城市公安局纪律作风整顿工作开始，各单位如临大敌，先自我整改，再接受检查，排名末位的领导直接免职；二是禁毒大队牵头的“亮剑行动”继续推进，在连续打掉几个重点团伙之外，要继续突审嫌疑人，以深挖重案在逃的贩毒团伙。就为这两件事说了一个多小时，也许在旁观者看来，不仅难为谭彦和郭局了，更辛苦各位听众了。

会议结束，郭局离席，谭彦让宣传处的民警们将材料下发。他看着会场上散去的人群，心中刚刚觉得轻松一些，而另一块石头又压了过来。他招呼老赵和老庞过来，告诉他们下午一点半准时开会，周五的报告会已经迫在眉睫，参会领导名单需要最后敲定，流程需要再次理顺，同时他新想出的计划也需要大家认可。唉，从良心上讲，宣传工作一点不比一线抓捕轻松，而且很可能还要加一个“更”字。他一边想着一边往会场外走，突然一个身影挡在了他面前。谭彦抬头一看，是廖樊和几个特警。

廖樊一脸的阴沉傲慢，嚼着口香糖，俯视着谭彦。

“廖……廖队，有事吗？”谭彦猝不及防，有些晃范儿。

廖樊没说话，看着谭彦的眼睛。

“怎么了？被领导批评了，不服气？”谭彦恢复了战斗力，转守为攻。

“哼……”廖樊流里流气地点着头，笑了。他身后的几个人，正是那晚跟着的特警。

“刘浪，王宝，小吕，立正。”他目不斜视地说。身后的特警们啪的一声，整齐地磕响了后脚跟。

“向右转！齐步走！”廖樊同时转身，带着特警们嗖嗖嗖地向门外走去。

“傻 ×……”谭彦看着廖樊的背影咒骂。

谭彦还没回到办公室，就被郭局叫走了。

他坐着郭局的车，一起来到了特警大队。特警队在海城城东，驱车得半个小时。谭彦在路上没敢问，不知道郭局是什么意思。但到了地方才知道，原来是去看灰熊的审查情况。为了案件的绝对保密，灰熊并没被关在看守所里，而被羁押在了特警大队的重案关押点。

廖樊和章鹏在门口迎着郭局的车，两人引导着郭局和谭彦走进关押点。关押点在特警大队大院的 B 栋地下室，一进门就能看到墙上悬挂的特警标志和宣传标语：“忠诚，尽职，勇敢，奉献”“单兵是尖刀，整合是拳头”。

“怎么样，撂了吗？”郭局边走边问。

“还没，那海涛亲自上手了，之前的预审没拿下来。”章鹏汇报着。

“看押力量怎么样，专人专管吗？”郭局转头问廖樊。

“是的，每个班三个人，六小时一倒，都是政治可靠、业务过硬的同志。”廖樊汇报。

“哼，同志……我怎么听说在你们特警，都相互称兄弟啊？”郭局笑着问。

“郭局，那都是私下随口叫的，不是常态。”廖樊答。

“老陈呢？两次来都没见着了。”郭局问。

“他到医院开药了，近期血压比较高。”廖樊答。

“唉……”郭局叹了口气，“他任期也差不多了吧，我看也别耗着了，到点就下吧。”郭局算是间接下了命令。

几个人乘专用电梯下到地下，环境安静下来，黑洞洞的楼道里只有脚步的回响。廖樊和章鹏始终没有交流，甚至连眼神也故意错开。众人来到监控室，墙上的监视器中正显示着审讯室的画面。那海涛和书记员坐在灰熊面前，正在迂回地试探。谭彦拿着郭局的保温杯，到饮水机前续了水，又拿出一个一次性纸杯，在里面倒了水，放在郭局的面前。郭局目不转睛地盯着屏幕，习惯性地掏出中南海，让谭彦点燃，缓缓吸了两口，又拧开保温杯，润了润嗓子。

在审讯室里，那海涛操着一副无所谓的表情，在对灰熊发问。

“不知道？哼，从我见到你之后，你说过最多的一句话就是‘不知道’，什么意思？咬紧牙关，所有事儿你一个人都扛了？”那海涛瞥着灰熊。

“什么所有事儿？我有什么事儿？我就到那个大排档打包个夜宵，你们就给我带到这儿来了。我的律师呢？为什么不让我见？”灰熊气势挺足。

“该见的时候自然会让你见，现在你要做的是回答我的问题，”那海涛说，“还有，因为什么事儿，你自己不清楚吗？”

“不清楚，一点不清楚。”灰熊摇头。

“好，那我帮你回忆一下啊，”那海涛啪地一下摊开材料，“三年前，襄城郊区发生一起枪击案，现场一人中枪身亡。警方抓获一名嫌疑人，据他供称，枪击案因抢劫毒品引起，这个人指认你为他的上家。”

“指认我？他有证据吗？”灰熊反问。

“灰熊，不是你吗？”那海涛问。

“哼，灰熊是畜生，我叫邓晖好吗？”他撇嘴。

“嘿，你倒挺有自知之明啊，知道自己是畜生……”那海涛挖苦道，“还有，一年前，蒋坤在从中缅边境偷渡入境后，被‘二孩子’团伙发现，随即发生枪战。你在现场被击伤，打中左腿，你所携带的毒品被对方抢走。这件事儿你也不记得了？”

“哎，我说警官，我倒想问问你，这些情况你都是怎么知道的？”灰熊突然坐正了身体，正视那海涛。

那海涛知道这个对手是茅坑的石头——又臭又硬。灰熊是几进宫的老炮儿，几次被抓都因证据不足而被释放，要想拿下他异常困难。那海涛迎着他的眼神与其对视，心想：这哥们开枪了，就够刑拘了吧？这就是证据啊！

“我们有太多途径可以知道，天上地下，包括你暗地里干的那些勾当。”那海涛一字一句地说。

灰熊不说话了，缓缓将身体靠在审讯椅的椅背上，琢磨着那海涛的话。

“三个月前，因为海城、襄城警方联手开展的‘亮剑行动’，打掉了蒋坤与孟州贩毒团伙的一次交易，缴获了十公斤毒品，抓获了五名毒贩。但是……”那海涛故意拖长了语气，“后来在道上传言，现场交易毒品的数量是二十公斤。呵呵，我倒想问问你，另外那十公斤在哪里？”那海涛盯着灰熊的眼睛。

灰熊下意识地躲避那海涛的眼神，但不一会儿又转了回来。那海涛能看懂他此刻犹豫、惶恐的心理。他用右膝碰了一下书记员，书记员起身走出了审讯室。

不到一分钟的时间，郭局走了进来，站在了灰熊面前。

“邓晖吗？”郭局问。

“是啊，你是谁？”灰熊冷眼看着郭局。

“我姓郭，是海城市局的副局长。”郭局的声音铮铮作响。

灰熊的眼神收敛了一些，没有说话。

“我告诉你，我们现在是给你机会，也不给你机会！我们没跟你谈条件，想要抓蒋坤，就是不通过你，也能抓到，不过是时间的问题。现在是你自己要不要这个机会的问题。”郭局用手指点着审讯台的桌面。

灰熊仰头看着郭局，眼神复杂。

“从进来到现在已经整整两天了，还东拉西扯、避重就轻，我们没时间跟你耗！知道为什么把你关在这儿吗？知道吗？我问你！”郭局问。

“知……知道，保密呗……”灰熊吊儿郎当地回答。

“狗屁！”郭局爆了粗口，“我告诉你，你被抓的消息早就传得沸沸扬扬了，外面有人悬赏这个数要你的命，”郭局伸出了五根手指，“我们现在，是在保你的命！”

灰熊一听这话不言语了，他当然知道蒋坤的手段。

“你私藏的那十公斤毒品我们已经在你情妇家起获了，在那个双人床下面的地板里。哼，自认为藏得够隐蔽是吧。”郭局冷笑。

灰熊一惊，抬起了头：“你们……你们把她怎么样了？”

“怎么样？窝藏，刑拘，能怎么样！”郭局厉声回答。

“我告诉你灰熊，能和我们郭局见面，是你的机会，你要把握好。”那海涛在后面提示。

“唉……”灰熊叹了口气，低下了头，“能……能给我根烟吗？”他头也不抬地问。

“没烟，先说事儿。”郭局说。

“我说，但我有个要求。”灰熊抬起头。

郭局没理他，转头说：“海涛，再给他一个小时的机会，不说，押回到市局看守所，实名登记，再找个‘劳动号儿’关着，特殊关照。说了，给烟。”郭局说完就走出了审讯室。

灰熊傻傻地看着郭局的背影。

“那警官，你们这局长，够狠的啊？”

“废什么话，我告诉你，还有最后一个小时。”那海涛拍响了桌子，“哎，说说‘春雪’的事儿吧。”

灰熊一听“春雪”，愣住了。

在监控室里，郭局点燃了一支中南海。

“郭局，您的方法奏效了，他已经开始动摇了。”章鹏凑过来说。

“本来不该这样，但时间不等人，现在全城戒备，不能让蒋坤跑了。但如果时间一长，稍微一放松，‘亮剑行动’最重要的抓捕行动就失败了。”郭局叹气。

“那……如果他还没说出蒋坤的下落怎么办？”章鹏不禁问。

“哼，视侦、技侦、网侦都上了，就算他不说，也早晚能找到。我出面说话得言出必行，他一个小时之内不招，就把他送回到市局看守所里，然后好吃好喝好待遇，把消息传出去，造成他已经招供的假象，同样可以打草惊蛇，让蒋坤团伙有异动。明白了吗？”郭局说。

“明白。”章鹏点头。

“廖樊，看押他的事情要绝对保密，蒋坤的案件事关重大，背后有新型毒品‘春雪’的线索。省厅的主要领导都在盯着，要保证他的绝对安全。”郭局说。

“是。”廖樊回答。

“还有，我不管你们俩之间有什么过节，但从现在开始，必须拧成一股绳。按照之前的分工，你们都是专案组的成员，这个专案是禁毒牵头，特警协助，案子不是个人的，是办给海城人民的，明白吗？”郭局提高嗓音。

“明白……”廖樊和章鹏异口同声。

“明白吗！”郭局再问。

“明白！”两人大声喊。

“海城距孟州这个出境通道不远，这两年成了贩毒团伙流转毒品的必经之地。据情报获知，蒋坤团伙通过黑吃黑的手段获取了一批高纯度的新型毒品‘春雪’，现在还没离开海城。咱们不但要打掉这个团伙，还要深挖他们背后的贩毒网络，争取全歼。所以我才和襄城的刘局一起联手开展了‘亮剑行动’。这是今年市局主抓的大事，必须成功不能失败，总说除恶务尽，现在就是你们两支队伍亮出战斗力的最好时机。看看墙上写的什么？单兵是尖刀，整合是拳头，别光说不练，丢人现眼！”郭局做着动员，“谭彦，你们宣传处也要派出专人，全程配合‘亮剑行动’的内外宣工作，既推树典型又要做好舆情应对。”

“明白，这件事我亲自盯。”谭彦说。

“不用你，让老赵和老庞他们就行，你先弄好报告会。”郭局皱眉。

“廖樊，章鹏，我说的话你们听明白了吗？”郭局再次问。

“明白了！”两人大声回答。

“明白了就握个手。”

廖樊和章鹏相互瞥着，停顿了一下，手握在了一起。但谭彦却看得仔细，那两只手分明在咯嘣咯嘣地暗自较劲。

策划

谭彦一直觉得“亮剑行动”这个名字有问题。什么叫亮剑？明知不敌，也要亮剑，那意思就是我就算知道自己不行，也得挣蹦一下。以这种态度打击涉毒犯罪,显然是不合适的。起码应该叫个“秋风行动”或者是“雷霆行动”才好。谭彦觉得这几年起得最好的代号就是公安部的“猎狐行动”了。他曾试着向郭局提过这个代号的问题，但郭局却一笑了之。后来他才得知，这个代号压根就不是郭局起的，而来源于省厅的周副厅长，于是就闭了嘴。

下午一点半，宣传处的全体人员在小会议室开会。老赵和老庞是两个大烟筒，会开了没多久，屋里就已经云山雾罩了。谭彦起身开窗通风，小曲也正抬手，两人手一碰，差点把窗前的文竹碰到地上。小曲一紧张，站在谭彦身后挺尴尬。谭彦每次看到小曲，都不禁回想起自己刚参加工作时的样子。那时和自己同届的还有一个外地孩子，做事的积极程度全方位地碾压自己。领导一抬手，他就知道递什么材料；领导在办公室一喊：那个谁！那哥们立马就飞奔过去，弄得就跟谭彦不会来事一样。但后来谭彦也想明白了，不就是当孙子吗？谁不会啊。于是便朝着这哥们的标准穷追猛打，领导一抬手，他也递材料；领导一张嘴，他也飞奔。但在一次科室聚会上，这哥们却彻底把谭彦击沉了。那次领导吃完饭起身要走，这哥们立马从衣架上抢过外套，直接帮领导穿上了。那一刻，谭彦的斗志消失，他事后深思，自己再努力也做不到那哥们的程度。帮领导拿衣服可以，但帮领导穿上，自己却绝对不会。这两者的界限就是，一个是下级，一个是奴才。谭彦就是不干了也不会当奴才。后来这哥们又攀了高枝，借着师兄师弟的关系调到了市委政法委，后来又去了省委政法委，前几年的时候已经跃居正处级。谭彦心理落差挺大，但却一直坚守着自己“不给领导穿衣服”的底线。又没过多久，这哥们折了，他上边的大领导贪污受贿，他是白手套之一。大好的前程毁于一旦，奋斗之路也至此告吹。哦，对了，他被抓的时候，职位也仅仅是个秘书。所以每逢小曲笨手笨脚，谭彦会多一些宽容，同时也在琢磨，现在这帮孩子，是不是因为工作环境好了，就变得钝了呢？想到这里，他又不禁想起廖樊的那个口头语，“都给我锐起来、敏起来”。对，干工作，既得锐更得敏，要是钝了，迟早会被淘汰。

“各位都说说吧，对报告会各个流程的看法。有没有问题，有没有新的思路，咱们集思广益。”谭彦试着抬了一下手，小曲犹豫了一下，才把签字笔递了过来。

对桌的几位面面相觑，显然都不愿意先发言。谭彦正琢磨着先点谁的名，老赵开口了。

老赵又从烟盒里抽出一支“红方印”，并不点燃，而是放在鼻子下嗅着。“嗯……我觉得吧，现在这场报告会的流程和稿件都没什么问题，但就是……少了灵魂。”他开了题。

“少了灵魂？”谭彦觉得挺有意思，抬抬手示意他继续。

“咱们常常听人说啊，没文化，真可怕。文化到底是什么呢？啊？”他环顾着众人，“小曲，你说说。”

小曲被点名，有些猝不及防，脸一下就红了。“嗯……文化是……”他整理着思路。

“文化是学历吗，是经历吗，是阅历吗，我看都不是，”老赵显然没真想让小曲回答，他不过是在自问自答罢了，“真正的文化是根植于内心的修养，是无须提醒的自觉，是以约束为前提的自由，更是为别人着想的善良！”他故弄玄虚地卖弄起来。

但没想到老庞却笑了："哼哼……"

"哎，你笑什么啊？"老赵不解。

"你……这是抄的吧？"老庞撇着嘴问，"我怎么记得从哪个访谈节目里听过。"

"嘿，我怎么是抄的啊，自己总结的。"老赵不忿。

"哦，那也没准是那个节目抄你的。"老庞又笑了。他总是这样，揭人揭短，打人打脸。

"哎，赵处，您想说明什么问题？"谭彦引入正题。

"嗯，我想说的是啊，报告会的稿件都挺对，但就是似乎还差那么一点儿，不够震撼，不够催人泪下。"他把话说完。

"嗯，这点我同意老赵的看法。"老庞张嘴了，"好的报告不能一上来就暴风骤雨，一大堆形容词啊，排比句啊，压得听众喘不过气，得是冰层下的火焰，看似波澜不惊，但其中蕴含着力量，突如其来地爆发，置人于死地啊。"

"置人于死地，你够狠的啊。"老赵撇嘴。

"嗐，就是那个意思。"老庞笑，"咱们宣传的这个英雄，是派出所所长，工作岗位上牺牲，人走了老婆孩子也没人管了，叙述他事迹的时候必须得加强故事性，得让同样在一线奋战的民警们感同身受，得有代入感。说到他在一线兢兢业业的时候，得让人肃然起敬，说到他英勇牺牲的时候，得让人泪流满面。我觉得要从这个点上再加强，再深入，加强泪点，提升报告会的效果。"老庞不自觉地扬了扬手。

谭彦波澜不惊地看着老庞，体会他所说的"冰层下的火焰"。他知道，这孙子是在给自己"码瞎棋"呢。郭局说过，要处理好陈飞牺牲的主动与被动的关系，这是非常重要的。这场报告会要达到的目的，是要消除民警负面情绪，以陈飞为榜样，树立一个正面英雄的形象。而绝不是催一线民警泪点，让他们对陈飞的艰辛工作感同身受。一旦那样，整场报告会将适得其反。老庞这个多年的老政工，怎会不懂其中的奥妙，但他却故意给谭彦下套儿，目的还不是想看谭彦出丑，给自己争取竞争的便利。但谭彦依然冲他重重地点头，表示认可，同时又将皮球踢给老赵去继续试探。

“赵处，您觉得庞处的想法怎样？”谭彦问。

“我觉得……”老赵转了转眼珠，“我觉得挺好，就是……呵呵，我是瞎说啊，是不是泪点太靠前了点儿。”

老赵每次反驳人的时候，都会说自己“瞎说”，谭彦知道这是他在明哲保身，但也不说破。“嗯，我也觉得泪点有点靠前，如果将情绪点都放在陈飞在一线工作中的兢兢业业上，那后面还怎么往上推？您说是吧，庞处？”谭彦借力使力，否定了老庞的提议。

“你说说，小曲。”谭彦冲小曲努了努嘴，岔开了话题。

小曲又被点将，但显然有了些准备。他认真地翻开笔记本。“嗯，我觉得，既然要宣传陈飞的英雄事迹，应该从以下几个点入手。第一，他生前的工作成绩，还有所在派出所与其他单位的不同之处；第二，他工作生活中的一些点滴碎片，我觉得可以以小见大地凸显人物的性格；第三……”小曲虽然照本宣科，但说得还算全面，当然，他说的这些谭彦早已经布置下去了。

小曲说完，谭彦点了点头。他又点了两个年轻人，说的也都是一些面上的事儿。老庞刚才的意见被否了，索性也不再发言，一根儿一根儿地抽烟，每次点烟的活儿都是从分局借调上来的小刘负责。而谭彦在暗地里，已经让人事处缩短了小刘的借调期。

“还有吗？”等大家都说了一遍，谭彦环顾众人，“嗯，刚才大家说得都很好。赵处从文化角度给稿件提出了意见，庞处突出重点，建议泪点前置，还有小曲、小刘、小方，说得都很全面。大家的意见我都同意。”谭彦说着官话，“但我想，既然市局要树立陈飞这个英雄形象，他肯定有过人之处，或者说，他肯定和我们以往宣传的英雄有所不同。所以我们得找到这个点，或者按照刚才赵处说的，得通过文化的手段找到这个点，并予以加强。”谭彦间接地拍了一下老赵的马屁。

“嗯，谭处说得对。”老赵点头，“这里没外人，我就实话实说了，什么叫盖棺论定啊？人不死不行啊。你就说前几年立的那个英模，刚往省里报功，他就未报备饮酒，一下弄得市局措手不及，不但咱们宣传处的工作白做了，最后弄得市局领导班子也很被动。哎，老庞，你记得吧？当时那局是怎么批评咱们的？”老赵笑。

“记得，忘不了。”老庞摇头。

“所以啊，我觉得现在郭局立陈飞当英雄的目的主要有二。第一是消除民警的负面情绪；第二是拿陈飞当榜样，给更多活着的人看。陈飞牺牲了，所以我们创作的余地更大，能说的话更多，更能将他摆在神台上。唉，我这是话糙理不糙啊。”老赵经谭彦这么一吹捧，亮出了真家伙。

“嗯，我同意。”谭彦点头，“我觉得报告会啊，只要能做到两点，就是很高级的。一个是让人笑，一个是让人哭。让人笑不用说，轻松诙谐最高级，隔靴搔痒那是挠人痒痒肉；但哭呢就更难了，热泪盈眶是第一个阶段，然后是泪流满面，最后是痛哭流涕，我们要的绝不是热泪盈眶，起码是泪流满面，最好是痛哭流涕。这才是见真功夫的。小曲，你说，怎么才能感动别人？”谭彦问。

“怎么才能……”小曲被问住了。

谭彦发挥的时候到了，他也是在自问自答。“真正能感动别人的，往往不是高大上的那些词语和排比，而是生活中的细节。生活永远高于故事，真正生活中发生的感人细节是再高明的作者也编不出来的。就像刚才赵处所说，要借助文化的力量。”谭彦用手比画着。

“文化的力量？怎么借助？”老庞冷眼旁观。

“我不想扯得太远，就从陈飞的宣传稿件来看，我觉得，现在缺少的就是一个有力量的细节，一个足以击穿听众内心防备的子弹。这个子弹不能是编出来的，编出来的东西会适得其反，会让听者不适。这个子弹必须是从生活中来的一个细节，一个听众们在其他英模报告会上都没听过的东西。”谭彦一口气说完。

他这么一说，老庞不说话了。老庞知道谭彦这是有备而来。

“上周赵处和庞处分别带队开展了两项工作，第一项是整理了陈飞这些年的立功受奖情况。两个个人二等功，一个个人三等功，五个嘉奖。虽然不少，但是在全局范围内是不算突出的。第二项呢，是庞处组织了市局公安文联的那些人，广泛采访了陈飞的同事、战友和亲属，挖掘细节。庞处的工作做得很深很细,获得了不少一手材料。在这些材料中,我发现了一个感人的细节。”谭彦说。

“哦……”老庞恍然大悟。但谭彦却没给他发挥的机会。

“在陈飞牺牲之前，他曾经给儿子写过一封信。小曲，那封信在你那儿吧？”

“哦，对，我拿来。”小曲立马起身。他取过信，递给谭彦。

谭彦没接，冲他抬抬手:“你念一下。”

小曲展开信，清了清嗓子，字正腔圆地念道:“亲爱的儿子，这是爸爸给你写的第一封信。你马上就要上小学了，是个大孩子了。爸爸很高兴看你茁壮成长,很高兴你变得这么懂事。爸爸是个警察,平时很少有时间能陪你,不能像其他孩子的爸爸那样带你去公园，教你学英语。但你却没有落后，在幼儿园里还几次拿到了小红花。爸爸真为你骄傲啊。上了小学之后，你就是一个小男子汉了，你要更加认真地学习功课，还要保护好妈妈。妈妈的身体不好，你要多替爸爸看着她，别让她老那么辛苦地批改作业……”

这是一封父亲写给儿子的信，很长也很琐碎，听着挺感人，却达不到引人落泪的程度。但谭彦第一次看到的时候却觉得诡异。信是陈飞牺牲前的一周给儿子写的，信的内容似乎是在交代遗言，谭彦自然不相信什么鬼神和封建迷信，但他却觉得，在冥冥之中，人是会有某种预感的。他打断了小曲的阅读。

“念最后一段。”

小曲停顿了一下，翻到信的结尾。“爸爸希望你做个正直、热情、健康的人,未来像爸爸一样,也当个警察。儿子,爸爸永远爱你,爸爸以你为骄傲。”

信念完了，大家集体陷入了沉默。

“我怎么觉得……嘖……”老赵话说一半，摇了摇头。

“赵处，您说。”谭彦说。

“我怎么觉得这封信跟临终遗言似的,那么不吉利啊。”老赵也有相同的感受。

“我觉得这更像是英雄对儿子的一种托付，这是什么？这就是传承。”谭彦拔高。

“你觉得这封信能让听众感动？”老庞问。

“如果从咱们嘴里说出，自然很难让听众感动。但如果从陈飞的家人嘴里说出，效果就不一样了。”谭彦终于说出了他的计划。

“让他的家人说？是不是损了点儿啊？”老庞皱眉。

“我倒觉得这是个好主意。”老赵来了兴趣，“但就是他家人，能不能配合？”

“我找过他妻子了，他妻子同意配合。”谭彦说。

“哎哟，那就太好了，这个效果肯定不一般啊。”老赵拍着手。

“不会出什么问题吧，比如引起民警反感，或者家人临阵退缩？”老庞继续泼冷水。

“我觉得不会，我跟他妻子解释过了，这场报告会省里、市里的主要领导都会来，我们不但要掀起全市、全局向陈飞同志学习的高潮，更会借此机会给陈飞同志争取荣誉，解决家属的后顾之忧，而且在会后还会组织全局捐款。家属应该明白咱们的良苦用心。”谭彦说。

“你话说得这么满，把家属的胃口吊得这么足，如果哪一项达不到预期，可不要给自己挖坑。”老庞又说。

谭彦有点不高兴了，他知道这是老庞在跟自己唱反调。

“庞处，咱们是根据局领导的要求组织这场报告会，大家的努力都是出于一颗公心。对英雄的敬佩、对英雄精神的敬仰是我们工作的原动力。”

“谁不是出于一颗公心啊？我是觉得，这么设计是揭陈飞家属的伤疤，不太道德。弄不好会适得其反。”老庞加重了语气。

“出了问题我负责。”谭彦板上钉钉，封闭了话题。

此话一出，会议室就鸦雀无声了。大家面面相觑，看着谭彦和老庞剑拔弩张。

“得，你负责最好。你是牵头的副处长，报告会是好是坏就应该是你负责。”老庞拍案而起，一伸手，小刘就把他的手包递了过去。老庞瞥了谭彦一眼，扬长而去。

“嘿，你说老庞这脾气。大家不都是为了工作嘛……”老赵圆场。

“小刘，你师父是谁啊？”谭彦突然问。

“我师父？”小刘愣住了，不明白谭彦什么意思。

“他教你动不动就给人点烟、递包的？”谭彦把话挑明。

小刘脸一红，低下头。

“嗐，谭处你也是。”老赵苦笑。

“我刚才说了，出了问题我负责。大家按照刚才的分工，马上开始工作。在报告会结束之前，从我做起，都睡单位。还是那句话，工作要出于公心，绝不允许掺杂个人情绪。”谭彦说完这句话，又觉得有点过。但话是泼出去的水，泼出去就收不回来。

这一下午谭彦忙得昏天黑地，手底下的人也跟着连轴转。谭彦自知有赌气的成分，但也觉得这次老庞做得太过分了。你码瞎棋、下套可以，但不能拿别人当傻子一而再再而三啊。谭彦想好了，决定弄完这场报告会就找郭局汇报，老庞对基层单位吃拿卡要的材料他也攒了不少了，这次到了用的时候。人善被人欺，马善被人骑，没事不惹事，有事不怕事，这是他第一任师父教给他的。谭彦一直铭记心间。

直到六点的时候，《拉德斯基进行曲》响起，是季敏的电话，谭彦才发觉自己忘了一件大事。季敏今天在单位加班，从幼儿园接挠挠的任务由他负责。谭彦赶紧跟老赵告了假，赶往幼儿园，到达的时候，幼儿园里只剩下挠挠一个小朋友了。

挠挠长得虎头虎脑的，但个子不高，一看就是个文静的孩子，遗传了谭彦的基因。谭彦和挠挠有一周时间没见了，挠挠似乎瘦了些，谭彦将他搂在怀里，心里感到一阵酸楚。

在车上，谭彦放着舒伯特的《小夜曲》，他喜欢这种宁静的旋律。挠挠一直没说话，抱着他的“佩奇”书包，不时地看谭彦。

“这几天去夏令营了吧，怎么样？好玩吗？”谭彦问。

“不好玩。”挠挠情绪不高。

“为什么？不是有许多小朋友吗？”谭彦笑。

“我不喜欢幼儿园。”挠挠沮丧。

“儿子，你听爸爸说，咱们人类啊是社会动物，谁都不能脱离集体。上幼儿园的目的啊，除了培养你的好习惯之外，就是培养你的集体观念。”

“我不喜欢大牛。”挠挠看着谭彦。

“为什么？因为他欺负你？”谭彦问。

“他没有欺负我，我不怕他。”挠挠昂着头说。

“儿子，你马上就要上大班了，是个男子汉了，有问题要学会自己解决。”谭彦说。

“他比我高，我……打不过他。”挠挠低下头。

“我送给你毛主席说过的一句话吧，人不犯我我不犯人，人若犯我我必犯人。”谭彦说。

“爸爸，这是什么意思啊？”挠挠不解。

“呵呵。”谭彦笑了，“意思是平时的时候，别人不欺负你，你也不能欺负别人，但是要有别人欺负你，你也不能害怕，要反抗，让他觉得你不是好欺负的。明白了吗？”

“嗯……明白了。”挠挠点点头，“爸爸，上大班的小朋友就是男子汉了吗？”

“是啊，你现在的个子都超过一米了，吃自助餐的时候都要收费了，你说，你是不是男子汉？”

“哦，那我是男子汉了。”挠挠明白了，“爸爸，但我不爱吃自助餐，我就爱吃麦当劳。”他又说。

“好，那有时间我带你去吃麦当劳。”谭彦说。

“爸爸，我现在就要吃，我不想去姥姥家。”挠挠说。

“现在……现在不行，爸爸单位还有事。”谭彦无奈。

“爸爸，你和妈妈怎么了？你们是离婚了吗？”挠挠突然问。

谭彦一惊，一时不知道该怎么回答。

“爸爸，以前每次吃完麦当劳，你和妈妈都会带我去北海的湖边玩，以后还可以吗？你们还会一起带我去吗？”挠挠追问着。

谭彦鼻子一酸，眼泪差点掉出来。没想到儿子这一句话，就让他到了热泪盈眶的程度。他佯装打了个哈欠，笑着回答：“会啊，当然了。”

“爸爸，你哭了吗？”挠挠问。

“没有，爸爸是累了。”谭彦敷衍。

“爸爸，以后你能不能天天到幼儿园接我？那样大牛就不敢欺负我了。”挠挠说。

“我……努力，有时间一定接你。”谭彦努力笑着。

“拉钩上吊一百年不许变，大人不许说瞎话。”挠挠认真地说。

谭彦拿出手机，给老赵打了个电话，说家里有些事，稍晚一点再回去加班。他带挠挠去了北海边上的麦当劳，要了他最爱吃的麦香鸡腿堡。挠挠很高兴，央求着谭彦在餐后又带他去了北海的湖边。谭彦看着无忧无虑的挠挠，心里翻江倒海，体会到了什么叫冰层下的火焰，什么叫看似波澜不惊却蕴含着力量，突如其来地爆发。他不知道未来还能不能经常陪着儿子吃麦当劳，到湖边玩，不知道自己还能不能尽一个父亲最基本的职责。他不由得想起了陈飞，想起了陈飞给儿子写的第一封信，也是最后一封信。谭彦陪了儿子好久才把他送到岳母家，回程的时候天已经黑了，谭彦在车里超越了泪流满面，达到了痛哭流涕的程度。见儿子这一面就像一颗子弹，击穿了他内心的所有防备，让他压抑多日的负面情绪集中爆发。他驾车进了市局，遥望着市局大楼那亮如白昼的灯火，情绪顿时稳定了。他停好了车，擦干了眼泪，换上一副波澜不惊的模样，大踏步地向前走去，不时向对他点头的民警回着礼。

失败

千呼万唤的陈飞先进事迹报告会即将召开了，市局大院到处都张贴着海报。报告会定在周五十四时在市局会议楼的中心会议厅召开，届时将有上千人前来参加。谭彦围着会议厅走了三圈，还是觉得心里不踏实，又吩咐小曲再次测试音响效果，直到满意才作罢。为了这场报告会，他可谓是施展出全部才能。在陈飞牺牲之后，谭彦起草并下发了《关于深入开展向陈飞同志学习的决定》，号召全局民警向陈飞同志的爱岗敬业、忠诚履职进行学习；又带领宣传处成员组织了由陈飞生前的领导、同事、辖区居民和妻子组成的先进事迹报告团，从不同侧面讲述陈飞的先进事迹；还请专业公司制作了陈飞事迹宣传片，在市局门前的大屏幕上循环播放，里面以碎片化的模式全方位地展现了陈飞的先进思想和奉献精神；最后连市局的文艺骨干也不放过，他让老赵负责，发动市局的书法、绘画爱好者，以英雄本色、责任担当为主题，集体创作了“陈飞同志生平事迹展”，保证各级领导一进会议厅就先能看到二十余幅精心创作的书法、绘画作品。老赵不是说了吗？不光有情怀，还得有文化，所以文化的事情自然就要交给他。

在报告会前，谭彦再次向郭局汇报了会议流程、人员安排、宣传重点和会后活动，又再次完善稿件，精雕细琢。他不但通过郭局请来了省里、市里的主要领导，还请来了三十余家新闻媒体，又大胆尝试，请来了十多个自媒体和网络直播平台。这场报告会，几乎已经到了无所不用其极的程度，对于一个警察英雄的宣传造势在海城市可谓空前绝后。炮架好了，也已装弹完毕，只等时间一到便可绽放出灿烂的火花。谭彦等待着，反而觉得度日如年。

下午一点，距离报告会开场还有一个小时的时间，谭彦已经早早来到会场。他让小曲、小刘等人将汇报稿整齐地码放在前排的领导席上，甚至还给每个领导准备了纸巾。他期待着这场激动人心的报告会，仿佛这场报告会不是给陈飞做的，而是给自己做的。他又与先进事迹报告团的成员逐一过稿，与陈飞的遗孀冯霞单聊。最初冯霞对于参加报告团是拒绝的，但禁不住谭彦的软磨硬泡和利益诱惑。她是那种耿直的女人，不像其他家属那样在陈飞牺牲后整日昏沉、哭哭啼啼，而是有层次地向市局提出要求，甚至有点软硬兼施。所以谭彦没有像其他干部那样安抚冯霞的情绪或者说一些大道理，而是开门见山单刀直入，直陈她参加报告团可能带来的好处：一、协助宣传处尽最大力度解决陈飞同志的荣誉申报；二、争取解决陈飞家属的实际困难，比如孩子上重点学校的要求；三、以报告会为载体，让更多人知道陈飞的事迹，增加会后捐助款项的数额。这三条意见只有好处没有坏处，大概是没有人会拒绝的。所以冯霞最终答应了谭彦的要求，但她却没想到，谭彦会要求她朗读陈飞给儿子写的信。

“谭处，我觉得还是不念这封信为好。我怕孩子，接受不了。”冯霞犹豫着。

“不念就达不到效果，不念就产生不了泪点。报告会的效果直接影响着对陈飞的宣传，这点我已经反复说过了。”谭彦耐心劝解。

冯霞叹了口气：“你承诺我孩子上学的问题怎么样了？”

“这个还在协调，你知道，你们家那片不是那个学校的学区，所以得协调教育局办理。”谭彦说。

“那住房呢？陈飞如果活着，按照工龄是可以排到市局集资建房的，但他去年犯傻，将房子让给了副所长王煜，现在是不是该解决了？”冯霞又问。

“去年那次集资建房分配是最后一次，你的这个要求我也向市局领导汇报了，他们正在想办法。”谭彦尽力安抚着。

“但我怎么听人说，这两件事能办成的可能性都不大啊？”冯霞怀疑。

“怎么会？你听谁的？”谭彦问。

“听谁说的你别管，但人家告诉我了，就算局里协调，能办成的概率也很小。”冯霞说。

“不可能，别听别人乱说。”谭彦加重了语气，“再说，今天的报告会省里、市里的领导都来，咱们不正好借这个机会向他们报告一下陈飞的英雄事迹吗？只要领导被感动了，什么都好说。冯霞，人都是有感情的，一切看你的表演。”谭彦刚说出表演，又觉得不妥，但说出去的话覆水难收，他只能后找补一句，“用词不当，是报告，报告。”

冯霞脸上的不悦稍纵即逝，她是有主意的女人。她自然明白，以前陈飞是家中的顶梁柱，现在人走了，以后的事就只能靠自己了。“好吧，我会好好说的。”她点点头。

又过了半个小时，各单位的领导和参会的民警陆陆续续到达会场了，各类媒体也来了大部分。谭彦与他们寒暄着，听着他们一声一声地叫自己“谭处长”，仿佛此时他已经转正不再牵头了，但唯独郭局却迟迟没到。谭彦有些着急，在省、市各级领导到达之前，郭局是必须到场的。他让老赵和老庞各司其职，又叮嘱小曲随时向自己通报情况，自己一溜小跑，到了郭局的办公室。

他敲了几声门，进屋的时候看郭局正在打着电话。郭局冲他点点头，示意他在沙发上坐下，继续说着：“嗯，明白，一定要注意安全，你们要和特警配合好，不但要完成任务，还要保证灰熊的安全。哦，一会儿我有个会，会上可能不方便接电话，有情况给我发短信，祝你们行动顺利。”郭局说着挂断了电话，他转头看着谭彦，“报告会该开始了？”

“是的，郭局，省、市领导也快到了。”谭彦提醒。

“好，咱们走。”郭局摆了摆手，“今天下午，有咱们海城市局的两件大事，哪件事办不好都砸咱们饭碗。都办好了，下周我放你们倒休。”

“两件大事？”谭彦不解。

“一件是报告会自不用说；另一件，是抓捕蒋坤的行动。”郭局说。

“灰熊招了？”谭彦问。

“是啊，我和小那唱红白脸，灰熊这家伙最后扛不住，撂了。现在章鹏和廖樊已经在路上了。”郭局有些得意。

“我总觉得啊，您当局长真是屈才了，应该去做一个预审的‘名提’。”谭彦不失时机地小拍了一下马屁。

“哼，你别忘了，我以前也管过预审。”郭局被谭彦拍得挺舒服。

在郭局和谭彦到达会场的同时，章鹏和廖樊已经带人到达了现场。现场在城东郊的“城中村”望海地区，这里面积约有三四平方公里，居住着数万名老城居民和外来务工人员。这里私搭乱建严重，暂住登记混乱，情况十分复杂。近期治安大队开展的“清风行动”就是以此为整治重点的。据灰熊交代，蒋坤及其主要团伙成员就潜伏在望海地区的某栋出租房里。

章鹏没和廖樊同乘一辆车，虽然郭局三令五申两方要协同作战，但他实在看不了廖樊那副狗脸。他在将车开进望海地区后，停在了一个观察哨的附近，然后和六子、老三、老乔等人分头行动，松散地接近预定地点。而灰熊则被廖樊手下的特警押着，随后到达。

蒋坤是国内有名的大毒枭，之前曾在中缅边境活动，后来那边风声紧了，就转到襄城一带。他诡计多端，屡次逃避公安机关的打击，神出鬼没，始终未被绳之以法，而且心狠手辣，身上背着多条人命，其中不乏一些道上的竞争对手。此次据情报反馈，因为近期海城、襄城联合开展的“亮剑行动”，造成市面上的毒品货源紧缺，反而变相地拉高了毒品的价格，蒋坤通过黑吃黑等手段囤积的价值上千万的高纯度新型毒品“春雪”，一下翻了四倍，他正准备借机在海城和襄城一带散货。而灰熊就是他的直接手下。

灰熊坐在特警车里，被左右两个特警夹着。廖樊凝视着前方，抬起手腕看表。时间已经到了下午的一点四十五分。

“灰熊，一会儿知道自己该干什么吗？”廖樊提醒。

“知道……出卖大哥呗。”灰熊懒洋洋地回答。

“甭跟我这儿废话，我不是搞预审的，没心情跟你耍嘴上功夫。”廖樊转过头，“告诉你，你下车之后，每一秒钟都在狙击手的视线内，如果不按照我们的要求来，我就立即让你腿折胳膊断。明白吗？”廖樊不像开玩笑。

“嗯……”灰熊看着廖樊，点着头。

“我问你明白吗？”廖樊提高了嗓音。身边的特警一把揪住灰熊的头发。

灰熊领教过这帮虎狼的厉害，赶忙大声重复：“明……明白了！”

“结巴什么？还没开枪呢。”廖樊不屑。

“王宝，你一会儿紧盯着灰熊，如果他逃跑或者玩什么花样，不用请示，立即开枪打腿。”廖樊拿起电台喊。

“明白。”电台里传出王宝的回应。

“刘浪，你带小吕随着灰熊沿着那排房的回廊前进，密切关注动向。记住，对方不是犯罪嫌疑人，而是恶贯满盈的罪犯，遇到反抗直接开枪，出了问题我负责。”廖樊命令。

“是！”灰熊身边一个嚼着口香糖的特警回答。

廖樊又拿出电台：“B 组，你那边怎么样了？”

电台回复：“已经到位，随时准备行动。”

“好，稍作休息，等等禁毒队的那帮废物。”廖樊把电台放在了车前。

“你被抓了，蒋坤不会换地儿吗？”廖樊问。

“他不止一个地方，但他今天肯定会来这。”

“为什么？”廖樊问。

“今天下午两点，他在这里有一笔交易。‘二孩子’和他早就约好了。”

“‘二孩子’？就是你说的黑娃儿和耍娃儿？”廖樊皱眉。

“是的，他们都是单线联系，蒋坤不会知道我能获得这个消息。我和黑娃儿手下的一个人有往来，他上次说漏了嘴我才知道的。”灰熊说。

“没说瞎话吧？”廖樊看着他。

“我说瞎话有什么意义啊？警官，我还想活命呢。”灰熊苦笑，“要是让蒋坤知道了我出卖他，就是你们不判我死罪，他也肯定得要我的命。”

“所以，你还不如先借我们的手要了他的命。”廖樊揪住了灰熊的衣领。

“对，就是这个意思。”灰熊点头。

廖樊放开手，看着几百米外的那个货仓。他抬手看表，时间已经到了一点五十分。

报告会正式开始了，全场座无虚席。省里、市里的各级领导都到了，政法委书记、市局局长那洪林和郭局一起陪着各级领导入座。新闻媒体的闪光灯不断，自媒体都打开了现场直播。谭彦站在台下，看着报告团的成员列队到台上致敬，心中五味杂陈，说不上是什么感觉。激动、兴奋、期待、憧憬、彷徨、紧张，各种情绪纠结在一起，只等郭局的话筒一响才能趋于稳定。这场报告会的重要意义甚至不亚于他曾经的婚礼。

在会前暖场的时候，会场在播放陈飞事迹宣传片的同时，还放着一首谭彦亲自作词、作曲的歌，名为“永不言弃”。歌中唱道：

攀一座高山用一生时间，
跨一片海洋用心中执念，
爱你的人在崎岖路上相伴，
匆匆过客渐行渐远；
有一点勇气就努力改变，
有一点希望就变成草原，
汗水眼泪托起远行的航船，
挫折伤痛扬起蓬勃的帆。
永不言弃，迎接最艰难的挑战，
永不言败，哪怕路远山险，

大声呼唤，向脆弱的昨天再见，

栉风沐雨，勇往直前。

“什么是荣誉啊？是百折不回的坚守；什么是荣誉啊？是义无反顾的冲锋；什么是荣誉啊？是勇者无惧的担当；什么是荣誉啊？是初心不改的忠诚！所有为理想牺牲的人，都会化作璀璨的繁星，把世界照亮。他们生命的价值，就是真正的荣誉……”

郭局作为报告会的主持人，率先发言。他的发言激情澎湃、大气磅礴又细致入微，赢得台下的阵阵掌声。之后报告团的成员逐一登场，按照既定计划做着饱含深情、感人肺腑的报告。稿件另辟蹊径，少有高大上的词语和凝练的思想总结，而是从陈飞牺牲前的点滴入手，从平凡警察的角度讲述点滴故事，所有稿件都是经过谭彦精心设计的，他知道哪里该拉低、哪里该起范儿、哪里是缓和段落、哪里是情绪爆点。这是一场感人至深的报告会，同时也是一场看似平实却充满技巧的表演。台下的听众纷纷动容，不时有人擦泪，随着故事的展开，越来越多的听众超越了热泪盈眶的阶段，直接到达了泪流满面。

谭彦在后台紧张地注视着台下听众的表现，当看到几位省、市领导摘下眼镜，拿起桌上纸巾的时候，他心里有了底，这场报告会，成了！因为他知道，之前三位讲述者的“战斗力”还远远不够，他们那催人泪下的讲述只是为了铺垫而已，先抑后扬的安排给冯霞的表演积蓄着巨大能量，如果拿《行星组曲》来举例，现在不过刚奏响了前两个乐章，马上气势浩荡、感人肺腑的盛大乐章《木星》就将开始，冯霞朗读的那封信将成为一颗能量巨大的“核弹”，足以击穿所有听众的心灵防备。那是冰层下的火焰，看似波澜不惊，却蕴含着极大的力量，突如其来地爆发，置人于死地。

“哗哗哗！”在一个演讲者敬礼之后，台下响起了经久不息的掌声。

“砰砰砰！”望海地区的枪声也响起了。章鹏和禁毒民警已经疏散了群众，在灰熊的指认下开始了抓捕行动。货仓内一片大乱，十余名参与交易的毒贩或被击倒或束手就擒，行动大获成功。

章鹏带着六子和老三等人，冲到毒贩前辨认，却始终未找到蒋坤。他拿起电台，呼叫廖樊。廖樊质问灰熊，灰熊坚称蒋坤肯定在场。正在章鹏犹豫之时，廖樊竟带着灰熊走进了货仓。

章鹏一看就急了，他跑到廖樊面前。“你把他带进来干吗？不知道要保护证人的秘密吗？”

“保护狗屁秘密，他是个罪犯！”廖樊不理章鹏。

“我命令你，立即把他带回去。就算抓不到蒋坤，也不能露出情报来源！”章鹏挡在廖樊面前。

“都像你们这么办案，煮熟的鸭子也得飞！走开！”廖樊一把推开章鹏，提拉着灰熊走到几个毒贩面前，“看看，蒋坤在不在？”廖樊推了灰熊一把。

灰熊已经被吓傻了，他怎么也没料到廖樊能把他带到现场。但已经到了这步，他也再无回旋余地，就只能硬着头皮地指认。“他，不是，他也不是。”灰熊越看越心惊，蒋坤竟然不在被抓获的人群中。

正在指认中，一个瘦高毒贩的电话响了。章鹏感到事情不对，警惕起来。他一把拿过手机，电话屏幕上显示：坤哥。

“蒋坤的来电？”章鹏揪着瘦高毒贩的衣领问。

“是，是的。”瘦高毒贩回答。

“接，让他过来。”廖樊一马当先，抢过手机。

“不能接！咱们还没准备好！”章鹏想抢回手机，但为时已晚，廖樊已经接通了。他拿枪口指住那个瘦高毒贩的脑门，把手机递还给他。

“大哥，是我。”瘦高毒贩脸色煞白，拿着电话说，“一切正常，一切正常，交易顺利。”

廖樊用枪顶住毒贩的头，仿佛随时会扣响扳机。他做了个手势，毒贩按他的要求挂断了电话。

“他什么时候过来？”廖樊问。

“他……呵呵……呵呵呵呵……”瘦高毒贩很诡异地笑了。章鹏觉得不对，双手持枪向周围观察。与此同时，老三身后发出了一声巨响。

“轰！”

“轰！”舞台上发出了一声巨响，冯霞将面前的话筒架推倒了。谭彦惊呆了，想往台上赶，却又不敢轻举妄动，满头大汗地观察着台下领导的动向。这显然不是稿件中安排的。

冯霞失控了，在读到那封信结尾“爸爸希望你做个正直、热情、健康的人，未来像爸爸一样，也当个警察”的时候，精神崩溃了。谭彦没想到她有多年的神经衰弱和焦虑病史，也没料到整场报告会在“木星”环节上出了问题。

冯霞不但推倒了话筒，还在台上歇斯底里地大喊：“我就想问问你们，陈飞到底是不是被累死的，是不是？五加二，白加黑，什么人能顶得住啊！要是被你们累死的，我们孤儿寡母的有没有人管？孩子上学，我们的住房怎么办？怎么办？”

谭彦知道不能等了，赶忙招呼宣传处的人上台处置。但老庞根本就不动地方，一副隔岸观火的样子，老赵也不知道去哪了，只有小曲跟着谭彦往上冲。冯霞毫不配合，继续在台上大声呼喊，谭彦和小曲抱住她往后台拉，冯霞一激动用手挠伤了谭彦的脸。这时陈飞的儿子也从台下跑了上来，抱住谭彦的腿，大声哭喊。

会场，彻底乱套了。

郭局赶紧到台下救场，但已经来不及了。省、市的各级领导纷纷离席，不做批评已经算是最大的宽容。一场英雄事迹报告会，成了闹剧，政法委书记兼公安局局长那洪林更是脸上无光。他拉住郭局就说了一句话，“急功近利，适得其反”，然后头也不回地走了。

“完蛋！”谭彦在心底骂着脏话，他整个人都麻木了，大脑昏昏沉沉的，不知道下一步该怎么办。耳畔充斥着台下听众的议论声：

“这是谁出的主意，这不是撕人家伤口吗？”

“太残酷了，人家不疯才怪呢。”

“唉，搞宣传的人就知道粉饰太平，根本不顾及民警死活。”

谭彦恍惚着，听不清声音的来源，只觉得台下有无数张嘴，在讨伐着他的卑劣行径；有无数双眼睛，在冷眼旁观这失败的表演。所有口不对心的赞美都倒戈了，所有虚情假意的掌声都消散了。更可怕的是，现场的三十余家新闻媒体和自媒体、网络直播都将此情况实时传播了出去。在一瞬间，整个海城甚至全省全国都关注到了海城市公安局这个会议楼的中心会议厅。“警察家属报告会上失控”“五加二白加黑疑似导致民警牺牲”等诸多条负面舆情跃居头条。谭彦给自己挖了一个巨大无比的坑，还加班加点地筹划了盛大的仪式往里跳。他蹲在后台的角落里不再作声，眼看着老庞和老赵在面前手舞足蹈地组织人救场。他突然想起了老庞在开会时说过的话，冯霞在会前突然提出的要求，以及刚才台下的议论，他不知道这些之间是否存在某种联系，或者说，这次事故是不是有人在暗中做了手脚。他更不敢想，老庞是否会与老赵联手……他只记得自己说过“出了问题我负责”。现在，是该他负责的时候了。

挂职

宣传处的小会议室里格外安静，小曲赶在谭彦之前打开了窗户，外面的微风吹进来，窗前的文竹哗哗作响。谭彦、老赵和老庞相对而坐，会议室里只有他们三个人。老赵把一支“红方印”放在鼻子下嗅着，却并不点燃，不时用余光瞟着谭彦。老庞则目视窗外，没事人似的摆弄着手机。谭彦沉默了良久开口了。

“今天这事我来负责。”他说完叹了口气。

“这是什么话，活动是宣传处集体讨论通过的，又报了市局领导批准，要说承担责任，大家都有一份。”老庞转过头来。

“是啊，家属闹情绪纯属意外，谁能提前预知啊。嗐，出了问题就解决嘛，一会儿我们跟你一起去找郭局。”老赵也说。

谭彦看着两位，不知道他们是真仗义还是在表演。他觉得自己此时的判断力下降得严重，已经难辨真伪了。

“咱们议议，下一步怎么办。”谭彦说。

“怎么办？哼……凉拌。”老庞这么说话倒显得正常，“到了现在这个时候，只能以不变应万变，咱们再动就更容易出问题了，市局各部门都盯着宣传处呢。”

“我同意老庞的建议，现在不能动，负面舆情满天飞，咱们就是想亡羊补牢也为时已晚。这事啊，得先看郭局的态度，再层级请示缓步推进。”老赵说。

“嗯……”谭彦点点头，觉得他们说的有道理。

“哎，对了谭彦，我丈母娘下周做手术，我得请个年假，跟你说一声啊。”老庞说。

“哦，那得去，您填休假申请吧，让主任批一下。”谭彦说。

老庞点点头，站起身来。他看了看谭彦，似乎想说什么，但终究还是没说，轻轻地推开门，走了。

会议室里只剩下谭彦和老赵。

“您下周有事吗？”谭彦没头没尾地问。

“我……我孙子从国外回来了，本来我想带他……”老赵有些不好意思。

“您也填单子吧，领导要是批了就去。这两个会开完了，大家也得休整一下了。”谭彦诚恳地说。

“好嘞，那我一会儿就跟主任请假去。”老赵说着也站了起来，“其实……”老赵欲言又止，“其实我陪不陪那小子也无所谓，要不……？”

“您去吧，别为我担心，我牵头宣传处工作，出了问题本来也该我负责。”谭彦看着老赵，“其实您能有这句话，我就很感谢了。”

“嗐……”老赵摇了摇头，“行，那我不添乱了。”他说着也走出了会议室。

谭彦叹了口气，知道老庞和老赵对自己也算仁至义尽了。“急功近利，适得其反”，他琢磨着那书记给这场报告会定的调，他突然笑了，笑得前仰后合、歇斯底里，他觉得自己活得太拧巴了，也太孤独了。他怎么也没想到，自己会重蹈前处长“顾大局”的覆辙。他站起身来，关上了窗户，拿起了老赵忘在桌上的“红方印”香烟。他用打火机点燃，静静地喷吐。窗外华灯初上，车水马龙，不知什么时候淅淅沥沥地下起了雨。已经到了下班点，谭彦不知道今天还要不要加班，更不知道，如果不加班，自己该去向哪里。正在这时，《拉德斯基进行曲》响了，是郭局的来电。

在车上，郭局没提报告会的事，也始终没跟谭彦说一句话。但谭彦知道，郭局是早晚要提的，这是他绝对绕不过的坎。郭局在车上一直打着电话，谭彦透过后视镜观察，郭局的表情异常凝重，如临大敌。从郭局通话的只言片语中谭彦得知，抓捕行动失败了，而且禁毒队还伤了人。不一会儿，车便驶进了海城市人民医院，谭彦随郭局进入手术楼的时候，章鹏和廖樊都在门口。

“人怎么样了？”郭局问。

“全身百分之三十烧伤，没有生命危险。”章鹏的表情沮丧。

“是遥控炸弹吗？”

“是的，放在交易的皮箱里。应该是蒋坤提前设的套儿。”

“为什么要设这个套儿？”

“据我们分析可能是怕‘二孩子’团伙黑吃黑。”

“嫌疑人的供述怎么样？”

“那海涛在组织人突审，但还没能突破。”

“廖樊，全城设卡布控的情况如何了？”郭局转过头问。

“海城的各个出口都在严格盘查，蒋坤应该还在城内。”廖樊回答。

“消息怎么漏的？蒋坤怎么知道你们会去？”郭局问章鹏。

“他不应该知道我们会去，是咱们自己暴露的。”章鹏冷冷地说。

“怎么回事？”郭局看看章鹏，又看看廖樊。

“是我的问题。”廖樊说，“在抓捕结束后，蒋坤给一个毒贩打了电话，是我让接的。”

“你让接的？”郭局皱眉，“为什么？”

“我……”廖樊犹豫着，“我想尽快把他钓过来。”

“毒贩跟蒋坤说一切正常，交易顺利。我们当时并不知道他说的是暗语，这帮人经常是正话反说。”章鹏说。

“急功近利，适得其反！”郭局狠狠地说了一句，几个人都无言以对。

在医院的洗手间里，谭彦一遍一遍地洗着脸，他觉得很累，浑身像快要散架了一样。廖樊这时进来方便。谭彦没理他，拿出纸巾擦着脸。没想到，反是廖樊先开口了。

“那晚的事儿，对不起啊。”他还是那副居高临下的样子。

“什么事儿？”谭彦皱眉。

“我手下的兄弟拿枪顶着你脑门啊。”廖樊瞥了他一眼。

“你现在跟我说这个是什么意思？”谭彦不知怎么的，心底的一股火气撞上来了。

“没什么意思，就是觉得你老这么‘彬’着，挺累的。”廖樊一看他这样，口气也变了。

“哼，我‘彬’着，那你是觉得自己‘敏’了？‘锐’了？”谭彦模仿着他的语气。

“哼……”廖樊系上裤子，到洗手池前洗手。

“你是不是觉得自己是‘大拿’呢？”谭彦来了气，紧追不舍，“哼，你想错了。什么特警啊，个个觉得自己牛逼，是利刃尖刀，实际上呢，还不是被别的警种呼来唤去，干点儿碎催的活儿。”谭彦的嘴损了起来。

“哼，这是你真实的想法吗？”廖樊脸色变了。

“实话！你们，不过是工具！我问你，干了这么多年，你懂法律吗？懂程序吗？懂办案吗？懂跟群众交流沟通吗？我告诉你，现在当警察，要的是脑子，不是凭胳膊粗。”谭彦提高了嗓音。

“还轮不着你教育我，你一写材料的。”廖樊也提高嗓音，几步走到了谭彦面前。

谭彦比他整整矮一头，但气势却一点不输。“哼，我是一写材料的，但起码知道自己几斤几两。不像你，整天牛逼哄哄，有胸无脑，带着手下的一帮粗胳膊粗腿给别人添乱！”谭彦一边说一边用手点着廖樊的胸膛。

“你！”廖樊火往上冒，一把抓住谭彦的手。

“你他妈动我一下试试！”谭彦猛地把手抽回，“你记住，禁毒民警是因为你受的伤，晚上睡不着觉时好好想想，你配不配当这个队长！”谭彦用力地推了一把廖樊，摔门而去。没想到一出门，章鹏就站在门口。

“趴门缝呢？”谭彦皱眉。

“哼，牛逼，把我要说的话都说了。”章鹏苦笑，“本来我还想找他呢，没想到被你抢先了。走，别理这傻 ×！”章鹏拍了拍谭彦的肩膀。

在看望伤员之后，郭局回到市局的保密会议室召开了“1·01”和“4·19”两个专案的会议，各成员单位的领导都冒雨赶来。会场气氛十分压抑。禁毒和特警在现场一共抓获了十一名犯罪嫌疑人，其中只有两名是蒋坤的手下，余下都是本地毒贩“二孩子”那边的人。

章鹏站在白板前，汇报着海城市贩毒团伙的基本情况。现阶段在视线内的主要有三个团伙：

第一是蒋坤，跨境毒贩，经常往返境内外，是海城、襄城、孟州等地的毒品供货商。他虽然凶悍，但团伙的人数并不多。在交易现场接手机的毒贩叫方培，外号狐狸，是蒋坤团伙的军师。灰熊相比狐狸，地位更低一些。蒋坤之所以在黑道上地位显赫，主要是依仗他背后巨大的毒品网络。

第二是“二孩子”，这个团伙盘踞在海城本地。这不是一个人的名字，而是两个人的统称。“二孩子”由柴文和柴武两兄弟组成，他们来自四川，外号分别是黑娃儿和耍娃儿。两人早年在海城市的工地干活儿，后纠集老乡，以“民工讨薪”等手段开始勒索老板，曾经被刑警以涉黑的罪名缉捕，但没想到两兄弟出狱之后更加放肆，开始涉足毒品生意。俗话说光脚的不怕穿鞋的，因为两人草根出身，干事不要命，所以在海城地区一度称霸一方。但在“亮剑行动”开始以后，海城与襄城警方联手，有力打击了毒品犯罪，连续端掉了“二孩子”团伙的几个盘踞点，两人也东躲西藏抱头鼠窜。抓获黑娃儿和耍娃儿，依然是现阶段“亮剑行动”的主要任务之一。

还有一伙儿人数很少，基本可以忽略不计。主犯叫独狼，据说曾经是蒋坤的手下，后来出来单干，在道上也没什么动静，很少做成生意。海城市局虽然通令缉捕，但至今尚未获得该人的真实身份。

章鹏说完，那海涛又汇报了对狐狸的审讯情况。最后郭局严令，各单位要通力配合，尽全力持续推进“亮剑行动”的攻坚战役，一定要打掉蒋坤和“二孩子”团伙。同时部署了三点应急工作：第一是章鹏继续带领禁毒队全城搜捕嫌疑人；第二是廖樊带领特警队牵动各分局警力设卡盘查；第三是谭彦带领宣传处开展舆情应对，将抓捕行动失败、警员受伤的舆情影响降到最低。

散会后，郭局显得心事重重，一个人回到了办公室。谭彦没让老赵和老庞回来加班，自己带着小曲连续工作了三个小时，准备好舆情应对的稿件。新闻通稿得明天一早发了，谭彦静坐了一会儿，让小曲出去买了几份和合谷的快餐，稳了稳情绪，拿着餐盒和舆情初稿走进了郭局的办公室。

郭局桌上的烟灰缸插满了烟蒂，他头发有些乱，显得憔悴，毕竟是五十多岁的人了。他给谭彦倒了一杯水，搬了把凳子，坐在谭彦对面。

“和合谷啊，呵呵，好久不吃了。记得以前当队长的时候，每次带队上勤，都吃这个。”郭局说着掀开餐盒，“哟，还是双拼，腐败了啊。”他也饿了，大快朵颐起来。

谭彦也掀开餐盒，胡噜着饭。吃着吃着，眼泪就下来了。

“郭局，报告会的事我办得不好，给您丢脸了。”谭彦的眼泪半真半假，一半真懊悔，一半装可怜。他在来之前就想好了，这次必须得用弱者取胜的方法，造成的不良影响太大了。

郭局没说话，直至吃完了整盒饭。他起身拿过水杯，咕咚咕咚地喝水，一边喝一边看着谭彦。谭彦被看得难受，心里七上八下。

“你在政治部干了多少年了？”郭局问。

“十六年了。”谭彦回答。

“十六年了……”郭局重复着，“你对政工工作怎么看？说心里话，不要说什么与业务工作一样重要、两手都要硬那样的官话。”

谭彦没弄懂郭局的意图，但既然他不让自己说官话了，也就索性直抒胸臆。“我觉得政工很重要，一个队伍是否能健康地发展，是否有战斗力，除了业务工作之外，更要以政工为抓手，聚好队伍的人心，把好队伍的底线。”

“嗯……你说得对，但这还是官话。你觉得，如果再让你选一次，你还会当政工干部吗？”郭局问。

谭彦琢磨着郭局说话的风向，开始谨慎起来。“我……听组织安排。”

“呵呵，组织安排。”郭局笑了，“咱们当警察这一辈子走的路，大都是听组织安排的。也对啊，作为一名党员，就是党的螺丝钉，哪里需要往哪里钉。谭彦，警察生涯，不能总在一个岗位上踏步，那样太有局限性了。我想派你下去挂职，你的意见如何？”他看着谭彦。

谭彦知道，郭局并不是在和自己商量。“我听您的安排。”他表态。

“好，你同意就好。明天早上我会在市局党委会上提出。你回去做一下准备，把日常工作交接给小庞和老赵。”

“明白。”谭彦站起身来，“这个稿子您看可以吗？”他感到浑身发麻，心中忐忑着，不知未来是忧是喜。

“放我桌上吧，我一会儿看。”郭局说。

“好，那我先走了。”谭彦告辞。

“你不问我想把你派到哪里去吗？”郭局叫住谭彦。

“听您的安排，我没意见。”谭彦答。

“特警大队的老陈干不动了，我想让你去那儿挂职政委。两年时间，把这个队伍给我管好。”郭局说。

谭彦的脑袋嗡的一下，他愣住了，就算多年的修炼让他拥有不动声色的能力，但郭局的这个决定宛如一个炸雷，在他耳边爆响。特警大队，那可是他口中的“有胸无脑”的队伍啊。谭彦知道，郭局此举是为自己好，到下面挂职，一是可以补上他的基层工作经验，便于以后提拔；二是可以暂避风头，躲过那场报告会的影响。且两年时间也不长不短，进可攻退可守。但纵观全局上下，是没有几个人能和廖樊“尿到一壶”的。谭彦一犹豫，郭局就看出来了。

“让你去特警大队挂职政委，我已经考虑很久了。特警的业务能力虽然嗷嗷叫，但政工工作却是末位。老陈与廖樊相处得不好，给这支队伍也带来了负面的影响。你下去暗访过，知道那里的情况。让你去那里抓思想政治工作，既是对你的考验，也是市局党委给你压的担子。记住，你得用这两年时间，给我带出一支政治过硬、素质一流、忠诚可靠的队伍来。现在全局在搞纪律作风整顿工作，你去了就是第一责任人。廖樊那里有什么问题，你直接跟我汇报。我送你两个词，责任重大，使命光荣。希望你不要让我失望。”郭局把话挑明。

谭彦不能再犹豫，一磕后脚跟庄重地敬礼，坚定地表态：“我一定努力，不辜负您的期望。”

离开郭局的办公室，谭彦的脑袋像被顶着一把枪。他不可抑制地回想着自己那天跟郭局的汇报：管理混乱，民警上班迟到早退的情况突出；家长作风，一言堂，民警之间不称呼同事，称呼外号或以兄弟相称……他隐隐地感觉，从那天开始就埋下让自己去特警挂职的伏笔了，这大概又是自己给自己挖的一个大坑。从宣传处的副处长到特警大队政委，谭彦级别依旧，但却成了市局直属单位的“双一把”，在理论上算是提拔了。但谭彦却明白，这两个职位的含金量可不同，宣传处牵头的副处长，明着是副处，却掌握着正处的权力，同时又在局领导身边，就算是各单位的一把手见到自己也得客客气气。但特警大队的政委就不同了，说是“双一把”，实际上全面工作还是廖樊的。再加上他这么难相处，估计未来这两年，够自己受的。郭局始终未提报告会的事，谭彦明白，不提这件事并不是说已经安然度过了，而是没有再提的必要。木已成舟，影响已经造成，余下的事情就和老庞、老赵说的一样，不能主动作为，只能让时间将它埋没了。

谭彦想着事，围着市局大院不停地走着，双眼直视前方。他想自己此时的样子一定很像郭局的司机小马，像机器人一样。

目的

郭局的提议在市局党委会上通过了，谭彦即将被派到特警大队挂职两年。在公务员系统，挂职通常作为一种培养干部的方式，挂职改变的只是工作岗位，人事和工资关系仍然保留在原单位，不占挂职单位的编制。也就是说，谭彦虽然担任了特警大队的政委，但依然是政治部宣传处的人，到特警大队算是“下挂”，两年一到是要回来的。此消息一出，宣传处的另外两人也都动作起来了。老庞行动挺快，主动找到谭彦，送了他一条帆船摆件，上面刻着四个字“一帆风顺”。老庞让谭彦安安心心地去，说这肯定是提拔的路子，并承诺自己会好好帮他“看家”。但谭彦却对这条帆船表示警惕，压根没打算把它带到特警队，你想啊，帆船和“翻船”念起来一样，天知道老庞这个“一帆风顺”是不是在祝他阴沟里翻船、有去无回。老赵没弄那么大阵势，而是跟谭彦玩随风潜入夜、润物细无声的套路，他帮谭彦收拾好东西，还亲自填了“公车使用单”，送谭彦回家。在车上，推心置腹地说了许多肺腑之言，他说自己之前是想过竞争这个处长，但最近越发感到力不从心，于是找到政治部副主任楚冬阳，准备让他帮自己活动活动，到市局的后勤基地谋个差使。离退休也不到五年了，他不想折腾了。谭彦知道这是老赵的真心话，在市局宣布他的挂职命令之后，楚冬阳在找他谈话时也提到了老赵的事。谭彦劝老赵不如去市局文联干几年，那里虽然工作不少，但起码和文化沾边，对他的口味。老赵也觉得这个提议不错，说有时间去文联考察考察。

老赵将谭彦送到家，临走的时候提醒谭彦：“我跟老陈很熟，特警那支队伍不好带，别看平时挺忙吧，但却没什么自己的业务。廖樊恃才傲物，不好相处，你是个文人，到武夫扎堆的地方得反着来，得用文化的力量。”老赵笑。

“呵呵……”谭彦也笑了，他挺享受和老赵这样交流的。人与人之间只有在没有利益关系的时候，才最舒服。“我记得，文化不是学历，不是经历，不是阅历，是根植于内心的修养，无须提醒的自觉，以约束为前提的自由……”谭彦说。

“还有，为别人着想的善良，”老赵帮他说完，“这几句话是我从一个电视节目里抄的，我觉得挺有道理的。现在的聪明人太多了，都想从别人身上‘薅羊毛’,但真正有智慧的人却会反着来。为别人着想的善良就是以德报怨。总说‘好人有好报’，其实不是指望因为你善良，别人就要帮你，天下没有那么便宜的事儿，而是因为你没有攻击性，受到别人攻击的概率就会小，所以人生路就自然走得顺了。这才是大智慧。”老赵像个长辈一样。

“嗯，我明白了。谢谢您。”谭彦真诚地点头。

“嗐，我也是啰唆，你比我强，我早已经翻篇儿了。”老赵拍了拍谭彦的肩膀，没再说什么，默默地走了。

谭彦看着老赵的背影，突然感到一种失落。也许从此刻起，自己的生活便与他再无交集。说是挂职，但这一走，谁知下一步路在何方。而老赵无论日后是去后勤还是文联,也将从此退出职场上的竞争。与其说他是在送自己，不如说是在互相送别。谭彦叹了口气，搬着纸箱上了楼。

他是和季敏打了招呼才回来的。一进门，挠挠正坐在沙发上看着《小猪佩奇》。挠挠见到谭彦显得很意外，但一时处于两难，又想把动画片看完，又想缠着爸爸。谭彦索性放下箱子，坐在挠挠身旁陪他一起看。这一集讲的是女王给兔小姐颁奖的故事，动画片里的女王是个大方脸，说话的口型有点像老庞，正在给“全国最努力工作”的兔小姐发奖。挠挠看得很入神，季敏看他回来了，就开始炒菜。谭彦听洗衣机的“嘀”声响了，就习惯性地取出衣服晾在阳台，衣服都是季敏的内衣和外衣，谭彦闻着那股熟悉的洗衣液味道，突然心生悲凉，不知道自己还要不要留在家里。

“爸爸，你知道最努力工作的人是谁吗？”挠挠走到阳台间。

“哦？兔小姐啊，动画片里不是说了吗？兔小姐不但要经营冰激凌摊，还在回收中心和图书馆工作，还要开货车、开消防车、开救援直升机，还在超市做收银员……”谭彦耐心地回答着。

“不是，兔小姐是假的，”挠挠说，“我觉得妈妈才是最努力工作的人。”

谭彦一愣，看着挠挠。

“妈妈每天要做早饭，要送我去幼儿园，要去工作，还要去接我到姥姥家。妈妈最努力了。”挠挠说。

谭彦笑着点头。“对，你说得对。妈妈最努力了。”

“爸爸，你会和猪爸爸一样厉害吗？”挠挠又问。

“猪爸爸怎么厉害了？”

“猪爸爸会把照片挂在墙上，会打棒球，会带佩奇和乔治去野营，会在下雨的时候在泥坑里跳。他是最厉害的爸爸。”挠挠说。

谭彦知道，挠挠说的这些，自己从没做到过。他突然想逃，想避开这种熟悉的生活环境，他知道这一切都不再属于自己。此刻的一切就像那场盛大的报告会一样，是一场幻梦。他慌忙给手机上了一个闹铃。在几分钟之后，《拉德斯基进行曲》如约响起，他就编了个谎话，说单位有急事要赶回去。季敏没有阻拦，拿保温盒给他打包了饭菜。谭彦简单收拾一些日常物品，提着箱子就离开了家门。

在下楼之后，挠挠还趴在窗户上看着他。他鼻子一酸，眼泪差点掉下来。箱子里除了春秋季的制服之外，还有几张交响乐的唱片，这是谭彦给自己带的“麻药”，能让他逃避清冷的现实。当他再一次回头的时候，发现季敏也站在窗后。他知道那个闹铃很假，根本就不像来电的样子。

他准备回宣传处过夜，明早赶在大家上班前去特警大队报到。但时至傍晚，还饥肠辘辘，于是便在五人小圈子的微信群里发了个钩手指的动作，没想到章鹏和那海涛立即作答，两位正好都在单位加班。

这顿饭没有喝酒，三个人要了外卖在宣传处的办公室里聊天。今天是小曲值班，谭彦就替了他，让他陪女朋友去逛街。小曲挺感动，说什么也不走。直到章鹏和那海涛过来的时候，才明白自己在这不方便。

谭彦被工作和生活双重打击，显得挺颓废。章鹏的手下现在还躺在医院里，蒋坤也没个踪迹，心情也不好。两个人都闷着，弄得那海涛挺别扭。

“哎哎哎，你们俩干吗呢，闷葫芦似的，有劲没劲，”那海涛说，“都多大点儿事儿啊，至于吗？”

“我明天就去特警报到了，你们是不知道啊，我上个月刚去做过暗访，那个队伍，真是一言难尽……”谭彦摇头。

“嘿嘿，我听说了，你没少在郭局那儿扎针儿。”那海涛笑。

“什么叫扎针儿啊，那是实话实说，领导让我去了，能隐瞒吗？”谭彦反问。

“这次你过去挂职还真得注意，你知道廖樊那孙子有个什么外号吗？野驴，逮谁怼谁，整天七个不服八个不忿的。”章鹏插话。

“你觉得我过去该怎么做？”谭彦问。

“怎么做？战斗呗。警察是干什么的？战斗的啊。对廖樊那个野驴啊，你还真不能惯着，你得针尖对麦芒，明着招呼。我太了解那帮特警了，都是胸大无脑之人，你越是客气，他们就越不拿你当回事。我送你句话啊，什么叫高手呢？不能折腕儿。”章鹏说。

“嘿嘿嘿，你这可是指瞎道儿啊。‘谭荣誉’他初来乍到的，怎么跟人家对着干啊？扯淡。”那海涛摆手。

“那你的意思呢？过去当和事佬，装孙子？我还告诉你，在别的单位行，在特警，没戏！那个老陈你也不是不知道，也去了两年了，最后还不是被挤对得班都不上了。”章鹏辩解。

“哼，那我问你，郭局为什么不让老陈接着干啊？”那海涛看着章鹏。

“为什么啊？”章鹏反问。

“郭局让‘谭荣誉’过去的目的是什么？你知道吗？”那海涛又问。

“郭局让我过去，是为了整顿队伍。”谭彦接了话。

“对！郭局不是让你过去闹炸裹乱的，而是将这支队伍带到正道儿上。这次挂职，对你来说既是考验也是机会，怎么把握在你自己。”那海涛不愧是搞预审的，洞察人心，“哎哎哎，我说到做到啊，字儿我给你带了。”他说着起身，从包里拿出一个牛皮信封，变戏法儿地展开了一幅书法。

“哎哟喂，你还真练上了？”谭彦笑了。

章鹏帮那海涛把书法展开，上面写着两个字：藏锋。

“行啊老那，字儿写得不错啊。”章鹏笑。

“藏锋……”谭彦琢磨着字里的意思。

“好的书法，笔锋不显露，明白的人，锋芒不外露。我就想提醒你，谦虚谦虚再谦虚，谨慎谨慎再谨慎，低调低调再低调。”那海涛认真地说。

“哼，我还不够低调啊，再低调都快出溜到桌子底下去了。”谭彦笑。

“没跟你开玩笑，特警和你在宣传处不一样，这么多年你没干过业务，这次下去可不能马上‘亮剑’。”那海涛说。

“得，谢了，字儿我收了，明天就给裱上。”谭彦抱拳。

“听你这话，你对‘亮剑行动’有意见啊？”章鹏打岔。

“你就贫吧……”那海涛摇头，“我是想劝‘谭荣誉’到特警不能跟人家对着干。什么时候需要亮剑啊？是关键时刻，万不得已的时候才要亮剑。不能平时动不动就亮，那样你的剑就不值钱了。”

“嗯，我同意。”谭彦点头，“就说现在的朋友圈，天天给别人点赞的大都是小角色，当领导的很少发朋友圈，甚至没有朋友圈。在咱们这行里，真正前行的都是意志坚定目标明确的，而左顾右盼天天晒自己幸福的大都是弱者。”

“对，沉默的人在锦衣夜行，喧嚣的总是过眼云烟。”那海涛说。

“你们俩都深了，我怎么觉得都插不上话了。”章鹏摇头。

“吹牛逼、说瞎话的时代早已经过去了，未来拼的不光是智商，更是情商。所以记住，藏而不露，厚积薄发，平时低调，关键时起范儿，这样才能干好工作。”那海涛说。

“对，你说的我全都同意。”谭彦点头，“我现在也没什么可怕的了，该败的都败了，甭管是不是明升暗降，总能触底反弹、峰回路转。”

“得，我也送你句话吧。慈不掌兵，善不从警。到基层打拼，也得有股硬气。”章鹏说。

“好，我也记住了。谢了二位。”谭彦拱了拱拳。

谭彦一夜没睡，琢磨着那海涛和章鹏的话。凌晨过后，街上传来放肆的笑声和歇斯底里的喊叫，那是些脆弱的灵魂，只有依仗酒精的作用才能剥去白天的伪装，而当太阳升起之后，又会压抑悲喜、归于庸常。

锋芒

政治部的公车在土路上蹒跚前行，谭彦和楚冬阳随着坑洼的路面摇晃着。特警大队的办公地在海城市郊，距离不算很远，但路却不好走。这条路不知修了多少遍了，今年填上明年又刨开，也难怪老百姓投诉骂街了。

楚冬阳四十出头，虽然是政治部分管宣传处的副主任，但平时却很少对谭彦的工作指手画脚，无论是要开展的活动还是审批的稿件，基本都是顺水推舟地一次性通过。这也难怪，郭局动不动就直接对谭彦发号施令，楚冬阳夹在中间也不好再说什么。

车里放着舒缓的音乐，楚冬阳说着官话："谭彦，到特警队挂职，是市局党委对你的信任，现在全局正在搞纪律作风整顿活动，你去了之后就是第一责任人，工作遇到什么困难，需要我出面就随时说。别忘了，你还是政治部的干部。"

"谢谢主任，我一定不会让您失望的。"谭彦说。

"哎，不是不让我失望，而是不让市局党委失望，郭局失望……"楚冬阳把话点明，"我要提醒你啊，挂职虽然是临时的，但你抓工作的力度却绝不能打折扣。特警和其他警种不同，往往会有两个极端。他们没有自己主导的案件却又见过生死，要不就太闷，要不就太张扬。而且人员众多，情况也复杂，再用宣传处工作的老方法显然行不通。记住，你的任务是确保队伍的忠诚可靠，抓好党建，管好纪律作风和廉政工作。谭彦，任重道远啊。”楚冬阳话有深意，“按照郭局的要求，政治部和纪委也成立了督导检查组，会在战时跟进考察干部的表现。你在特警的两年，既是挑战，更是机会，一定要把握好……”

谭彦默默听着，分析着楚冬阳话里的干货。在车上的谈话看似无意，实际上肯定是楚冬阳提前准备好的，甚至，还可能是郭局的暗示。谭彦自然明白楚冬阳说的“挑战与机会并存”的含义。

“政委不好干啊，特别是和‘一把手’的关系要处理好，既要维护团结，又要协助好主业。你要拿捏好分寸,处理好关系。我之前也在经侦挂过政委，也发生过一些不愉快，但最后还是存小异求大同，以工作为重。你要引以为戒啊。”楚冬阳笑。

谭彦知道楚冬阳的那段历史,当时林楠牵头“一把手”,楚冬阳下去挂职，和自己今天的状况差不多。

车驶进特警大院的时候，楚冬阳最后说:“哎，还有件私事。我有个朋友的孩子刚到特警没多久，是个社招的大学生。哎，可不是让你照顾啊，据说这孩子有些思想负担，你没事就多敲打敲打他。”

“明白，叫什么名字？”谭彦问。

“吕铮，别人都叫他小吕。”楚冬阳说。

按说到了特警大队就要召开干部任命会了，却不料廖樊唱了出空城计。他带着几个人临时出了任务，把楚冬阳和谭彦晾在了会议室里。但楚冬阳都来了，也不能白坐这一个多小时的车，于是就在会议室等着。特警大队的前政委老陈忙前忙后地沏茶倒水，敬烟聊天。他辞去领导职务的申请市局已经批了，交接完今天的工作，他就到市局的后勤基地报到去了。天知道他占的，是不是老赵的名额。

谭彦觉得无聊,就到楼道里遛弯。特警队是半军事化管理,墙上贴着“忠诚，尽职，勇敢，奉献”“单兵是尖刀，整合是拳头”的标语。他扶住栏杆，向楼下大厅眺望着，想着自己未来的两年时间，将在这里度过。这时，他看到了一个短发女孩，正站在大厅的中央，用手转着一个胸卡。

在阳光下，那个女孩的侧影很动人。她将胸卡的挂绳缠绕在手指上，熟练地在空中甩动着。她的睫毛很长，齐耳的短发在肩头飘舞，笑得毫不遮掩。她上身穿着白衬衣，下面是蓝色牛仔裤，穿着一双白色耐克运动鞋，朴素的青春胜过华丽粉黛。谭彦觉得眼前的画面很美好，默默地看着。女孩的脖颈很长，身材很好，却并不像一般女孩那样娇弱，而是笔挺、健美、充满自信，一看就是受过训练的。

谭彦直勾勾地看着，不料女孩一转头突然与他四目相对。谭彦赶忙收起眼神，而女孩却认出了他。

“哎呀，是‘谭荣誉’吧？”女孩的声音很清澈，像泉水一样。

谭彦不能再躲闪了，抬起头冲她笑了笑，同时也看清了女孩的面容。女孩的眼睛挺大，笑的时候有两个小酒窝，满脸都是青春的样子。她没管谭彦叫谭处长或者谭政委，而是直呼外号，这让谭彦感到意外，却也很亲切。

“我们认识吗？”谭彦笑着问。

“那本吹捧视频侦查的《无所遁形》是你写的吧？”女孩笑着问。

“哦……”谭彦感到意外，没想到她看过自己的小说。

女孩收起胸卡，噔噔噔地跑上楼来。谭彦觉得这姑娘挺有意思，在原地等着。

“我叫百合，特警大队的训犬员。”百合大方地伸出手。

谭彦握住百合的手，笑了笑。

“《三叉戟》电视剧我看了，老三位演得挺好的，但就是女性角色不讨喜。”百合大大咧咧地说。谭彦心里暗笑，觉得这位要是个男的，肯定是个浑不吝，但作为女孩却挺可爱的。

“嗐，那都是编剧惹的祸，我原小说不是这么写的。”谭彦笑。

“听说你来我们大队当政委了？”百合问。

“是啊，这不正准备宣布呢吗？”

“不巧啊，大队长去任务现场了，估计政治部的大官儿得等等了。”百合冲会议室里努努嘴。

谭彦看这姑娘没拿自己当外人，觉得挺高兴。这时，一个矮个子特警正好经过，百合一把拽住他。

“哎，你还记得他吗？”百合问。

谭彦仔细一看，觉得眼熟。“他是？”

“哈，他就是那天拿枪顶着你的那个。”百合笑。

谭彦这才认出来，果然是那天持枪的特警。

矮个子特警挺紧张，冲谭彦轻点了个头。

“嗐，那都是误会。”谭彦摆出一副大度的样子。

“他叫王宝，是大队的狙击手，三十了，单身，外号‘木头人枪神’。”百合说。

王宝又冲谭彦点点头，避瘟神一样地要走。这时，从另一边又走来一个特警。他一边走一边笑着打电话：“哎，得嘞，祝愉快啊。”

“嘿，你跟谁聊呢？”百合问。

那个特警嚼着口香糖，笑着回答：“不认识，打错电话了。”

“我真服你了，跟打错电话的还能聊半天。”百合笑，“哎，他叫刘浪，是我们队的副大队长，同时也是突击队队长，人称浪哥。”

刘浪一看谭彦，立马伸出手来。“哎哟，是新来的政委吧，你好你好。”

谭彦看他也面熟，仔细一想，这位也在那天的现场。

“哎，你那天也在吧？”谭彦看着百合。

“哈哈，是啊，我的宝贝儿还吓了你一跳呢。”百合笑得前仰后合。

百合还想再聊，刘浪打断了她。“哎，老大叫咱们过去，事儿闹大了。光凭嘴可能行不了。百合，你带上雷欧。王宝，你带装备。马上跟我走。”他说着就转过身。

“哎，刘队，出什么事了？”谭彦叫住他。

“哦，不是什么大事儿。一个劫持人质的现场。”刘浪轻描淡写。

“我……跟你们一起去吧。”谭彦说。

“啊？你跟我们……”刘浪一愣。

“你是想搜集写作素材吧？”百合笑。

“什么话，我已经是你们政委了。”谭彦整了整衣领。

谭彦跟楚冬阳请了假，跟刘浪、百合等人一起去了现场，任命会无奈延后。谭彦笑称自己已经直接衔接上工作了。王宝将那辆剑齿虎开得风驰电掣，弄得谭彦的胃里翻江倒海。百合换上了作战服，失了几分俏丽却多了飒爽。刘浪说的“雷欧”正是那天的德国黑背警犬。它趴在谭彦脚边，吐着舌头瞪着他。谭彦不敢乱动，他是领教过这位爷威风的。同车的还有一个年轻特警，身材高大却显得文质彬彬。百合介绍他叫小吕，是突击队员。谭彦瞥了他一眼，在心里挂上了号。

一路无话，转眼就到了现场。时至中午，阳光暴晒。海城城西的一个贸易市场外，人群涌动。现场已经拉上了黄色的警戒带。剑齿虎稍作减速，一个站岗的特警灵巧地掀起警戒带，让车驶了进去。谭彦一下车，就感觉到了紧张的气氛。

在一栋没有交工的六层楼上，廖樊穿着印有“特警 SWAT”的作战服，叉着腰伫立在楼顶，背后的几名特警荷枪实弹。十米开外，一个瘦弱的男子正手持一把一尺长的尖刀，挟持着一名七八岁的女童。他三十多岁，白衬衣沾满了血迹，神情木讷，抱着女童坐在楼的边缘，十分危险。

廖樊没想到谭彦会来，轻轻点了下头，算是打招呼。

“什么情况？”谭彦凑到廖樊身边问。

“一个搞技术的，拿刀把他媳妇捅了，邻居报 110，就被追到了这儿。看走投无路，就又拿刀劫持了附近一个小店店主的孩子。”廖樊言简意赅。

谭彦眯着眼往前面看。廖樊拿起电子喇叭。“李洋，你已经被包围了，大老爷们儿的，有什么问题过来说，别拉人家当垫背的。”

楼下的人群并未疏散，许多群众都在围观，百合与小吕正在铺设充气垫。

谭彦轻声问刘浪："哎，怎么还有群众啊？"

"嗐……"刘浪嚼着口香糖，"中国人不就这毛病吗？爱看热闹。要不是咱们赶到得及时，还有人起哄让他往楼下跳呢。"

"嫌疑人什么情况？"谭彦问。

"李洋，三十五岁，家住东坝河西里 3 门 5 号，在海城电子研究院工作，妻子高晓薇，儿子李小洋，刚三岁半。"刘浪说着把一个 iPad 递给谭彦，上面是关于李洋的信息。

谭彦仔细地看着，脑子也在转着。

廖樊看没回应，又往前走了两步。"李洋，你听见我说的了吗？你媳妇没有生命危险，犯不着这样儿。"

他这么一激，李洋有反应了。他突然大喊："我不想活了，生命对我来说，已经没有任何意义。我活够了，你们听懂了吗？"他的声音歇斯底里。

此时的室外温度已经达到三十五六摄氏度，烈日当空，让人感到眩晕。李洋疲惫至极，浑身颤抖着，满眼通红，女童已经脱水了，处于半昏迷状态。谭彦知道，距此一百多米的另一个楼顶上，王宝已经架好了 88 式狙击步枪，随时能用 5.8 毫米口径的子弹结束李洋的性命。但由于他坐在楼边，大家都不敢轻举妄动。

王宝在现场西北侧的一个八层的楼顶，呈卧姿据枪。他调整着呼吸，感受着风向和强度。瞄准镜中，已经暴露出李洋的后脑。"到位。"他在耳麦里喊。

廖樊收到了信息，不动声色地思考和抉择着下一步。

"有什么计划？强攻吗？"谭彦轻声问。

"你什么意思？要参与行动吗？"廖樊反问。

"我是大队的政委，有权知道行动计划。"谭彦说。

"不是还没宣布吗？等宣布再向你汇报。"廖樊哼了一声。

"任免通知市局早就发了，楚主任也在大队宣布了。我现在已经是特警大队的政委了。”谭彦确定。

廖樊笑着点点头，“好，那我告诉你，现在这个情况只能强攻。我跟他聊了半个小时了，没有作用，他情绪还越来越激动。再这么下去，我们无法保证人质的安全。”廖樊说。

“我……”谭彦犹豫了一下，“我想过去跟他聊聊。”谭彦试探地说。

“你跟他聊聊？”廖樊扑哧一下笑了，“你跟他聊什么？做思想政治工作？”

“那怎么了？没准有效呢。”谭彦说。

“别扯淡了！好好待着吧。别一会儿伤了你。”廖樊摇摇头。

“‘木头’，做好准备。”廖樊用手按动耳麦。

谭彦有些着急了，他觉得此刻自己该有所作为。他也不顾廖樊的反对，从地上抄起两瓶矿泉水，径直走了过去。

他这么一动，所有的特警都愣住了。

“嘿，你干吗去啊！”廖樊喊，“你们俩，给他拉回来。”他急了。

两个特警刚要往前蹿，被刘浪拦住了。

“老大，这么做会激化矛盾的，等等，看看情况再说。”刘浪说。

廖樊冲两个特警摆摆手，凝视着谭彦的背影。“‘木头’，看紧着点儿，随时准备。”他又按动耳麦。

谭彦往前一走，李洋也吓坏了。他赶忙抬起刀，放在女童的脖子上。“你别过来！再过来，我就动手了！”他大喊着。

“哎，我手里没有武器，你看。”谭彦摊开双手，停在距他四五米的地方，把矿泉水放在地上，“我就是想跟你聊聊，干吗这么想不开啊。”谭彦缓缓坐在了地上。

“喝水吗？”谭彦用手指了指矿泉水。

李洋看着水，犹豫着。“你们……你们别乱来，我看过电视剧的，我一接水，你们就开枪！”李洋喊。

“哎，电视剧都是瞎编，你想多了。”谭彦拧松了一瓶的盖子，放在地上滚了过去。李洋试探地够过水瓶，咕咚咚地喝了几口。

“别光顾自己喝，给那孩子也喝两口。”谭彦说着，又将另一瓶滚过去。

李洋喝过了水，情绪稳定了一些。谭彦也初步得到了他的信任。

“为什么这么干啊？跟你媳妇有什么深仇大恨啊？”谭彦问。

李洋叹了口气，并不回答。

“有什么想说的，跟我聊聊。反正你也不想活了，心里的事儿，总得说出来吧？饿不饿，我给你弄点吃的去？”谭彦说。

李洋微微抬头。“我身上的事儿，没人能懂！你不用给我送饭，也不用劝我。我今天就是要死在这儿，让那帮乌龟王八蛋看着，每天都做噩梦！”李洋哭出了声音。

谭彦感觉摸到一点门儿了。“哼，哼哼……”他不屑地笑了。

“你笑什么？”李洋擦了把泪。

“我觉得吧，你要是死在这儿了，别说那帮乌龟王八蛋不会做噩梦，估计他们高兴还来不及呢。”谭彦使用激将法，“哎，你说的那帮人，是公司里的吧。”他继续试探。

“你……怎么知道？”李洋诧异。

“说说吧，怎么回事。”谭彦说。

“哎……”李洋低下头，自嘲地笑了笑，“底层，卑微，歧视，受辱，我……受够了……”

“什么话？研究生学历，名下一套价值几百万的住房，事业单位编制，怎么就卑微、底层了？”谭彦问。

“你知道吗？我十八岁来到这个城市，考上科技大学，我梦寐以求的地方。我每次考试都是名列前茅，我当时觉得，自己的未来一定会好，我一定不辜负爹妈。”李洋终于开了口，“小时候家里穷，我哥我姐都辍学了，全家只有我这么一个希望。但是……在毕业的时候，哼……比我成绩差的分到了好单位，我成绩最好却无人问津。这是个什么样的社会啊。唉……”他又叹。

“丛林法则，正常不过。”谭彦也叹了口气，“我也一样，在学校时成绩不错，但毕业后，无论是晋级还是提拔，永远最后一个。”

“我和你不一样。你不知道我的苦！”李洋打断谭彦的话，“后来我终于找到了工作，就是那个电子研究院。我想进步啊，每天兢兢业业，加班加点，早来晚走，总想让别人觉得我好。但是，他们根本就拿我不当回事，觉得我是外地人，排挤我，轻慢我，把我当一条狗。”

“哼，我觉得你想得不对，没人能把你当成狗，除非你自己看不起自己。”谭彦说。

“你又不是我，怎么会懂我的感受。”李洋大喊。

“行，我不打断你，接着说。”谭彦冲他抬抬手。

“后来我结婚了，哼，就是那个烂女人。她是海城人，城市户口，家里条件不错。我没房子，结婚后就住到她家。她父母……跟我的领导一样，从没正眼看过我，一直觉得我在占他们家的便宜。后来，她……她……”李洋颤抖起来。

“她背叛了你，还夺走了你的孩子。”谭彦一字一句地说。

“你怎么知道？”李洋瞪着谭彦。

“要不能至于这样吗？”谭彦反问。他已经找到了李洋的心结，思想政治工作讲究的就是对症下药。

“那就重新开始吧，找到属于自己的生活，没必要这样。”谭彦说。

“你有孩子吗？你知道跟孩子分离的痛苦吗？”李洋反问。

“我知道，当然知道了。”谭彦平静地回答，“哎，你说了这么多了，想听听我的故事吗？”谭彦看着他。

李洋不解，看着谭彦。

“我媳妇比我小几岁，我认识她的时候，还不到三十。那时我刚当警察不久，跟你一样，总想让别人觉得自己好。结婚的时候，我跟她说啊，要让她成为这个世界上最幸福的女人。哼，我估计你也说过这种废话吧……”谭彦苦笑，“但在结婚之后呢，怎么说呢，一地鸡毛。和你一样，我想在单位干出成绩，说白了就是想当官。职场就是猴爬杆儿，底下的永远看着上面的屁股，我觉得很正常。所以呢，我就全身心地投入到工作中，五加二，白加黑，回家就像住宾馆一样，见媳妇面儿比看《新闻联播》的次数还少。我们之间开始有了矛盾，有了争吵，渐渐冷了、疲了，连说话也少了。但我想改变现状啊，于是在结婚七年的时候，要了儿子。哼，你知道我给他起了个什么名儿吗？挠挠。呵呵，我想用他来解我们的七年之痒。哎，有烟吗？”谭彦说着回头，冲几个特警招招手。

刘浪赶忙掏出一包，连同火机一起扔了过去。

谭彦点燃了一支，夹在指尖抬了抬。“哎，你抽吗？”他问李洋。

李洋犹豫了一下，点了点头。

谭彦把烟扔过去，李洋摸索过来，深深地吸了两口。

“还听吗？”谭彦问。

“说吧。”李洋的情绪稳定了许多。

“但没想到有了孩子之后，我们的关系非但没有缓解，反而出现了更多的矛盾。她也是有进取心的人，在单位干得不错，管的人比我多；而我呢，也是个官儿迷，为了当个小科长，整天泡在单位里。时间一久，感情就自然死亡了。后来有一天啊，我痛定思痛，觉得不能再这样下去了，就花十五块钱，买了一朵花，还弄了个包装，准备给她个惊喜，结果，哼……唉……”谭彦默默地抽烟。

趁他和李洋聊天的机会，小吕和百合已经把楼下的充气垫支好。廖樊命令两名特警，悄悄摸到了李洋脚下的窗户边上。但由于他手上的刀还没离开女童，特警只能待命。

谭彦抽完了一支烟，又点燃了一支，继续自顾自地说着，当讲到自己撞上老孟给季敏撑伞的一刻，眼睛都湿润了。听得李洋也动容了。

“唉，政委也真够惨的。”百合也来到了现场。

“哼，肯定是编的，哪那么巧啊……”刘浪撇嘴，“哎，听说他是写小说的？”

“嗯，著名公安作家。”百合点头。

“哦，怪不得这么能忽悠。”刘浪笑。

李洋静静地听着，表情松弛下来，“那现在，你怎么办了？”他问。

“现在？哼,能怎么办啊。孩子归她,我净身出户,重新开始。”谭彦回答。

“凭什么啊？这是她的过错。”李洋不忿。

“兄弟啊，听我一句劝。人这辈子不能跟自己较劲。总想赢，就会用力过猛，结果就适得其反。这个世界上哪有锦上添花啊，能活着，不得病，健健康康的，就已经很幸运了。没事儿到肿瘤医院去看看，他们哪个活得比你好？哎，这是我的心里话啊，要是换成别人，我才不说呢。我是看你啊，和我一个揍性，才同病相怜。”谭彦推心置腹。

“但……但我已经……没有退路了。”李洋摇头。

“扯淡，怎么没退路了？我刚才问了，你媳妇没死，正在医院抢救。你只要不伤害这孩子，出去大不了蹲几年监狱。自己犯下的错，自己承担，自己走错的路，自己得给掰过来。只要活着，人生肯定峰回路转、触底反弹。对于不爱你的女人，强扭的瓜不甜，放手才是最好的选择。”谭彦说。

“嗯……”李洋看着谭彦，点点头。

“为了你儿子，放下刀，自己走过来。”谭彦说着伸出手，站起身来。

李洋动容了，抬头看着谭彦。

“你现在违法了，伤人了，还劫持人质了，你改变不了即将受到的惩罚，也没有人会因为你的遭遇去同情你。但是，只要你活着，就有重新开始的机会，哪怕再过五年、十年，只要你拼命，就没什么战胜不了的。李洋，你要记住今天这个日子，以后只要遇到困境，就要告诉自己，再怎么差也会比今天好。懂吗？”谭彦大声说。

李洋低下了头，久久地沉思。廖樊的身体紧绷着，所有特警都屏住了呼吸。大家知道,李洋在做最后的选择。谭彦的额头冒出了汗水,后背也湿透了。时间一秒，两秒，三秒，仿佛被无限拉长了。这时，奇迹出现了，李洋缓缓地站起身来，把刀扔在了地上，又张开双手，放开了女童。几名特警立即扑了过去，将女童搂在怀里，将李洋压倒在地。

“欧！牛逼！特警牛逼！”楼下的群众高喊着。

谭彦一屁股坐在地上，大口地喘气。

“政委，你太棒了，思想政治工作，不战而屈人之兵啊！”百合跑过来，猛拍谭彦的肩膀。

谭彦摆了摆手，回身胡噜过一瓶水，拧开盖，咕咚咕咚地灌了下去。

李洋被特警押了过来，他挣扎着，深深地给谭彦鞠躬。

“什么都别说了，重新开始吧。后半辈子，别活在别人的施舍里。”谭彦说着站了起来。

较量

傍晚，特警大队食堂的电视里放着一个动物的纪录片。一头公非洲狮在大草原上拼命地追逐一只羚羊，最后还是被它跑掉了。谭彦默默地盯着屏幕，看着非洲狮沮丧的样子。他食之无味地吃着一碗热汤面，周围的特警队员都躲得远远的。谭彦几次想找机会跟他们聊聊，不想他们都稀里呼噜地吃完，匆匆走了。那几个小伙子的年龄也得二十大几了，但眼神却依旧青涩单纯，一点没有这个年纪警察的老成练达，就连宣传处的小曲都比不上。谭彦觉得这可能就是他们的特点吧，虽然同是警察，却并不接触执法办案，工作环境相对简单，接触面也窄。谭彦正想着，一个人向他走过来。那人五十多岁的年纪，头发已经花白，微胖的身子套着一件淡蓝色的T恤，走起路来一瘸一拐的。

他冲谭彦伸出手，笑着说："你是新来的政委吧，你好，我姓马。"

谭彦摆出一副谦恭的模样与他握手。"您是？"

"哦，我叫马学军，是负责食堂的。他们都叫我马叔。"他笑着说，"听说你挺棒的，下午几句话，就不战而屈人之兵了？"马叔恭维道。

"嗐……谈不上。就是觉得不能所有事都拿子弹解决。"谭彦笑，"哎，这事连您都知道了？"

"呵呵，这么大的行动，谁能不知道啊。特警的小伙子都在谈论呢。"马叔说。

他这么一说，谭彦的心里舒服了许多，看来自己的开场还算成功。

“来来来，坐。”谭彦抬抬手，准备拿马叔当第一个信息切入点。

“怎么样，饭菜还吃得惯吧？”马叔说起了本分。

“挺好，挺好。”谭彦点头。他知道自己初来乍到，还没有提要求的资本。现在做事，得谋定后动，事缓则圆。

“我呀，在这儿干了两年了。之前食堂不是我承包的，是市局指定的公司。但特警大队有它的特殊性，虽然日常补贴比其他警种要多些，但这帮孩子训练量大，吃得也猛，那家公司顶不住了，就打了退堂鼓。这不，我就参与竞标了。”马叔介绍着。

“哦……”谭彦不动声色地看着马叔，琢磨着他主动跟自己攀谈的意图。他推测，马叔作为食堂的经营者找自己无非有两个目的：第一是试探虚实，看自己是什么路子，好不好接触；第二是搭上关系，日后也好相处。毕竟大队的政委是分管后勤工作的。这些年政企分开，市局原来的“三产”都剥离出去了，需要的服务都以购买的形式。他虽然在宣传处，但对后勤工作也略知一二。比如食堂，一般都是通过向有资质的企业招标，进行签约服务。每次签约的时间是两年，到期再决定是否续约。谭彦琢磨着马叔的话，里面“干了两年”应该算个关键词。“干了两年”说明签约即将到期，看来马叔是有求于自己的。谭彦不认为这是自己想得多，这世界太复杂，得多用小人之心度君子之腹。

“这个食堂的利润怎么样？”谭彦不经意地问出重点。

马叔一笑：“利润？哪有什么利润。”

“没利润您坚持干了两年？”谭彦边说边回忆刚才的晚餐。花样繁多、品种齐全，要说餐标还真是不低。

“特警的要求多，比如狙击手们。哦，就拿王宝来说，平时训练辛苦，随时可能加餐，那食堂的大师傅就得多备几个人，有下班的就得有在这儿盯着的。特警吃饭有酸奶，主食得精，肉食不能少，以牛羊肉为主，价格自然比猪肉、鸡肉要贵，在训练时还不能吃冷的，坏了肚子就会影响成绩。可以说啊，这个食堂是全市局最不好干的。”马叔诉着苦。

谭彦知道他的目的了，大概是想追加经费。但谭彦可不会顺着他的路子走，话锋一转就岔开了话题。“咱们队这帮小伙子都挺有特点的，跟外面办案的警察不太一样。”谭彦抛出了另一个话题。

“是啊，别看他们练得壮壮的，但许多人在心里还像个孩子。特警队相对封闭，接触社会不多，许多小伙子除了训练就是执行任务，连个姑娘都接触不上。您这个当政委的，得多替他们操心了。”马叔说。

“嗯，您说得对。是得工作生活两不误，解决了个人问题，才没有后顾之忧。”谭彦点头。

“哎，看你这年纪，孩子也不小了吧？”马叔问。

谭彦就怕别人问自己这个，正琢磨着怎么搪塞，百合蹦蹦跳跳地过来了。

“哎哟，‘谭荣誉’，你在这儿啊。”她笑着坐在马叔身旁。

“哎，百合，以后见面按照规定称呼。”谭彦正色。

“哦……”百合吐了一下舌头，“那……谭政委，可以吧？”

“哼。”谭彦轻笑。

“你和你爱人离婚了啊？”百合猝不及防地问。

谭彦一愣：“你……怎么知道？”

“不是你自己说的吗？”百合问。

“哦，嗐……”谭彦笑了笑，没正面回答。

“你是瞎说的吧？”百合追问。

“嗯。”谭彦模棱两可。

“你有孩子了？”百合又问。

“是啊。”谭彦回答。

“哦……”百合点点头。

谭彦看着面前的这个姑娘，开始揣测她的动机。自己刚来特警队第一天，她就上赶着来接触，称呼还不用官称，而直呼外号。目的是什么？无非是搭关系套近乎呗。她还知道自己写过小说，改编过电视剧。哼，这个姑娘，肯定是提前做好功课的。

“哎，马叔，你们聊什么呢？”百合问。

“呵呵，我向政委汇报工作呢。”马叔也挺会说话。

“哎，谭……政委，”百合努力改口，“马叔可是我们的活雷锋啊。”百合笑。

“行了，我去后厨看看，小百合，你晚上得吃饭，别光顾着减肥。”马叔叮嘱道。

“谁说我不吃饭了，我是吃轻食，低卡路里。”百合说。

看马叔走了，谭彦问百合：“为什么叫他活雷锋？”

“哎，你可别小看他啊。他可是个有钱人，可不指着在这儿挣钱。为了搞好食堂，他每年还往里搭钱呢。”

“你说不挣钱我信，要说搭钱，我不信。”谭彦笑着摇头。

“真的。你别忘了，我除了训犬，也在综合队干活儿。咱们特警的补贴虽然比其他警种要多，但那帮人多能吃啊，碰上加勤还得额外做。我听说，马叔每年都往食堂搭十多万呢。”

“那……他图什么呢？”谭彦不解。

“哎，那我就给你讲讲他的故事吧……”百合双手托腮，打开了话匣子。

马叔当兵出身，转业后下海经商，做得有声有色。他的生意很广，遍及餐饮、租赁和物流等行业。他有一个幸福的家庭，妻子温柔，女儿活泼可爱。但就在他顺风顺水时，却飞来横祸。几个匪徒绑架了他的妻女，向他勒索赎金。马叔犹豫再三，提着现金前去赎人，却不料匪徒变本加厉，又将马叔扣住，逼他拿出更多赎金。马叔自知凶多吉少，在取钱的时候打伤了一名劫匪，夺路而逃。他立即报警，当时出警的就是特警大队。但当队员们强攻进绑架窝点的时候，马叔的妻女却惨遭杀害了。马叔从此一蹶不振，也无心打理生意，独自回到了老家襄城。直到两年前，他才重返海城市，为了报特警大队的救命之恩，用最低价格投标了大队的食堂，每年还拿出十多万补贴特警。

“他的腿就是那次伤的。”百合结束了讲述。

“你是说，他经营咱们大队的食堂，是为了报恩？”谭彦问。

“是啊，不然伙食怎么会这么好呢。而且啊，逢年过节，马叔还给大家发礼物呢。”百合说。

“这怎么行，符合规定吗？咱们自己没钱给同志们发礼物吗？”谭彦皱眉。

“我一个小民警可不知道了，这……得你这个大政委操心。”百合笑。

“哼。”谭彦也笑了，他觉得这个姑娘挺有意思，对什么都不怵，也许自己对她的怀疑是错误的。

“执行任务刺激吧？”百合笑。

“没觉得刺激，紧张倒是有的。”谭彦笑。

“正常的，我刚来特警的时候执行任务也紧张。”百合说。

“你的意思是，现在就不紧张了呗。”谭彦转移话题。

“那当然了，有我家宝贝儿在，我怕什么啊。”百合笑。

“哟，你都有孩子了？”谭彦打镲。

“嘿嘿嘿，骂人呢是吧，我像生过孩子的人吗？是警犬，我的宝贝儿。”百合皱眉。

“呃呃呃，对不起，对不起啊。”谭彦笑了。

“哎，说正题。咱们队的同志们都怎么样，好相处吗？”谭彦问。

“好相处啊，都是好哥们，没特别各色的。”百合说。

“比如，比如那个……王宝呢？”谭彦试探着。

“哼，这个你可别问我。我可不在背后说人家。”百合笑了，“行了，拜拜，我下班了。”她嗖的一下站了起来。

“哎，你们每周搞不搞政治学习啊？”谭彦在她背后问。

“哪有空啊，训练的时间都不够。”百合说着走出了门。

晚上，谭彦就住在了特警大队的单身宿舍。马叔忙前忙后，让物管的人给他找来新洗过的被褥，又带着他熟悉了周边的环境。谭彦洗了内衣，搭在宿舍的暖气片上，又躺在床上看了会儿市局新下发的文件汇编，却始终难以入眠。一天了，廖樊不要说尽地主之谊，就连话也没跟自己说过几句。他这个“一把手”不表态，自己这个政委就显得名不正言不顺。就算两人之前有过不愉快，但毕竟现在一起搭班子带队伍，如果开不好这个头，就会让底下的人觉得“双一把”不和,形成对立。谭彦下床披上衣服,准备找廖樊去聊聊。他知道两人的宿舍也不过相距几十米远。但走到门口，他又打了退堂鼓，他不想示弱，自己现在这样进去，弄不好又会热脸贴冷屁股。他想起了章鹏说的话，慈不掌兵，善不从警，到基层打拼，得有股硬气。谭彦开始体会到这点了，自己来当这个政委是市局党委任命的，又不是给廖樊打下手的，自己可不会像老陈一样，当个和事佬。谭彦想着，就穿上了衣服，他拿起了电话，打给了廖樊，说如果没睡，想开个班子会。廖樊停顿了几秒，“嗯”了一声，算是给了谭彦这个面子。

晚上十点，特警大队在单位的班子成员聚在了会议室里。谭彦坐在廖樊对面，表情温和，不想弄成对手的样子。他拿着刚刚看完的文件汇编，煞有介事地传达着上级领导的指示精神，算是在其他班子成员前的正式亮相。但当他念到第三个文件的时候，廖樊不耐烦地打断了他。

“哎，我说谭政委，这些文件大家都在传阅，我觉得就没必要再继续念了吧。”廖樊说。

谭彦抬头正色地看着他。“传阅是一回事，集中学习是另一回事。按照市局政治部的要求，各单位的班子成员每周都要抽出专门的时间进行思想政治学习。咱们大队之前，没有过这个制度吗？”谭彦问。

“有吗？”廖樊转头看刘浪。

“哦，有，有。”刘浪打马虎眼。

“执行得如何？”谭彦问刘浪。

“执行得……呵呵。”刘浪笑。

谭彦知道这是他在对付自己，于是放下文件，环顾了一下其他的班子成员。大家都怕沾上麻烦，于是便摆出埋头学习的样子。

“好，那既然廖队说了，文件大家就各自传阅学习。我初来乍到，对咱们大队的工作不熟悉，也想听听大家的意见和建议，以便日后更好地开展工作。请大家都说说，队里现在有什么问题，特别是政工方面的，来，都说说。”谭彦摆出一副谦和的样子。

大家面面相觑，都不说话。于是谭彦开始点将。“那咱们按照顺时针吧，常队，您先来。”他点了副大队长老常。

老常没有准备，表情挺尴尬，他看看谭彦，又看看廖樊，笑了笑，才说：“哦，我没什么意见，咱们大队上下工作都挺好的，无论是领导还是民警，都能团结一心攻坚克难。嗯……我的发言完了。”老常说完又低下头。

谭彦知道这是老常在说片儿汤话，心里也对他有了印象。他拿笔唰唰唰地在笔记本上记录，写的却并不是老常说话的内容，而是“老练，圆滑，属于骑墙派”。

“嗯，那下一位。”谭彦写完又开始点将。

另一位副大队长也照方抓药，说的都是不疼不痒的官话。谭彦一边记录，一边侧眼看廖樊，他已经显得不耐烦了。

“同志们，听了两位的发言，我说句实话啊，不过瘾。为什么呢？就是说得都太客气，或者说，太客套。我想先说说咱们开会的目的啊，不是你好我好大家好，相互鼓励相互认可，而是红红脸、出出汗、提提醒、找找差距，我觉得这样的氛围才能让会议取得实效。”

“哼，红红脸，出出汗，还走走肾呢。”廖樊不屑。

“哎，廖队，你这是什么暗语？”谭彦似笑非笑地看着廖樊。

“谭政委，你知道咱们特警是干什么的吗？”廖樊问。

“干什么的？”谭彦反问。

“特警是搞行动的，训练、出击、完成任务，不纸上谈兵。”廖樊说。

“我同意你的说法，但还有句话叫三军未动粮草先行。粮草是什么？我认为就是民警忠诚、尽职、勇敢、奉献的思想保障，所以，通过开会来统一思想、带好队伍，与业务工作并不冲突。”谭彦的话有理有据，说得廖樊反而没话了。

大家面面相觑，觉得这个政委挺厉害的，和之前的老陈截然不同。谭彦不光有水平，而且有胆识。要知道，在局里能跟廖樊硬顶的，可真没几个。

“那咱们继续，刘队，你来说说。”谭彦继续点将。

刘浪是特警大队的副大队长兼利剑突击队的队长，在队里的角色是很重要的。他转转眼珠，觉得挺为难。这两位“一把手”刚交过锋，自己往哪边靠，都似乎危险。于是他便操起了那副大大咧咧的德行，“嗯，那我说点实际的吧。政委不是说了吗？要红红脸，出出汗，走走肾……哦，不，找找差距。那我就说几个具体问题。”他故意在嘴上拌蒜，引大家发笑，“第一啊，是咱们大队的环境卫生问题……”他打开了话匣子。

谭彦拿起笔，在本上记录。

“大家都知道，咱们队员的训练任务重，每天起步就五公里跑。在训练之后啊，有个别同志不注意个人卫生，特别是不洗袜子，这个问题啊，我觉得必须引起重视。还有啊，用完卫生间，有的同志不冲水，嘿，我就遇见过一次。也不知道谁，拉那么多，跟山似的，得吃多少馒头啊。就不能冲一下吗？是不是？这苍蝇多了也影响健康不是。”刘浪这么一说，大家都笑了。

谭彦知道这是他在装着玩，但也不好反驳，于是默默地在本上记上，“油头滑脑，自认为聪明，难堪重任”。

刘浪这么一起头，剩下的人也都照方抓药。整场会开成了一个笑话大全。谭彦无奈，提早结束了会议，大家才大呼一口气，各自夹着本回去休息。但在门口，廖樊拦住了谭彦。“谭彦，你觉得这样有意思吗？”廖樊居高临下地问。

谭彦知道廖樊对自己有意见，趁左右没人，准备缓和一下关系，“廖樊，那天在洗手间，我说的是气话。”他答非所问。

“我没说那事，我是问你，这么开会有意思吗？”廖樊冷冷地看着谭彦。

“有没有意思也得开，以后不光要坚持开，而且不能开成今天这样，得有实际效果。”谭彦回答。

“你们政工干部是不是都这样，三分工作，七分开会？”廖樊皱眉。

“你什么意思？”谭彦也皱眉，“你对政工干部有成见？”他反问。

“我干事，有一说一，不玩虚的。以后但凡虚的东西，少玩。”廖樊提醒。

“三会一课必须坚持，思想政治工作也不能落后。”谭彦说。

“哼，我知道你是来这儿翻盘儿的。没事，我配合你。从今天开始，你该镀金镀金，我该工作工作，咱们互不干涉。”廖樊下了通牒。

“你说的是一名队长该说的话吗？”谭彦加重了语气，“我告诉你，我这个政委是市局党委任命的，我来，就是要改变这支队伍的现状！”他不再客气，盯着廖樊的眼睛。

“哼，你这样的我见得多了，拍脑门，拍胸脯，拍大腿，拍屁股，拿警务工作当儿戏。我没跟你讨论，而是告诉你该怎么做。我的话说完了，要回去休息了。”廖樊轻蔑地看了他一眼，转身要走。

“廖樊，你给我站住！”谭彦提高了嗓音。

廖樊转过头，看着他。

谭彦叫住廖樊，本想用一些高大上的话压住他的气势，但又不想将矛盾继续升级，一时间竟愣在那里。

“哼。”廖樊撇嘴笑了，“记住啊，以后在特警，尽量说人话。”廖樊头也不回地走了。

谭彦压抑住情绪，在心中长叹一口气。他知道，未来的形势将比他想象的更加严峻。

困局

清晨六点，谭彦起了床，他来到政委办公室，开窗通风。家具都是老陈留下的，他也不想搞特殊化去重新置办，但还是按照自己的习惯，将办公桌和沙发调换了位置。这样一来，阳光就能直射到他的桌面上。他喜欢待在有光的地方。他用布擦净了桌面，摆好了国旗和党旗，坐在椅子上，默默看着对面的黑色沙发。在宣传处的时候，也有一张类似的沙发，每天在这个沙发前，找他请示工作的、汇报思想的、签字报账的人络绎不绝。他不相信自己来了特警，同样的沙发前就会冷清下去。他告诉自己，无论环境怎样变，自己还是自己，在宣传处能做到的，在特警大队也一定可以。

七点整，谭彦换上运动鞋，来到大队楼后的训练场。特警的管理和其他警种不同，为了随时出动执行任务，每周都有几天需要在单位备勤。早上训练场上的人不少，他慢跑着，还不到两圈就觉得胸闷，自己疏于锻炼太久了。正在这时，他看到了那个大个儿特警，小吕。小吕戴着一个大耳机，正旁若无人地慢跑。谭彦加快速度，追了过去。

“嘿。”谭彦拍了一下他的肩膀。

小吕一愣，看是他，尴尬地笑了笑：“政委。”

“你是叫吕铮吧？”谭彦问。

“是。”小吕点头。

“我来的时候楚主任跟我提过你。”谭彦把话挑明。

“哦。”小吕赶忙点头。

“你来特警多久了？”谭彦问。

“我？还不到一年。”

“为什么来特警？”

“嗐……”小吕苦笑了一下。

“什么意思，有话直说。”

“为了户口呗。”小吕也挺直率。

“哦……”谭彦明白了。按照海城市局的规定，凡是招录外地的大学生，都要签订一个合同。合同规定必须干满三年才可以辞职，为的就是防止有人为了获得海城户口，拿入警当跳板。显而易见，小吕就是这样的目的。

“为一户口，浪费自己三年的青春，值吗？”谭彦问。

“我爸给我选的，他说海城发展好，不像我们老家。”小吕苦笑，“哎，政委，我这么说你不反感吧？”

“反感。”谭彦说，“但我宁愿听真话。”

“嗯，那就好。”小吕笑笑，“其实说实话，你昨天的表现挺牛的，没想到政工干部也能这样。”

“哼，那你想象的政工干部都是什么样？光会动笔头子？”谭彦问。

“哦，也不是，就是……”小吕琢磨着，“反正虚的假的比较多，不那么务实。”

谭彦知道这是原政委老陈给他留下的印象。

“你要是遇到昨天那事，敢不敢冲？”谭彦问。

“敢啊，就是……呵呵，不知道怎么冲。”小吕笑。

“都来一年了，还不行？”谭彦觉得楚冬阳说小吕思想有问题，不是客套话。

“我就不是干这个的料。当初让我来特警，也是因为这里不用公务员考试，相对其他警种好进些。”

“他们……哦，比如廖队，知道你的想法吗？”谭彦问。

“知道啊。我没藏着掖着。但他们老想改造我，把我弄成想象中的样子。所以许多大行动还得强迫我去。”小吕摇头。

谭彦看着小吕，想起了他那天在抓捕灰熊现场时的表现。

“为什么不想干特警？”谭彦问。

“政委，我是学哲学的，虽然没什么实际用处吧，但脑袋里装的是宇宙，看问题是从天上到地下的。我做不了这些微观的事儿，特别是拿枪往前冲，我真不是这块料。您想想办法，给我弄到综合中队去吧，敲个电脑弄个表格什么的，我这三年也好混。”小吕说。

谭彦没说话，慢慢放下跑步的速度，小吕也随着降下了速度。

“你觉得这个队伍怎么样？哦，就先说说你所在的队伍。”

“我所在的队伍？哦，利剑突击队啊。队长是刘浪，他是我师父。”小吕说，“怎么说呢，这帮人都挺好的，但也都不好。”

“什么意思？好也不好？”谭彦侧目。

“好是他们人性都不错。但黑格尔不是说过吗？世上有两种人，一种人毕生致力于拥有，另一种人毕生致力于有所作为。一心渴望拥有的，一旦没有达到目的，便会失落、痛苦和绝望；心无旁骛专注于追求的，就会忘掉许多烦恼，找到努力过程中的快乐。他们这些人都是后者，但是他们为之努力的目标，我却觉得没什么意义。”小吕咬文嚼字。

“为什么？惩奸除恶，保一方平安，这不是意义吗？”

“他们都不懂办案，所有执行的任务都是听人家摆布。甚至拿生命去冲锋陷阵，处于危险的时候都不知道要抓的人犯了什么罪。就只知道姓名、性别、体貌特征，就冒着风险出动。我觉得是没有意义的。”小吕说。

谭彦没在脸上做出什么反应，但心里觉得，自己又何尝不是这样看特警的。小吕心中的问题，就是他已经自认为看透了，所以才会缺乏行动的动力，造成痛苦和彷徨。

“但黑格尔还有一句话，存在即合理，你明白吗？”谭彦问。

“嗯……政委，您不用劝我，我都懂，就是有时自己左右不了自己的想法。人本身就是最大的矛盾体。所以，我就当一个孤独的散步者吧，挺好的。”小吕笑着说。

“好，我也送你一句话，当有一天回首往事的时候，你会觉得那些奋斗的岁月才是你一生的精华。”

“哼，弗洛伊德的。”小吕笑。

“以后有事就来找我，互通有无。”谭彦拍了拍他的肩膀。

小吕点点头。谭彦觉得，这小子听懂自己的意思了。

八点半上班的时候，谭彦站在办公楼前看似漫不经心地踱着步，实则是在统计着迟到的人数。从他暗访到现在已经一个多月了，民警上班迟到的情况依旧严重，看来廖樊对郭局的批评置若罔闻。谭彦拿小本记着，今天迟到的人数多达二十人。他没进办公楼，又转身到了宿舍楼。他各屋转了转，发现起码有十人以上还没有洗漱。他虽然叫不上名字，但记下了房号和床位，准备秋后算账。

上午九点，特警大队的利剑突击队集结在训练场上。利剑突击队是中队编制，是特警的尖刀和拳头。廖樊站在队前，凝视着队员们，刘浪、王宝、小吕、百合等人都在队中。上午的项目是绳降，对刘浪这些老队员来说，这是手到擒来的事情，但对于小吕这个新手，却充满了挑战。

“记住，场景会变，目标会变，但规则不变，战术技术不会变。冷静，果断，善战，是一名特警队员最基本的素质！”廖樊背着手在队前训话。

训话结束，刘浪开始讲解绳降的技巧：“绳降的要领，是结扣、拉绳、松绳、下滑控制。在下降时要两腿分开，双脚支撑蹬住墙壁，下降时臀部后坐，缓速松绳，向下倒脚，要有节奏……”

“停一下。”廖樊打断刘浪，他抄起一根绳子，“大家要特别注意‘结扣’的方法，这个八字环，要套大头、拴小头……”他做着示范，“就是穿过大头，从大眼里穿过去，套过小头，从小眼里兜一下，然后反手做一个扣，最后拉紧。

绳降的时候要左手抓住绳子，防止手被卡住，右手放在屁股后面，做辅助的控制。如果八字环没打好，结扣儿就会崩开，就会出现危险。在这件事上一定得‘敏’着点儿！”

“对，‘结扣’一定要认真，八字环就是大家的‘生命扣’。在下降的时候，左手要保持稳定，右手要控制速度。绳降的时候，不要紧张，不要有私心杂念，要像一只鸟……”刘浪讲得很细。

谭彦在队列旁看着，并不打扰众人。

太阳升起来了，训练场的地面被晒得滚烫，谭彦觉得后背热辣辣的，汗水从额头淌了下来。这时刘浪开始演示绳降的技巧，别看他平时显得疲疲沓沓，但在训练场上却非常专业。他走上四层高的训练墙，熟练地结好扣，然后拉住绳索、松手下滑，整体动作标准而完美，如行云流水一般。啪啪啪，在一连串的蹬踏声之后，他宛如飞檐走壁般落到地面。谭彦不禁鼓起掌来。

他一鼓掌，利剑突击队的众人都转过头来。

廖樊看到了谭彦：“政委，你要不要过来试试？”

“行啊。”谭彦走了过去，“怎么结扣，教教我。”谭彦拿过刘浪手中的绳结。

“政委，您还真……”刘浪犹豫着。

“怎么了？你们能做到的，我也得做到啊。”谭彦毫不犹豫。

廖樊看谭彦来真的，也觉得自己有点过了。他走过来抬抬下巴。“哎哎哎，我们训练呢，等完事了再做你的政工工作。”

谭彦看着廖樊，笑了。“怎么着，怕我摔下去？”

“你要是刚才认真听了，就摔不下去。”廖樊反唇相讥。

“离得远，你再教我一遍。”谭彦摊开手中的绳结。

“小吕，出列！”廖樊转头大喊。

小吕正在队列里犯迷糊，一听这声，几步跑了出来，脚下一绊差点跌倒。百合见状，忍不住笑了。

“百合，你也出列。”廖樊又喊。

百合吐了下舌头，也走出队列。

“小吕，你给谭政委演示一下结扣的方法，特别是单手结扣。”廖樊指示。

“我……”小吕犹豫着。

“怎么了？还用我重复吗？”廖樊皱眉。

小吕显然没准备好，他硬着头皮拿过自己的绳索，试着打了几下，都没有成功。

“我说了多少遍了，结扣是绳降中的生命线。在这上面‘钝’，你不要命了吗？扣都结不好，怎么完成任务！”廖樊火了。

“我来我来。”百合挺会办事。她拽过小吕手中的绳索想帮助结扣。

“你不许动，今天大家都陪着他，不做好了，就都在这儿晒着。”廖樊动了怒。

谭彦看着廖樊，知道他是在用这个方法转移矛盾。这不明摆着指桑骂槐吗？廖樊越骂小吕，谭彦心中的火就越往上顶。他一时没忍住，突然高声喊。

“刘浪，再重复一遍动作。”

刘浪一愣，下意识地立正。“是。”于是他再次演示起来。

“小吕，看清楚，记牢！”谭彦大喊。

廖樊显得尴尬，谭彦夺走了他的指挥权。

“刘浪，停手。先让小吕自己回忆！”廖樊不依不饶。

“刘浪，不要停，继续动作。”谭彦说。

两人在刘浪和小吕之间隔山打牛。刘浪终于烦了。

“报告，我也忘了怎么结扣了！”他大声喊。

“还有谁忘了？”廖樊大喊。

队列里无人应答。

“忘了的操场跑圈，五公里跑，现在，走！”廖樊大声喊。

“锻炼身体，准备挨打；锻炼肌肉，准备挨揍！”刘浪带头跑了起来，“徒弟，跟上！干吗呢！”他拍了一下小吕。

小吕明白过来，赶紧就坡下驴，跟着刘浪跑了起来。

“师父教你啊，穿过大头，套过小头，然后反手做一个扣……”刘浪边跑边说。

谭彦看看廖樊，一赌气，也跟了过去。

“刘浪，小吕，换个口号！跟我喊，‘忠诚尽职，勇敢奉献’！”谭彦喊着。

“忠诚尽职，勇敢奉献……”两个人换了口儿。三个人在操场上跑着，廖樊叉着腰，气呼呼地看着他们。

下了班，谭彦没在食堂吃饭。他觉得心里憋闷，就溜达着出了门。时值仲夏，耳畔蝉鸣不绝。他随便找了个拉面馆，要了花生毛豆和凉菜拼盘，就着一瓶可乐解暑。拉面馆对面是个街边的小型游乐场，几个孩子正在父母的陪同下嬉戏玩耍。谭彦默默看着，心想如果此刻挠挠在身旁，大概也会央求自己带他去玩旋转木马和丛林小火车。他三口两口地吃完，拎着剩下的半瓶可乐走到游乐场里观看。一个脏兮兮的老头，一边在垃圾桶里翻着瓶子，一边引吭高歌：“看铁蹄铮铮，踏遍万里河山，我站在风口浪尖，紧握住日月旋转……愿烟火人间，安得太平美满，我真的还想再活五百年……”

老头唱得不错，谭彦就站在一旁。老头唱完瞥着谭彦，走过来冲他努努嘴。谭彦这才反应过来，忙喝完手中的可乐，把瓶子递给了他。

“大爷，您唱得不错啊。”谭彦说。

“嗐，在家里没事儿，弄个卡拉OK，天天唱。”老头说。

“哎哟，家里还有卡拉OK呢？”谭彦问。

“嘿，你是看不起人是吧？你别看我捡瓶子啊，这是为了环保。我家里有好几套房呢，我就是没事干。”老头瞥了他一眼，拿着瓶子走了。

谭彦笑了，也哼起这首歌。这时，他在人群中看到了马叔。

谭彦走了过去。

此时马叔正在一个摊位前，拿着气枪在打着气球。看得出，他技术很差，打了半天也无一中标。

“马叔，您这水平不行啊。”谭彦在他身后笑。

马叔一转头：“嗐，政委，我这是瞎玩。你怎么在这儿？”

“我出来溜达溜达。”谭彦说。

“呵呵，怎么了，新官上任，有烦恼？”马叔笑。

谭彦笑着摇摇头。他回身搬了把凳子，坐在马叔旁边。

“来，我帮你打两下。”谭彦接过马叔的气枪。

“啪，啪，啪……”谭彦连打三枪，成绩与马叔不分伯仲，一个没中。

马叔大笑：“哎，说到底还是政工干部，业务不行啊。”

谭彦听了觉得有些刺耳。“哎，谁说政工干部不行的？”

“打枪，讲究的是端稳、放松、瞄准，再击发。看得出，你没练过。”马叔笑，“走吧，咱别耽误人家生意了。”他说着站起身。

两人一起散着步。马叔的脚跛，走得不快，谭彦就随着他的速度。因为听了百合的介绍，谭彦对马叔多了些好感。马叔挺健谈，能看出他走南闯北，有一些见识。

“我听百合说了，您这两年帮大队做了不少事儿。”谭彦说。

“嗐，我那是报恩。”马叔感叹，“当初要不是这帮小伙子，我早就完了。我这半辈子啊，也算经过风雨，见过彩虹了。我知道，你和廖樊有点不合拍，但我真心说啊，那是个好人。好人都犟，都轴。”

“哼，他不是总说自己‘敏’和‘锐’吗？怎么在您嘴里倒成了犟和轴了？”谭彦笑。

“呵呵，”马叔笑，“你也是个好人。我能看出来。你见过世面，经过风雨，懂得处事。”

“了不得，您还会相面呢。”谭彦打趣。

“那倒谈不上。但是相由心生啊，通过人的长相是可以看到他的内心的。”马叔说。

“愿闻其详。”谭彦说。

“你看啊，这人在三十岁之前，相貌是父母给的，但过了三十，就是自己修的了。人的相貌会随着人生经历而改变。顺心者爱笑，眼角就有鱼尾纹，不顺者愁眉苦脸，眉心就会打结，能说会道者嘴唇薄，喜欢思考者眼神深邃，自以为是者面皮紧绷，和蔼者皮肤松弛。人生经历是会写在脸上的，是否经历风雨和坎坷也在眼睛里……”马叔说得头头是道。

“嘿，您说得还挺有道理。”谭彦点头，“那要是既有鱼尾纹，也眉心打结，既嘴唇薄，也眼神深邃，那怎么看这个人？”

“呵呵，你不就是这样的人吗？”马叔笑了。谭彦也笑了。“是啊，现在的人哪是那么容易区分的，社会把每个人都变得太复杂了。”

“听说您当过兵？”谭彦问。

“嗐，我那不叫正经当兵，为了跳出农门，干了几年炊事班。”马叔说，“记得我们连的那个小连长啊，特拿自己当回事。除了一日三餐，晚上还要加个夜宵。倒不复杂，就是炸馒头片儿。但他要求却挺高，炸老了不行，嫩了也说不可口。别人都伺候不了，只有我做得他满意。于是我这几年参军的主要工作，就是给他炸馒头片儿。”

“哼，这世界上拿自己当回事的人太多了。”谭彦摇头。

“是啊……当一个杯子里装满牛奶的时候，大家就会说这是牛奶，当装成啤酒的时候，他们就会说这是啤酒。只有杯子空了，它才是个杯子。”马叔说。

“这是什么意思呢？”谭彦觉得挺有道理。

“当我们拿自己当什么的时候，其实就已经不是自己了。廖樊就是这样被架上的。他总觉得自己代表特警，为人处世也得是特警的样儿。我劝过他，不能这样，但是他不听。人不能被自己所误，无论你干什么，都不能忘了自己是谁。政委，特警需要一个像你这样的人。”马叔说。

“嗯，谢谢指点。”谭彦点头，“那……以前的老陈呢？”谭彦问。

“老陈不行，见到廖樊就犯怵，开会的时候被怼得直结巴。后来就落了个外号，叫‘陈结巴’。”马叔摇头。

“陈结巴……”谭彦若有所思，“哎，那帮孩子给我起了外号没有？”

“呵呵，你不是叫‘谭荣誉’吗？”马叔笑了。

“嘿嘿，起码比‘陈结巴’好听点儿。”谭彦也笑了。

立场

晚上九点，当廖樊走进谭彦办公室的时候，便携音响里正播着《行星组曲》。打击乐和弦乐组成的节奏，在低音长笛和双簧管的铺陈下铿锵前行，正如此时廖樊的表情一样咄咄逼人。

谭彦看着站在沙发前的廖樊，不动声色，等着他说出第一句话。在训练场事件之后，他也想找廖樊单谈，毕竟现在要共管这支队伍，冤家宜解不宜结。但谭彦却不敢轻易出手，觉得自己还摸不准廖樊的脉。正如马叔说的，廖樊又犟又轴，压根没一点敏和锐。他是那种不按套路出牌的人，说话办事总有种乱拳打死老师傅的架势。谭彦知道，谋定后动、事缓则圆，对廖樊这种人就不能过于妥协和让步，要不就会让冷屁股将热脸碾压。所以谭彦索性等着，准备在工作中再抽不冷子“胳肢”他一下，等他主动上门。没想到廖樊这么沉不住气，还没正式过招，就绷不住了。

政委办公室是谭彦的主场。谭彦起身倒了一杯水,放在沙发前的茶几上，招呼廖樊坐下。在谭彦到特警报到之后，廖樊是第一个坐在这沙发上的人。有一就有二，这是个好的开始。廖樊没客气，拿起水来吹了吹，抿了一口，又放在茶几上。他直视着谭彦，看得出，也在琢磨着怎样开口。

谭彦仰靠在办公桌后的转椅上，与廖樊对视。座椅比沙发高，又加上主场的优势，从气势上谭彦已先胜一筹。廖樊主动上门，是客，谭彦稳坐主位，能以不变应万变。乐曲已经到了《火星》乐章的结尾，谭彦终于开了口。

“廖樊,我一直觉得咱们该好好聊聊。”他做着开场白。这句话模棱两可，进可攻退可守，看似主动却没任何表态，反而是引对方表态的鱼饵。

但廖樊却没上套，或者说，他根本就不按套路出牌。

“你为什么来特警挂职？”廖樊问。

谭彦笑笑，觉得这个问题挺有意思。“我要是说服从组织的安排，是不是显得挺假？”他反问。

廖樊没说话，看着他。

“我从警十六年了，时间应该跟你差不多。但说实话，这十六年我一直在政工部门工作，基层经验少，所以这次下来一方面是来学习的。”谭彦伴随着第二乐章《金星》的小提琴旋律，做着毫无攻击性的开场。“但是……”他话锋一转直入主题，“我来特警之前，郭局跟我谈了话，强调了派我到特警的意图。”

“什么意图？”廖樊问。

“加强思想政治工作，整顿纪律，让队伍更加忠诚可靠。”谭彦回答。

“郭局的意思是，现在这支队伍不忠诚可靠吗？”廖樊皱眉。

谭彦把矛盾引到郭局身上,当然是为了自己卖好。“郭局说的是‘更加’，明白吗？”谭彦反问，“你与老陈不和，影响了队伍的发展，造成了民警思想的包袱，这些也是明摆着的。”他给廖樊来了个下马威，“我解释一下，这是领导的看法，不代表我个人的意见。”他补充。

廖樊拿起水杯，喝了一口水。

“第二，我在政治部的时候，曾经接触过一些从特警大队离开的民警，你知道人家怎么说吗？他们说几年前刚到特警队的时候，拿着行李往里走，就有老队员喊‘你们上当了’，干了几年之后才明白，不干特警后悔一辈子，干了特警后悔几年。”

“这是谁说的？”廖樊皱眉。

“你别管是谁说的，这是实际情况。人家说在特警有三难，休假难、恋爱难、升职难。是的，这三个问题在全警都存在，但有没有可能在特警大队又加了个‘更’字？特警在老百姓眼里是影视剧里飞来飞去的英雄，但在队里却为‘三难’所误，你说，这是不是大队班子的问题，是不是对民警的不负责任？”谭彦开始上纲上线。

“你调查过吗，这是实际情况吗，还是某个人的一家之言？”廖樊反驳。

“就算是一家之言、管中窥豹，也要以此警醒。而且从数据上看，这两三年从特警大队提拔到市局其他部门任职的干部很少。为什么？我想，你作为特警的一把手，你应该自问。”谭彦开始玩起了数据分析。

廖樊被问住了，没再说话。

谭彦见状，乘胜追击。“第三，纪律弱化，管理松懈。我给你念一下郭局的指示吧。”谭彦说着翻开本，“管理混乱，民警上班迟到早退的情况突出，请销假制度不落实；存在家长作风，一言堂，民警之间不称呼同事，而称呼外号或以兄弟相称；党建弱化，政工学习材料大多为在检查前后补，日常党课、党日活动缺失……”其实本上什么都没有，这些所谓的郭局指示，也不过是他的总结。廖樊听着，脸色渐渐沉了下来。

“没想到郭局是这么看我们的。”廖樊默默摇头。

“不是郭局的看法，是民警的反映。”谭彦说，“政治部每年招警，为什么报考特警的人最少，你不从自己身上找找原因吗？”

“我……”廖樊又被问住了。

其实这是谭彦在偷换概念。每年报特警的人少，主要原因并不是干特警没有发展，而是特警太辛苦、太危险。但谭彦这个“老油条”，却把原因张冠李戴。

“那还不如撤了我,你来当这个队长。”廖樊开始意气用事了。谭彦知道，这是“武夫”们的惯用伎俩。

谭彦笑着摇头：“我问你，为什么当警察？”他看着廖樊。

廖樊毫无准备，又被问住了。“你这是什么意思？”

谭彦知道，他已经钻进了自己的“套”。于是开始阐述这句设问句的意思。“我不管你为什么当警察，但我要告诉你，大多数人当警察都是为了生活，特别是咱们特警大队的许多小伙子。他们都来自外地或农村，他们为的是让自己和家人生活得更好。是，这不是我们该说的从警誓言，我们应该说从警的目的是为了保卫海城的稳定，为了百姓安宁，但实际情况是所有人都要面对生活的现实。就像马斯洛需求层次理论说的一样，生理需求、安全需求、社交需求、尊重需求以及自我实现的需求。”谭彦玩起了理论。

“你绕来绕去，到底是想说什么吧？”廖樊有点不耐烦了。

“我想说的是，人最终的需求就是自我价值的实现，咱们作为特警大队的领导，除了要带领队伍完成各项工作任务之外，还要让手下的民警发展得更好，拥有更光明的前程。”谭彦定了调。他在表述中强调了“我们”，以拉近与廖樊的距离。

廖樊停顿了一下，点点头。

“这几天，我一直在找咱们的队员聊。我给你说几个例子吧。一个队员说，他最痛快的时候，就是出任务开车。只要任务危急，不用限速，他就把车开到最快。一百二，一百五。你知道为什么吗？”谭彦问。

“为什么？”

“他平时觉得压抑，身上的荷尔蒙分泌过剩，容易冲动，得找出口释放。”谭彦说。

“所以我每天让他们坚持训练啊，五公里，不能让他们闲着没事。”廖樊说。

“错，那不是释放，是消耗。对抗荷尔蒙，得用多巴胺。得让他们分泌出多巴胺，才能感到快乐。”

谭彦把廖樊给说糊涂了。“怎么……分泌？”

“荣誉感，使命感，归属感，充实而愉快的精神文化生活，健康的生活方式，才能让他们分泌多巴胺。”谭彦说。

廖樊靠在沙发上，显然对如何让民警进行分泌不甚了解。

谭彦见状，开始直奔目的。“作为大队政委，我不但是思想政治工作的第一责任人，更是政治建警、从严治警和从优待警的第一责任人。我希望你能配合我的工作。”他开始反客为主，“我准备建立几项制度。第一，加强日常管理，设置早点名制度，无论民警是否加班，早晨八点半都必须到大队会议室集合，由你来总结前一天的工作，并部署新一天的工作，我来通报和安排政工、纪律和后勤等工作；第二，要加强思想政治工作，每周开设党课，集中学习政治理论和上级指示精神，做好上传下达，同时开展好批评与自我批评，将查漏补缺做到常态化；第三，同事之间不能再称兄道弟，要规范人民警察的日常行为准则；第四，车辆也要管起来，我查了，近期几辆车的违章情况严重，我建议统一由综合队管理，出车要填报‘公车使用单’……”谭彦洋洋洒洒地说出了整治计划。待他说完，《行星组曲》最宏大的《木星》乐章正好结束。

廖樊默默听着。他知道，自己显然低估谭彦了。“就这些？”他反问。

“我觉得当务之急是先进行这些，以后再有什么想法，咱们随时沟通。”谭彦留了个活话。

廖樊点点头。“我同意你刚才说的一些看法，但也有一些不同意见。”他看着谭彦。

“请说。”谭彦抬了抬手。

“首先说纪律要求，特警不是朝九晚五的单位，许多任务都是临时性的。就说昨天，凌晨市局指挥中心发布任务，让我们去配合经侦抓人。利剑突击队的人凌晨三点才结束工作，你让他们早晨八点半点名，这不是强人所难吗？”廖樊说。

谭彦早就料到他会这么说，马上回答：“因为执行工作任务‘拉晚’的，可以请假，但必须经过你和我的同意。规定是死的，人是活的。”

廖樊点点头。“还有，你总说的称兄道弟，那我告诉你，这不是你们认为的家长作风或者一言堂，更不是什么党建弱化。这是民警们相互的信任，相互的托付。”他提高嗓音，“你在政工部门干了十六年，我也在特警队里干了十六年。记得刚参加工作的时候，老特警就跟我说：‘拿上枪，跟我走。’那时条件差，几个人只有一件防弹衣，在抓捕的时候他们就让我穿，但冲锋的时候却自己上。特警是在刀尖上干活的人，跟你们坐办公室写材料的不同。有一次我和同事们去抓捕一个网上在逃犯，那孙子身上背着三条人命。我们分头在一个大杂院里搜索，当我冲进一个房间的时候，看到了他。但没想到，屋里还有另外三个人。当时我已没了退路，就只能硬着头皮上。没想到对方开了枪，第一发子弹从我腋下飞过去，我攥住了他拿枪的手，跟他滚在一起，另外三个人就对我拳打脚踢，甚至抢了我身上的装备。我知道那是一帮亡命徒，已经杀了三个人，多我一个也无所谓。我和他们整整搏斗了一分钟的时间，他开了两次枪，都险些打中我。我渐渐力不从心了，觉得自己要完了，这辈子肯定就交待在这了。但这时，我的兄弟们赶到了，制服了那几个嫌疑人，把我从死亡线上救了回来。谭彦，你知道吗？特警之间，是可以把后背交给队友的。我们之间不是同志、不是同事、不是同僚，而是兄弟，是血浓于水的兄弟。”廖樊说着站了起来，“不恰当地说，我们之间的感情甚至比家人还深，我们信任彼此，依赖彼此，可以把命交给彼此！还有，既然干了特警，就意味着奉献，意味着牺牲，我不管他们来这里是不是有杂七杂八的目的，但到了这儿就得抛开那些私心杂念，就得在危急时刻拿命往上冲。我觉得这他妈的就是荣誉，就是忠诚！”廖樊掷地有声。

谭彦看着廖樊，甚至有把他这些话记下来的冲动。说得太好了，虽然有点飘，但能看出是有感而发。

“啪啪啪……”谭彦鼓起掌来，“说得好，我向你致敬。”

“我不会说什么冠冕堂皇的话，只是想告诉你，我们这支队伍，不乱，不弱，不消极！我的兄弟们，都是好样的！”廖樊啪的一下拍响了桌子。

谭彦一哆嗦，没想到廖樊是这个态度。

“我今天找你不是来认屃的，也不是来听你跟我说大道理的。我想跟你聊聊的目的，也无非是为了手底下的弟兄们。但没想到你，却跟我说了这么多废话。”廖樊变了脸色。

谭彦的笑容僵住了，没想到会适得其反。

廖樊摇摇头，从背着的包里拿出了一瓶白酒，咣当一下撴在了桌上。“这个看来也白带了。你这么讲规矩，是不是喝酒也得按着局里的要求报备啊？”廖樊问。

“当然得报备，特别是作为市局直属单位的‘双一把’。”谭彦冷下脸来，特意强调“双一把”，“你倒提醒我了，以后队里再有人饮酒，也得立下规矩。中队长以下的，要向中队长报备，出了问题他们负责；中队长以上的，包括你我，都要直接向市局指挥中心报备。”

“得，一切按规矩来。”廖樊苦笑，“你好好定你的规矩吧，我先走了。”他说着就转过身去。

一股火气突然从谭彦心底冒了出来，《行星组曲》也似乎快倒回了《火星》。他拍响了桌子：“廖樊，我跟你讨论的是关乎队伍发展的严肃问题，你跟我要什么个人态度！”

廖樊转过身，轻蔑地看着谭彦。“我领教过你的严肃问题了，也说过我的态度了，你好好体会。既然市局派你到特警当政委，那好，以后你抓好你的思想政治工作，管好你的后勤和纪检，其他的，特别是业务工作不要掺和。咱俩分工负责，各不影响。”廖樊指着他说。

谭彦看着廖樊：“好，这是你的态度是吧？”

“对，这是我的态度。”廖樊板上钉钉。他说完一转身，摔门而去。

“我……”谭彦想骂脏字，又努力忍住了。他从办公桌后走出，在屋里转圈踱步，怎么也想不到今天自己的谋定后动、事缓则圆会满盘皆输。秀才遇上兵，有理说不清！谭彦真不知道廖樊这块料是怎么当上队长的。就因为干活儿不要命吗？郭局真是看错了人。谭彦被廖樊的乱拳几乎打死，肺都快被气炸了，手也抖了起来。他努力让自己冷静，从转圈踱步到缓步慢行，最后又强迫自己坐到沙发上。他均匀地吐着气，知道自己不能意气用事，不能像老陈那样和廖樊决裂。那样将一损俱损，不但自己下派“翻盘”的意愿破灭，而且还会陷入内斗的泥沼。他想起了那海涛说的话，好的书法，笔锋不显露；

明白的人，锋芒不外露。他知道总说战天斗地，其实最难斗的是人。干了这么多年宣传了，他早就厌倦了什么从警的初心，什么理想、奉献、惩奸除恶或伸张正义，那都是刚参加工作的小民警才会有的想法。现在摆在他面前的只有一条路，那就是扭转自己崎岖的仕途，尽快触底反弹、峰回路转。他没觉得这有什么不好，马斯洛的需求理论是逐层递进的，要想获得尊重，必须巩固地位，要想自我实现，必须拥有话语权。谭彦可不想像那些被宣传的劳模一样十年如一日地原地踏步，他要努力奔跑，目标明确地实现自己的人生价值。

谭彦想到这，重重地呼了一口气，拿起电话打给百合，让她群发一个信息，从明天开始，正式执行早点名制度。百合有些犹豫，说是不是要请示一下廖樊。谭彦郑重地回答，这是政委的职责，告诉各中队的队长，这是他要求做的。

反击

次日一早，果不其然，没人把他这个新来政委的话当回事。百合虽然连夜通知了大队中层以上的干部，但第二天早晨到会议室点名的民警却稀稀拉拉的，人数还不到一半，甚至几个中队长都借故没有到。谭彦没有大动肝火，而是让百合按照自己的要求，以通知的形式将新建立的各种制度张贴到墙上。制度规定，要加强日常管理，设置早点名制度；要加强思想政治工作，每周开设党课，集中学习政治理论和上级指示精神，开展批评与自我批评；要规范同事之间的称呼，规范人民警察的日常行为准则；同时还包括车辆管理，如出车要填报“公车使用单”；等等。通知落款有特警大队的红章，无论廖樊是否支持，此事已经板上钉钉。

规矩下了，坑也就挖好了，剩下就等着秋后算账了。谭彦是“老政工”，懂得怎样姑息养奸。这是他制订的一个逐层推进的计划，先立规矩、划重点，再找典型、下狠手，得等有人跳下坑了，才能让他摔得头破血流，规矩才能有约束力。正如章鹏说的，慈不掌兵，善不从警，到基层打拼，也得有股硬气。

上行下效，首先当然是要从当官的来。谭彦简单衡量，就选中了刘浪。刘浪是利剑突击队的队长，有一定话语权，而且还在某些场合说过什么“谭荣誉排老二”的怪话。所以首先得让他难受。于是谭彦就让副大队长刘浪负责点名工作，统计迟到、缺勤人数。刘浪也是“老油条”，自然知道这活儿的分量，于是便私下找谭彦谈心，推三阻四，但却经不住谭彦的苦口婆心，最后只得妥协。谭彦借此方法，不但避免了刘浪的迟到早退，将他约束起来，还在明面上将他拽到了自己的阵营。可谓一箭双雕。刘浪叫苦不迭，却也没法跟廖樊解释，这才体会到谭彦这个“老政工”的厉害，从此服服帖帖。

而其他的民警，最开始的时候还对早点名制度不以为意甚至说说笑笑，但渐渐就笑不出来了。谭彦托马叔到外面做了个亚克力的大展板，将全队民警的每日考勤情况写在展板上，然后通报公示。每月一结算。各中队末尾的民警将扣除当月的绩效奖金，连续一个季度末尾的民警，年底直接取消各项立功受奖。此举一出效果非凡，有不想进步的，却没有想落后的，末位淘汰比鞭打快牛更加有效。没过几天，早点名的出勤率竟然达到了百分之九十以上。谭彦心中窃喜，却发现有个人依然我行我素。这个人正是有“木头人枪神”之称的狙击手王宝。

上午十点，太阳灿烂得一塌糊涂，射击场的地表温度已经超过了四十摄氏度。从很远处就能听到，狙击枪一声一声地作响。王宝伏在土地上，身上的作战服被汗水湿透，正目不转睛地瞄着 88 式狙击枪的瞄准镜。

谭彦穿着作战服，走到了王宝身后。他沉默了一会儿，突然大声点名：“王宝！”

王宝过度专注，根本没发现谭彦在身后，被他这么一喊，吓得嗖的一下站了起来。

“政……政委……”王宝紧张地说。

“现在几点？”谭彦明知故问。

“现在……现在……”王宝没戴手表，很尴尬，傻傻地看着谭彦。

“我告诉你，现在已经过了十点。早上为什么不点名？”谭彦直奔主题。

“我……我在坚持训练。”王宝回答。

“为什么要坚持训练？”谭彦问。

“因为……要参加第十二届全省射击比赛。”王宝说。

“然后呢？”

“然后如果能获胜，还要参加全国比赛。最后再努力参加第二届世界警察射击比赛。”王宝如实回答。

“现在训练得怎么样？”谭彦问。

“现在……还不行，成绩提高不多。所以还得抓紧。”王宝说。

“射击有什么难度？”谭彦问。

“风向、气压、弹道、提前量、仰俯角都要关注到，而且还要保持内心的稳定。”王宝说。

“现在，这些条件如何？”

“现在……风向是横风，风力一至二级，距靶一百米，问题不大。”

“作为一名狙击手，都需要什么素质？”

“需要稳定、准确的心理素质，力量、耐心、速度、柔韧、灵敏皆佳的体能基础，还需要……技术能力和战术素养。”王宝说得像背书一样。

“还有呢？”谭彦问。

“还有……”王宝想着，额头布满了汗水。

“还需要过硬的政治素养和绝对的忠诚！”谭彦突然提高了调门。

“哦，是！”王宝立正。

“我知道，你每天都要消耗几百发子弹，对这次比赛志在必得。从警以来，你获得过一次二等功，三次嘉奖，上届全省射击比赛还获得了第三名。”

“那次是失误，我……过敏了，所以……”王宝解释着。

“听我说完。”谭彦打断他，“但是……成绩的优秀只能代表训练得刻苦，却并不能保证一个人是否可靠。”他给谈话定了调，“如果说咱们警察是保护人民、维护法律的利剑，那特警就是刀刃。要想做好一名特警，除了要业务素质过硬，更重要的是政治素质过硬。政治素质首先要求的就是令行禁止、绝对服从。如果政治上不可靠，就会出现大问题！”谭彦给王宝扣了大帽子。

王宝傻了，知道谭彦是冲自己来的。他是个农村孩子，不善言辞，到这份上只能低头挨训。

“队里新下发的通知没有看到吗？”

“看到了……”

“新建立的纪律要求没看懂吗？”

“看懂了……”

“看懂了为什么不照做？”谭彦问。

“我……政委……”王宝有口难辩。

“你这就是纪律散漫的表现。”谭彦准备拿他开刀。

“我……我是为了队里的荣誉，我……我想为海城争光！”王宝不知哪来的劲儿，抬头反驳。

两人这么一吵，许多训练的特警队员都悄悄围观。大家很诧异，“谭荣誉”怎么会跟王宝这个“木头”发火。

王宝一反驳，谭彦更火了。“你是为队里争光，还是为个人争光？”谭彦开始偷换概念。

“我……”王宝被绕进去了。

“如果是想为个人争光，那我告诉你，警察是纪律部队，个人的利益永远要服从于集体。如果是要为大队争光，那我也告诉你，如果你连一名特警最基本的纪律要求都达不到，就不配代表大队去参加比赛。”谭彦这么一说，王宝愣住了。

正在这时，谭彦身后却有人发了声。“他可以代表队里参加比赛。”

谭彦回头看去，正是廖樊。

“狙击手都是用子弹‘喂’出来的。这两年，无论是风吹日晒还是暴雨倾盆，他都趴在射击场上。他用坏了两支狙击枪，手底下的血泡好了又破、破了又长，为的就是海城特警的荣誉。让他脱离一般的作息坚持训练，是我的决定。”廖樊又站到了对立面上。

“那是你之前的决定。现在整顿纪律的通知已经下发了，就要按照新的精神办。”谭彦毫不示弱。

“我和你有言在先，你管政工，我管业务。射击训练和参加比赛是我分管的内容，你无权插手。”廖樊把话挑明。

“训练的任务是由你负责，但人员的思想政治工作和纪律作风教育归我管理。带好一个队伍，除了业务工作之外，更重要的是党建引领、政治挂帅，王宝除了是一名狙击手，更是一名党员。党员就要‘讲政治、有信念、讲规矩、有纪律’！我现在就要求他，马上到会议室对照纪律进行检查。”谭彦言之凿凿。

“你……”廖樊被噎住了。谭彦这带有政治高度的雄辩，是能将任何对手碾压的。

“报告，廖……队。”小吕不知从哪冒了出来。

“什么事？”廖樊看了一眼小吕。

小吕歪歪扭扭地站着，“我在刚才训练时把脚给崴了，我向您请假，回宿舍休息。”小吕摆出一副很痛苦的样子，指着自己的左脚。

“脚崴了就不能跑步了吗？”廖樊质问。

“是……是不能了啊……”小吕回答。

“不能跑步就做俯卧撑！五十个一组，做！”廖樊把他当成了撒气筒。

“啊？”小吕傻了。

“做！”廖樊命令道。

小吕无奈，只得照办。刘浪在人群里不住摇头，暗骂这货不长眼。

谭彦知道廖樊撒的是邪火，缓和了一下语气说：“我知道他要参加的比赛很重要，但纪律作风更重要，一支松散的队伍是不能担当重任的。我希望……”

“小吕，不准停！做完俯卧撑，到斜坡去练铁头功！”廖樊没搭理谭彦，对小吕喊，“没听见刚才他说的话吗？党员就要‘讲政治、有信念、讲规矩、有纪律’！”他在这儿等着谭彦呢。

谭彦也觉得刚才自己的起范儿有点过，对王宝过于严厉了。但小吕可倒霉了，刚做完俯卧撑又马不停蹄到斜坡练铁头功。谭彦叹了口气，不再说话。

看廖樊这么折腾小吕，王宝待在原地，一时间不知道该何去何从。廖樊看他这样，又火了。“王宝，干吗呢？继续训练！”王宝这才如梦方醒，就坡下驴，扑通一下趴倒在地。

“你！”谭彦刚要叫停，但看看周围旁观的警员，努力把火压了下去。

廖樊走到谭彦面前。“你做事不要太过分了，我们陪你玩玩就得了，别得寸进尺。”他尽量控制着语气。

“这件事不是陪我玩玩的事儿。我还是那句话，带队伍要党建引领、政治挂帅，一个政工弱化的队伍，不可能担负重任。”谭彦撂下一句话，走了。

他怎能不知道，狙击手训练的重要性。狙击手不能过于热血，需要稳定和冷静。他们不是常人，每次出任务都面临着抉择生死，关乎他人的生命。

但要想执行好制定的制度，就必须有人“祭旗”。谭彦观察了几天，决定这个人要从廖樊深耕的利剑突击队去找。百合、小吕显然不合适，原因自不用说；刘浪是副队长，虽然散漫却懂利害，自己略施小计他便妥协，自然也不在对立面中；只有王宝，呆头呆脑，看不清局势，还穿着新鞋走老路，所以也难怪谭彦对他下手了。但百合看在眼里，心里却老大不舒服。王宝在队里是出了名的老实人，谭彦这么大动干戈，弄得利剑突击队人心惶惶。百合准备找机会跟谭彦聊聊，但一天忙忙碌碌，到了下班也没找到机会。

百合在谭彦办公室前踱着步，等副大队长老常汇报完工作，就赶紧往屋里走。但没想到，谭彦却换上了便服，要到外面办事。

“政委，我想跟你谈谈。”百合拦住谭彦。

“有点急事，回来再说。”谭彦一闪身就走到了门外。

他跟廖樊打了招呼，骑着那辆老电动自行车出了大院。百合心里不甘，也告了假，去追谭彦。但谭彦根本不等她，把车骑得飞快，百合就找了一辆共享单车，紧追不舍。两人一前一后，在土路上狂骑，颠得谭彦肚子都饿了。看百合一副誓不罢休的样子，谭彦无奈放慢了车速。

“你跟着我干吗？”谭彦回头问。

“我想跟你聊聊。”百合气喘吁吁地说。

“明天行吗？我得去趟孩子的幼儿园。”谭彦苦笑。

“这么晚了？”百合皱眉。

“出了点儿小事，我得过去处理一下。”谭彦把话挑明。

要是一般人听到这话，肯定鸣金收兵了，但百合却挺执着，坚持要和谭彦同去。谭彦叹了口气，重新拧动电动车把，行驶起来。百合则如影随形。

幼儿园的老师不知道谭彦和季敏分开了，所以在将情况通报给季敏之后，又给谭彦打了电话。挠挠这几天表现不好，不但没有与大牛和解，而且还长了脾气，今天竟把大牛给打了。老师想借着父亲的威严去管教挠挠，所以才让谭彦来幼儿园。

都说人生有三个阶段，知道父母是普通人，知道自己是普通人，知道孩子也是普通人。挠挠这个岁数，正处于人生中的第一个叛逆期。谭彦刚一进门，就看到了季敏。季敏正在一个富态的女人面前，低三下四地道着歉。而对方却还不依不饶没结没完。谭彦让百合在后面等着，自己走了过去。

“怎么回事？”他问季敏。

季敏抬头，感觉有些意外。“你，怎么来了？”

“姚老师告诉我的，挠挠和小朋友打架了？”谭彦说。

“哎，你是孩子的父亲吧。”那个富态的女人开了口，“你快去看看我们家大牛吧，都被你们孩子打成什么样了。我告诉你啊，要是他毁了容，你们可得负责一辈子。”大牛妈说得夸张。

谭彦一听这话，心里就不高兴了。“负责一辈子？怎么负责，让他给我当儿子？”他冷眼看着对方。

“嘿，你这人怎么这么说话啊。”大牛妈不干了。

谭彦不再理她，拽了季敏一下，就往里面走。百合见状，也跟了过来。

“你怎么那么软啊？遇事就会点头哈腰？”谭彦问。

“哎……这次是挠挠不对，幼儿园是蒙氏教育。下午他玩一个玩具，大牛非过来抢，两人就打了起来，原来都是挠挠打不过大牛，也不知今天怎么了，他反倒把大牛给打了，还在人家脸上挠了两道子。”季敏苦笑。

“那不是进步了吗？”谭彦说，“因为这么点儿事儿，你犯得着跟她露八颗牙吗？”

“哎……我是习惯了。工作习惯,天天对客户微笑,横不起来。”季敏叹气。

两人此刻因为孩子再次走到了一起，谭彦甚至有种恍惚的感觉。

在教室里，谭彦看到了挠挠和大牛，两个孩子都泪迹未干。大牛的脸上被挠挠抓了两道子，但绝不至于留下疤痕。大牛妈显然小题大做了。

“挠挠，怎么回事？”谭彦蹲在挠挠面前问。

“爸爸，他欺负我，您不是告诉我吗？人不犯我我不犯人，人若犯我我必犯人。”挠挠反问。

“爸爸是说过，但你也不能打人家脸啊。爸爸今天再送你一句话，打人不打脸，揭人不揭短。明白吗？”谭彦说。

“哎，挠挠爸，有你这么教育孩子的吗？”姚老师在一旁说。

“呵呵，对不起对不起，我这不是蒙氏教育。”谭彦撇嘴。

“那你教的是什么？”老师反问。

“是生存法则。”谭彦说。

“哎……没法说你们这些家长。”老师摇头，“你呀，得好好和对方商量，妥善解决，得给孩子做榜样。孩子在幼儿园出了问题，是该我们负责，但对孩子影响最大的，不是幼儿园的老师，而是你们家长。”她说得挺有道理。

“明白了，给您添麻烦了。”谭彦客气。

他拉过挠挠，又叫过大牛，俯下身蹲在两个孩子中间。

“哎，我给你们讲个故事好不好？”谭彦笑着问。

“什么故事啊？”大牛不置可否地看着谭彦。

“有趣的故事啊。”谭彦说。

“好，我想听。”大牛说。

“我，也想听。”挠挠不甘示弱。

“好吧，但这个故事和别的故事不一样，需要你们每人说出一个喜欢的人物，或者，动物也行。”谭彦说。

大牛妈和季敏、百合也走过来，在不远处看着。

“嗯，那……我就说，小飞机！”大牛说。

“呵呵，小飞机……好。挠挠，你呢？”谭彦看着儿子。

“我……”挠挠一边想一边坏笑，“我说，小内裤。”

“不对不对，小内裤不是人物也不是动物。”大牛纠正他。

“那小飞机也不是人物和动物啊。”挠挠反驳。

“好了好了，不要吵，这两个都行。”谭彦开始转动脑筋，“嗯，那我开始讲了啊。你们好好听。”他说着坐在地上，让两个孩子坐到自己的腿上，“从前啊，小飞机和小内裤并不认识，小飞机的工作是带着人们旅行，而小内裤的工作呢，是套住人们的屁股。”他这么一说，两个孩子都乐了。

“小内裤从没有自己坐过飞机，有一天他突发奇想，自己能不能也坐着飞机去旅行呢？于是，好，说去就去。他就买了票，登上了小飞机，准备去看大海。但是，就在小飞机快要起飞的时候，却出了问题。什么问题呢……”谭彦边讲边编。

大牛妈瞥了一下季敏：“哎，你老公挺能编的啊。”

季敏笑了笑，没做回答。她知道，这是谭彦在用例证法给两个孩子做思想工作。这是他的专长。

百合专注地听着，不时发笑，季敏用余光看着她，分析着她和谭彦的关系。

“什么问题啊？快说啊。”大牛摇着谭彦的手臂问。

“问题就是小内裤太瘦了，系不上安全带。哎，大牛，每次你和爸爸妈妈坐飞机的时候，是不是要系安全带啊？”谭彦问。

“是的，就是两根带子，放在一起。”大牛说。

“还有一个扣，一摁，‘咔吧’。”挠挠也抢着回答。

“是啊，但小内裤系不上安全带，小飞机就不能起飞，小飞机不能起飞，就会耽误所有旅客的时间，这可怎么办啊？正在这时，小飞机想出了一个办法，他对着机舱内的乘客说，大家好啊，我是小飞机，请问你们谁没穿内裤啊？经他这么一问，果然有一个叔叔忘记穿内裤了，于是小内裤就自告奋勇，将自己套在了那个叔叔的屁股上。这样一来，小内裤就可以和叔叔一起，系上安全带了。小飞机和乘客们都很高兴，于是顺利起飞。小飞机和小内裤都完成了自己的工作，而且还成了好朋友。哈哈，大牛，挠挠，你们喜欢这个故事吗？”谭彦问。

“喜欢。”两个孩子都笑着，异口同声地回答。

“那你们愿不愿意像小飞机和小内裤一样，成为好朋友呢？”谭彦又问。

“愿意。”两个孩子相互看着，又笑了。

谭彦用这个临场发挥胡编乱造的故事，让两个孩子握了手。百合笑得合不拢嘴。谭彦又深入浅出地对大牛妈开展了思想教育工作，弄得大牛妈最后不但频频点头，还与谭彦握手，让老师都挺惊讶的。

“哎，他挺有办法的啊。”老师对季敏说。

“哦，这方面他是专家。”季敏答。

“最近怎么不见你老公来啊？”老师又问。

“我们……离婚了。”季敏苦笑。

“哎呀，那对不起……”老师叹息，“你们这样啊，对孩子的影响最不好了。那我以后有事，还找不找孩子爸爸啊？”

“找，有事随时给我打电话。”谭彦说。

百合在一旁看着季敏，又看着挠挠，若有所思。

“哎，那女孩是干什么的？”季敏轻声问谭彦。

“哦，是我们队的同事。”谭彦淡淡地回答。

“哦……”季敏看百合的时候，正巧百合也在看着她。两个女人一对视，各自的心里都揪了一下。

谭彦处理完问题，刚松口气，没想到百合突然走过来，挽住了他的胳膊。谭彦吓了一跳，慌忙闪躲，但百合却挺用力，紧紧搂住他。

“哎，你干吗啊？”谭彦挺尴尬。

“你不是和她离婚了吗？别让她瞧不起。”百合轻声说。

“你胡来什么。”谭彦哭笑不得，“松开松开，别让我儿子看见。”谭彦转成了命令的口吻。

“松开就松开，横什么……电视上不都这么演吗？”百合调皮地吐了吐舌头。

“电视上都是骗人的。”谭彦摇头。

季敏看着两人的表演，觉得无趣。“谭彦，如果没事，我先带孩子回去了。”

“哦，好吧。你开车了吗？”谭彦问。

“今天限行，我们坐公交回去。”季敏说。

一听爸爸要走，挠挠一下就哭了。谭彦慌了，赶忙蹲到挠挠面前。

“怎么了，儿子？”谭彦搂住挠挠。

“爸爸，我想让你陪我一起去吃麦当劳。”挠挠嘟着嘴说。

“改天，改天爸爸带你去，好吗？”谭彦说。

“不好，你总说改天，改天就是不去了。”挠挠擦着眼泪。

“不哭了，忘了爸爸说的了吗？你是个男子汉了。”

“嗯……我都超过一米了，吃自助餐都要收费了。所以……所以我以后只吃麦当劳了。”挠挠记得清楚。

谭彦听得心酸。

“爸爸，老师今天上课问我们心目中的英雄是谁。”挠挠说。

“哦，那你怎么回答的啊？嗯，我猜猜啊。”谭彦装作想着，“你一定回答是兔小姐。”

“不对，我回答的是猪爸爸。因为他最厉害了。”挠挠说。

“对，我记得，猪爸爸会把照片挂在墙上，会打棒球，会带佩奇和乔治去野营，会在下雨的时候在泥坑里跳。他是最厉害的爸爸。”谭彦说。

“对。你会像猪爸爸一样厉害吗？”挠挠看着谭彦问。

“我……努力！”谭彦说。

力挺

电器到了更换的时候，连保护膜都没有撕掉；玩具到扔掉的时候，还裹着包装。我们干了多少这样的事情？谭彦怅然若失地骑着电动车，默默地看着前方。百合坐在后座上，小心翼翼地扶着车的座椅，两人中间保持着一定的距离。

“你前妻……挺有气质的。”百合试探地说。

“啊？”谭彦一愣，“哦……”他没正面回答。

“你儿子长得像你，特别是眼睛。”

“是吗？”

“是啊，眼神也像，一看就挺有想法的。”

“呵呵，这么小的孩子能有什么想法。”

“能看出来，他很想留住你。”

谭彦不说话了。

自行车过一个土坡，突然颠簸了一下，百合下意识地搂住了谭彦的腰。谭彦心里一软，竟想起了年轻时的感觉。十多年前，季敏何尝不是这样坐在他自行车的后座，和他一起在路上徜徉。谭彦心里五味杂陈，又骑了一会儿，停在了一个小区前。

“到了，下车吧。”谭彦说。

“上去坐坐吧。”百合说。

“算了，这么晚了，你一单身女孩，不合适。”谭彦笑。

“怎么不合适了，你一做思想政治工作的……”百合撇嘴，“我有点事儿想跟你说。”

谭彦诧异：“什么事儿啊？”

“走吧，我一个人也没意思。”百合揽住了谭彦的车把。

谭彦犹豫了一下，跟百合上了楼。

这是一个典型的女孩闺房。淡粉的色调，精致的装饰，房间是一个小复式，楼下面积不大，只有客厅和厨房，目测大约在三四十平方米。

谭彦换上一次性拖鞋，迎面飘来一阵腻腻的清香。客厅里放着一个书架，谭彦走过去翻看，竟有自己写的两本书。

“你还有这个？”谭彦拿出一本《仁警察》，感到惊讶。

百合脸红了。“你都忘了吧，那年你在海城图书馆开新书推荐会，我还找你签名了呢。”

“是吗？”谭彦回忆着。他翻开扉页，果然有自己的签名：祝学业有成。

“哦，那时你还没毕业啊？”谭彦问。

“是啊。一转眼都六年多了，时间真快啊。”百合笑。

“你现在还写吗？”她问。

“现在不写了。”谭彦摇头。

“为什么啊？”

“为什么写呢？”谭彦反问。

“唉……”百合叹了口气，“我特别喜欢你这本书里的一句话，一只站在树上的鸟儿，从来不会害怕树枝折断，因为它相信的不是树枝，而是自己的翅膀。”

“嗐，那是我……抄的。”谭彦笑。

“等会儿啊，我给你介绍个朋友。”百合说着往楼上走。

谭彦没想到屋里还有别人，估摸着大概是百合的男友，于是下意识地整整衣服，又回想刚才说没说过什么不得体的话。正想着，百合把楼上的门打开了，突然一道黑影冲了下来。谭彦吓了一跳，往后退了几步。竟然是一条德国黑背犬。他以为是队里的雷欧，但仔细一看，无论是年龄和体态，都不尽相同。这条黑背犬的腿部，有一道很长的伤疤。

“它叫泰格，是我男朋友。”百合笑。

泰格蹲在谭彦面前，虎视眈眈地看着他，似乎随时会扑上来。

“泰格别紧张，他是我领导。握手。”百合发令道。

泰格训练有素，立即将右爪抬了起来，谭彦试探着用手握了握。能看得出，这条犬年龄很大了，皮毛都松懈了。

“它曾经是大队的犬王，跟了我两年。去年退役了，我就把它接回家了。”百合说。

“啊？警犬可以随便接回家？”谭彦问。

“要办领养手续的。我签了协议书，不能转卖、转送他人，给它养老送终。它今年六岁了，按照人类的年龄已经四十多了。呵呵，比你岁数大。”百合笑。

“哦，那它算是你……大叔？”谭彦笑。

百合瞟了谭彦一眼。

“哎，你找我来想说什么事？”谭彦问。

“哦，我是想让你，别那么为难王宝。”

谭彦看着百合。“呵呵，我怎么为难他了？”谭彦笑了。

“你下午还不是为难他啊。你呀，别看他轴，但是个好人。他家是农村的，考到特警不容易。他为了参加比赛都着魔了，整天除了吃饭睡觉就是训练。出任务的时候也总是冲在前面。你这么针对他，大家都觉得别扭。”百合有一说一。

“我没有针对任何人。”谭彦变了语气，“纪律规定已经建立了，如果大家都不执行，还有什么意义呢？”他反问。

“但他不是有特殊情况吗？”

“在纪律面前，人人平等。就是我违反了纪律，也要受到处理。我理解王宝的训练任务，但并不意味着他有特殊的权利。我要对他进行特殊照顾，那对别人也是不公平的。”

百合没话了。一般谭彦发起力来，是没人能辩过他的。

“我给你讲个故事吧。”谭彦说，“以前有一个人学骑马跨栏。第一次上马，他十分担心，不知道怎样凭借自己的力量让马翻过栅栏。他看了许多教材，还在家模拟练习动作，但心里还是没底。但就在上马之后，马开始奔跑的时候，他才明白，自己并不需要带着马翻过栅栏。翻栅栏是马的事情，他只要掌握好自己应该掌握的动作和步骤就可以了。”

“你的意思是？”百合似懂非懂。

“要想做好事情，每个人必须各司其职，首先做好自己分内的事，而不是相互妥协，替别人做出决定。你觉得对吗？”谭彦问。

“你是写书的，我说不过你。”百合摇头。

“我来特警任职，是顶着很大压力的。你知道，那场报告会失败了。”谭彦很少对别人提这件事。

“我听说了……但我觉得也没什么，谁还没失败过呢？”百合宽慰他。

谭彦感觉到，百合一直在关注自己。“你该知道我来特警是干什么的，我是来帮助廖樊整顿队伍的。虽然他现在还不能完全理解，但你要相信我做一切事的初衷，都是为了这支队伍好。”谭彦看着百合的眼睛。

百合看着谭彦，眼睛里闪烁出信任。她重重地点了点头。

谭彦需要的就是这种信任。他现在急需要抓住队里的一部分人，为自己所用。他感觉百合对自己有好感，起码是那种读者对作家的崇拜。谭彦要抓住一切能抓住的机会，帮自己翻盘。对百合，他甚至可以动用情感的武器。

“哎，你是什么星座啊？”百合突然问。

“我……是狮子。”

“哈，要不你总和廖队吵架呢，他是天蝎。”百合说。

“啊？狮子和天蝎不合吗？”

“何止不合，你们是以刚制刚，相互得虐死。”百合说得夸张。

“那你是什么星座？”谭彦问。

“我是白羊，咱俩合拍。”百合笑。

“那你得帮我一把，帮大家一起翻过栅栏。”谭彦说。

“嗯。我会的。”百合点着头。

百合比谭彦小十二岁，今年也是本命年。她家在外地，父母都是普通人，在老家开着一家经营炒粉的小吃店。她大学毕业后以一比二十的比例考到特警，成为父母的骄傲，却没想到成了一名训犬员。她曾经有过抵触情绪，但慢慢却爱上了这份工作，与警犬结下了不解之缘。泰格就是她的第一个搭档，她们共同训练，一同执行任务，几次协同作战都大获全胜，百合还因此获得了个人三等功的荣誉。但与此同时，她也因为爱犬而失去了爱情。大学时的男友因为她的工作性质而选择了分手。但百合却没有消沉，而是与犬为伴，在工作之余加入了跆拳道和日本剑道的俱乐部，让自己活得精彩。谭彦暗自在网上查过白羊座的性格，热情、冲动、讲义气，看来算是个好的合作伙伴。但他却并不相信所谓的星座。比如谭彦觉得，只有自然生产的人才能对应上所谓的星座，那些剖宫产的连出生时间都没按照自然规律，要是按照星座的日期计算，岂不误算了一生？但其实想想，也大可不必认真，星座的分析都模棱两可，你越信就越往自己身上套，显得越真，不信，也就一无是处了。

第二天上午，装裱店的人把那幅字给送来了。马叔帮忙，将那海涛写的“藏锋”挂在了办公桌后面的墙上。

“藏锋。嗯，好寓意。”马叔点着头，“这是……哪个书法家写的？”

“一个朋友。”谭彦笑着回答。他默默地看着那幅字，想着那海涛对自己的提醒。他觉得自己此时的处境和挠挠差不多。到了一个新环境，每天要和自己不喜欢的人相处，还要努力去适应。挠挠为什么不想去幼儿园呢？说害怕。他在怕什么呢？无非是怕陌生、怕约束、怕得不到重视、怕失败挫折。但这一切，不正是要去适应和接受的吗？也许人这一生，就是克服畏难的过程。克服不了就停在舒适区，止步不前，克服了就能继续前行，看到更宽广的天地。这是个打怪升级的游戏，只有依靠毅力和勇气，经历挫折和失败，才能看到阶段性的晴空。谭彦知道，孩子是他的一面镜子，能让他更清晰地看清自己。百合不也说过吗？“相信的不是树枝，而是自己的翅膀”。谭彦给自己打气，要强健自己的翅膀，脚下的树枝才更加稳固。

他做事一向有章法，既然想开始反击，就要名正言顺。他给楚冬阳打了电话，婉转地表达了意思。当然，他不会说廖樊的坏话，那样只会让别人看低自己。在职场中，凡是在领导面前说搭档坏话的，结果大都是搬起石头砸自己的脚，最后两败俱伤。谭彦可不会做这样的蠢事。他希望楚冬阳能出面，邀请郭局到特警大队调研，一是提升一下民警的士气，二也能为下一步工作把关。楚冬阳一点就透，便巧妙地向郭局汇报。郭局痛快地答应了。

以调研的名义检查工作，以关爱的名义敲山震虎，郭局自然深谙此道。正好他也想看看谭彦下去之后的工作情况，于是便在政治部和纪委相关领导的陪同下，来到了特警大队。

奥迪车驶进了特警大院,廖樊和谭彦率先上前迎接。谭彦做得很有尺度，一直站在廖樊身后，连拽车门这活儿，都是留给廖樊的。但没想到，廖樊却不通世故，只愣愣地站着，最后谭彦还是忍不住，上前拉了车门。

郭局下了车，边和两人寒暄，边走进大楼。一进楼道，便能看到挂在墙上的各项规章制度。他饶有兴致地参观着，不时点着头。

“廖樊,你这规矩定得好啊。不以规矩,不能成方圆。但在定了规矩之后，关键还是在执行。没有执行力度的规矩等于白定。谭彦，你要配合好廖樊的工作啊。”郭局说。

谭彦点头称是，跟郭局唱着“双簧”。郭局怎会搞不清这些规矩出自何人之手,他之所以这么说,是一举两得——既捧廖樊,又挺谭彦。要说老油条，谁都比不过他。

在会议室，特警大队的班子成员整齐地坐在郭局对面。廖樊汇报了大队的整体工作情况和训练情况，同时着重介绍了近期配合禁毒大队追踪贩毒团伙的工作进展。谭彦汇报了整顿纪律作风的工作情况和各项新建立制度的思路。在郭局来调研之前，他又将各项制度进行了细化，同时还详细制定了公款报销的流程。作为政委，他要拿过大队的财权。市局一直在强调“德能勤绩廉，人车酒秘网”，他要慢慢地将这些重点工作都拢到自己手中。

“我们的工作思路是‘严’字当头，从严治警是对民警的保护和关爱。我们会从‘实’上入手，做实做细，绝不走过场。”谭彦在汇报时，一直在用“我们”这个主语。这样既算给廖樊面子，也能将他裹挟进来。“要执行好日常考核。将民主评议、领导审核和组织评定三个方面相结合，去判定民警的日常表现。将每个人的‘德能勤绩廉’按月上墙公示，要考勤、考绩，要公平、公正，每个人年底的晋职晋升、立功受奖都要以此为依据。”谭彦思路清晰。

“嗯，你们的做法值得肯定。”郭局点头，“但我还要提醒一下，新建立的制度在执行方面还要循序渐进，给民警一个适应的过程。不能求急求快。不但要让民警看懂，更要在落实上行之有效，避免两张皮。”

“还有，我们建立了正负面清单制度。”谭彦说。

“嗯？这是个创新，说说思路。”郭局来了兴趣。

廖樊用余光看着谭彦，根本就没听他说过这个玩意。但此时廖樊是处于被动的，玩嘴皮子他可比不过谭彦。

“每个人都有 AB 两面。哦，这并不是说我们是两面人啊。这里说的 AB 面，是正面和负面，也就是说积极的一面和不积极的一面。举个例子，我们在工作期间可以严格要求民警，但在民警下班之后的‘八小时之外’，就常失管失控。民警在业务工作上干得不错，并不意味着他思想政治上优秀。所以看待一个人，要从多方面，多角度，既要看长处，也要知短处，这样才能查漏补缺，让这个队伍更优秀。您看，这是我们准备对队伍开展的调查摸底，以‘正面清单’和‘负面清单’入手，确定重点关心和重点关注对象，双警家庭、大龄青年、家里有困难的，都属于重点关爱对象，而多次违反工作纪律、不服从管理、考评末位的，将列为重点关注对象……”谭彦说着将一张表格递到郭局手里。

郭局认真看着，心里发笑，知道谭彦这小子在耍花活。他不但将各项权力揽在自己手中，还要将“利剑”高悬，让民警敬畏，以提升自己的地位。他正看着，廖樊发了言。

“郭局，谭政委刚才汇报的那个正负面清单制度，我们班子还没通过。我想，现在还不是执行的时候。”

“哦，还没通过啊。”郭局抬起头。

谭彦没说话，也没看廖樊，只温和地等郭局表态。

郭局知道，这是廖樊在反击，但更明白自己此行的目的。他是来给谭彦拔份儿的，自然要送他“尚方宝剑”。

郭局笑了笑。“但我看了觉得很好。了解民警，才能与民警沟通，知道优点缺点，才能更好地关心关爱。只知道抓业务工作是远远不够的，勇敢奉献的基础是忠诚和尽职。思想上的问题解决了，人管好了，队伍才有战斗力。下一步，你们要以纪律整顿为切入点，建章立制，抓好落实，要将从严治警与从优待警相结合，提升队伍的战斗力，让特警大队真正成为尖刀和铁拳。”他定了调。

每逢开会，男人们就会像嗷嗷待哺的孩子一样，不一会儿就得嘬两口。会议室里烟雾缭绕，却没一个人去开窗通风，最后谭彦只得自己动手。他从始至终都把控着会议的节奏，基本达到了自己的目的。在过程中郭局出去上厕所，谭彦就刻意放慢了语速，向楚冬阳汇报一些无关紧要的话题，把精彩和关键留在后面。廖樊处于被动状态，任凭谭彦牵着鼻子走。文人发起狠来，比武夫更可怕，他们工于心计，懂得取舍，明话暗说，借力使力。就算胳膊根儿再粗、战斗力再强，也比不过他们谈笑间让樯橹灰飞烟灭。廖樊这次算是彻底领教了。

最后，郭局给特警大队做出了明确指示：谭彦汇报的各项工作制度他都同意，正负面清单也可以着手落实。作为主管政工的一把手，谭彦承担着整顿纪律作风的重任，这些工作与业务工作同等重要。面对当下层出不穷的各类新型犯罪，对警队的要求不但要技术过硬，更要作风优良，重业务、轻思想的偏见必须废除。与会人员都听明白了，这是郭局给谭彦的“尚方宝剑”，他此次来调研的目的，就是来力挺谭彦的。

在会后，郭局又参观了利剑突击队的训练表演。临走的时候和廖樊、谭彦私聊，告诫他们要紧密团结在一起，一加一大于二。两人表面点头，装作无事。

郭局走后，特警大队班子又开了小会。拿到“尚方宝剑”的谭彦不再谦虚低调，再发言时，频频以“按照郭局指示”为开头，仿佛一切新建立的规章制度，都是郭局提出的。制度已经上墙两周，数据已经初见规模，谭彦在会上做了统计，列出了连续两周末位的民警。不出意料，王宝位列其中。谭彦以王宝祭旗，开始了第一轮的反攻倒算。如果王宝继续自由散漫，不遵守点名等规章制度，那他年底晋职晋升和立功受奖将会受到影响，能否代表大队参加全省比赛也成了未知数。王宝这下慌了。有郭局压着，廖樊也无能为力。大家这下都知道了谭彦的厉害，没人再敢拿他的话不当回事。

之后的几天，各项制度顺利落实。不但早点名的出勤率达到了百分之百，早退的情况也不见了踪迹。“德能勤绩廉”他全抓在手里，“人车酒秘网”也一个不落。但威立住了、地位稳固了，百合对他的态度却有了变化。百合觉得，谭彦并不是自己想象的那个文人、作家，而是一个混迹职场的老油条。但谭彦知道，自己无须跟任何人解释，慈不掌兵、善不从警，管理者只能这么做。

他将百合抽调到纪律作风整顿小组专门负责内勤工作，和他一起找民警谈心。他不但没饶过王宝，反而加重了对他的惩罚。王宝彻底服了，在他的办公室里痛哭流涕，百合看不下去，借故出了门。王宝希望谭彦再给自己一次机会，为了参加比赛，他已经苦练了一年，磨破了几身作战服，为的就是能获得荣誉。谭彦反问王宝什么是荣誉，王宝答不上来，谭彦就告诉他，荣誉是百折不回的坚守，是义无反顾的冲锋，是勇者无惧的担当，是初心不改的忠诚。王宝听蒙了，谭彦又拿英雄陈飞举例，告诉他“所有为理想牺牲的人，都会化作璀璨的繁星，把世界照亮。他们生命的价值，就是真正的荣誉……”王宝深受教诲，痛定思痛。最后谭彦告诫王宝，不要因小失大，丢西瓜捡芝麻，人可以为荣誉付出一时，但真正能为之付出一世的只有信仰。王宝擦着眼泪走了，这么个铁骨硬汉，终于在谭彦面前低了头。谭彦的心里也不好受，都说打人不打脸、揭人不揭短，自己不但打了王宝的脸，还揭了他的短。谭彦明白，所谓 AB 面、正负清单，不过是些扯淡的文字游戏。世界如此复杂，凡事怎会只有两面？遵守规矩的往往都是弱者，而强者去制定规矩，争夺话语权。

下午集训，在操场上，全体队员集结在一起。今天的科目是五公里越野、三千次跳绳、一百五十个单双杠加三百个俯卧撑。之后还要进行射击、攀登、战术等训练。谭彦主动加入了训练。

在五公里越野跑时，他被甩在了最后，但依然坚持跑完。在跳绳、单双杠、俯卧撑等科目中，他也拼尽全力，不甘示弱。队员们刚开始还在看他的笑话，但最后却被谭彦的拼搏精神折服，甚至在他完成最后五十个俯卧撑的时候，集体给他喊起了号。廖樊看着谭彦，知道这是他的手段，但也不禁叹服。他好久没遇到过这么有斗性的对手了，谭彦让他彻底刷新了对政工干部的看法。

“忠诚，尽职，勇敢，奉献！”“单兵是尖刀，整合是拳头！”这样的口号渐渐在训练场上取代了“锻炼身体，准备挨打；锻炼肌肉，准备挨揍！”

其实就算谭彦有私心，但努力的方向也没有错。他来特警不是为了灭廖樊的威风，而是为了搞好工作，做出成绩。就算先期有过矛盾和碰撞，但目的也不过是为了打掉廖樊的傲气，与他平等对话。廖樊也不傻，怎会看不透谭彦的心思。他看谭彦大汗淋漓地蹲在地上，就拿起一瓶水，递了过去。

“喝的时候先含一会儿，别着急咽。”廖樊说。

谭彦接过水，看着廖樊笑。他刚想说声谢谢，廖樊就转过头。

“《特警训练手册》第十一条，要求的是什么？”廖樊在队伍前大喊。

“为维护社会的安全与稳定，为维护人民的生命和财产，勇往直前，奉献一切！”队员们齐声喊着。

“你们能做到吗？”廖樊问。

“能！”大家异口同声。

“你们现在的各项素质，能达到要求吗？你们做到最优秀了吗？”

“还没有！”大家回答。

“什么是特警？”廖樊问。

“是……”大家这次没有异口同声。

“那我告诉你们，特警是特殊材料制成的警察，是特别能战斗的警察，是特殊时刻能出动的警察！明白了吗？”廖樊给出答案。

“明白了！”大家的声音响彻整个训练场。

“那就‘敏’起来！拿训练场当敌人，战胜它！”廖樊大喊。

他的话很有煽动性，也很有力量，听得谭彦也热血沸腾。

训练场上又火热起来。谭彦走到廖樊身后，拿他打趣：“这些话，都是你编的吗？”

廖樊回头看着他，低头笑了笑。“这些话是大队这些年来，历任主官传下来的，在我当队员的时候，大队长就这么说。轮到我当队长了，也就把它传了下去。”

“嗯……”谭彦点头，“这就叫作文化的传承。”

“哼，你一说就上纲上线。”廖樊摇头。

“嘿，什么叫上纲上线啊……这都不搭界。我觉得你啊，也得在传承中进行创新。比如那个‘钝’了、‘敏’了、‘锐’了，就挺好。”谭彦笑。

“骂我？损我？”廖樊皱眉。

“开玩笑，轻松一下，不行吗？”谭彦说。

“哼……”廖樊撇嘴，“干久了你就知道了，这帮小伙子不容易。抛家舍业，没日没夜，一出任务就面对匕首和枪口，在局里还不受重视。等年纪大了，干不动的时候，就得下沉到基层。世界上哪有锦上添花啊，都他妈的是负重前行啊。”

“所以，当领导的就更得为民警着想，帮他们解决实际困难，给他们更好的发展和出路。”谭彦不失时机地说。

“哎，你也别这么为难王宝了。违反考勤的事也有我的责任，这孩子不错，是个老实人。”廖樊操着商量的口气说。

这是廖樊第一次平等地与谭彦对话。谭彦知道，自己的几步棋已经奏效了。立规矩、划重点、找典型、下狠手，再让郭局给自己背书。廖樊已经有了妥协的迹象。他不能再绷着拘着，得敏着锐着一些，这是他和廖樊达成和解的机会。

“没问题，明天上午咱们开个班子会，碰一下近期情况。之前的考评算是预演，大家也得有个适应的过程。正式考评从下周开始。”谭彦痛快地回答。

廖樊没想到他会答应得这么痛快，表情松弛下来，眼角也露出了鱼尾纹。他远不如谭彦有城府。“行，我同意。”他笑着点头。

“还有，我觉得咱们得给这帮兄弟干点儿实事儿。”谭彦趁热打铁。

“干什么事儿？”廖樊问。

“不让他们辛辛苦苦却默默无闻，得把他们的辛苦和奉献说出去，让他们得到更多的理解和支持。”谭彦说。

廖樊的眼中闪出光芒。“那，该怎么做呢？”

"你知道我是干什么的吧？"谭彦问。

"啊？"廖樊皱眉。

"哼，我是十六年的老宣传啊。"谭彦笑了。廖樊也笑了。

他跟廖樊说了自己的工作计划，准备在近期开展一系列的活动。比如典型推树和主题宣传，要将特警的优秀骨干提升到市局的层面。他在宣传处牵了这么长时间的头，让他们帮一下忙，还是不成问题的。之后还准备做两个活动，一个是建立荣誉室，搞好特警精神的传承；一个是开展警营开放日，让社会各界了解特警，宣传特警。谭彦思路明确，重点突出，说得廖樊连连点头。

"就是我不同意，你也得这么干吧？"廖樊笑着说。

"说实话，是的。但说到底，我是为了这支队伍好。当然，队伍好了，你我也就有了政绩，我们的工作也有目共睹。但如果你能配合，我相信效果一定会更好。"谭彦直来直去。

"好，我希望以后你我对话，都能这么开门见山。"廖樊说。

"入乡随俗，我来特警时间不长，也在学着你们的敏和锐。"谭彦笑了。

大功

谭彦与廖樊初步达成了和解，王宝的生活也拨云见日了。他感恩戴德，各项表现名列前茅。谭彦又在廖樊的建议下，给王宝特批了训练假，让他重新回到训练场。王宝按照制度要求，每早准时参加早点名，然后填写“审批单”呈谭彦批准，再到训练场训练。谭彦拿他做了个“模子”，让所有人都参照执行。他确实做到了一软一硬，一边诛心一边安抚，一边打一边拉。他刚到特警的时候，楼道里的绿萝里都是烟头，在将环境卫生与每日考评挂钩以后，现在楼道的绿萝长得葳蕤；他刚到特警的时候刘浪拿群众送来的锦旗擦鞋，还美其名曰锦旗的料子好，但在谭彦建立考评制度后，大家都把锦旗挂在墙上；他刚到特警的时候，大家不重视荣誉，干工作总相互看着，生怕显得冒进，现在谭彦设立了“每月一星”制度，优秀的民警会被推荐到市局宣传处参加全局评选，结果将直接作用于年底的立功受奖，于是大家热情高涨，都赛着往前跑，争着比荣誉。队伍一天比一天理顺，即将开展的各项工作也在积极筹备着。一切都在向好的方面发展。

一次刘浪说怪话，讲一个污蔑宣传干部的老段子。他说在20世纪80年代有个英雄，在抓捕歹徒的时候身中数刀，最后壮烈牺牲。一个宣传干部下去采访，问英雄的战友，他牺牲前说过什么话。战友想了想回答，英雄当时紧抱住歹徒的腿，最后说了一句，“我操你姥姥”。这下宣传干部为难了，英雄不能骂人啊。怎么办？他就继续采访其他在场者，但无一例外，都是“我操你姥姥”。宣传干部没辙了，回去向领导汇报。领导灵光一闪，带着宣传干部找到英雄的同事问，你们是不是听错了，他最后一句话说的是不是“我绝不让你跑喽”？这下同事们都明白了,异口同声说是。于是“我操你姥姥”变成了“我绝不让你跑喽”。这就是宣传干部的厉害。刘浪正逗得大家前仰后合，没想到谭彦竟站在身后。刘浪赶忙解释，说自己没有影射。但不想谭彦却异常大度，不但没有怪他，反而和大家盘腿坐在一起，又接着讲了一个笑话。笑话是抄袭黎勇说过的那个，但却把主角安在了自己头上。谭彦口才了得，将村长冲自己挤眼的情景描述得绘声绘色，又给自己喝酒呕吐的惨状添油加醋，弄得队员们哄堂大笑。特警们觉得谭彦也挺好接触的，于是敞开了心扉，打开了话匣子。

谭彦的局面渐渐打开了，不光得到了廖樊的支持，而且有了群众基础。地位稳固了，就要做事了。谭彦挂职的时间只有两年，稍纵即逝，他不但要在这里翻盘，还要把工作弄出彩。他要让曾经看自己笑话的人看看，他是怎么重整旗鼓的。但就在他准备策划警营开放日的时候，来事了！

晚上九点，特警大队值班室接到一个匿名电话，称在海城东郊的“城中村”望海地区，发现了网上在逃人员蒋坤的踪迹。值班员不敢怠慢，立即向廖樊汇报。廖樊马上集合利剑突击队成员，准备赶赴现场。在谭彦得知的时候，突击队员们已经上了剑齿虎。谭彦质问廖樊为什么不上报市局，要擅自行动。但廖樊却强硬起来，他告诉谭彦，许多紧急的任务都是请示“黄”的，承诺在路上会向郭局直接报告。谭彦知道，他是在防着禁毒队。谭彦了解廖樊的犟和轴，于是不再劝说，也登上了剑齿虎。

谭彦没穿作战服也没带装备，廖樊几次劝他回去，都被拒绝。最后无奈，廖樊将一把 92 式手枪递给谭彦，让他用于防身，又叮嘱百合，在行动后一定要保护好他的安全。谭彦忙称自己是来参与行动的，不是来拖后腿。但百合却笑，说他是来体验生活的。

参加行动的还有刘浪、王宝和小吕。廖樊第一批集结了利剑突击队的精锐，共两车十人，先赶赴现场，其他队员随后接应。刘浪在车上擦着枪，嘴里唱着淫词小调,什么“二八佳人体似酥,腰间仗剑斩愚夫。虽然不见人头落，暗里教君骨髓枯……”他一直管自己手中的突击步枪叫“佳人”，所以盼着这个佳人仗剑去斩愚夫。王宝则一言不发，闭目养神，谭彦知道，作为狙击手他要时刻保持冷静，才能控制好自己的荷尔蒙和胺多酚。小吕和百合不知在说着什么，时而发笑，而雷欧则静静地伏在两人身边。这是谭彦第一次参与抓捕行动，行动虽未开始，谭彦却开始紧张。车行至目标地点附近，廖樊命全体队员下车。天已经完全黑了，对面是一个货仓，与之前灰熊指认的货仓相隔不过一公里。

“蒋坤在咱们手里跑了几次了，你们知道吧？”廖樊提着突击步枪问队员们。

“知道。”大家异口同声。

“他是悍匪，杀人不眨眼。这次任务有危险，你们得给我‘敏’起来！咱们不惧怕流血，但要防止流血，懂了吗？”廖樊强调。

“懂了！”大家回应。

“好，行动！”廖樊把手一挥。

他让百合设置好定位，发给正在奔袭而来的其他队员，自己则带人向目标接近。王宝提着88式狙击枪，潜到黑暗里，寻找制高点。谭彦走在众人的身后，百合用身体掩护着他。

“‘谭荣誉’，你还是别去了。”百合轻声说。

“你别管我，注意自己的安全。”谭彦说。

“你也没参加过枪械训练，唉……”百合叹了口气，“‘92’会使吧，这是扳机，这是保险。”百合回身教他。

“我会用。在市局的时候，也有射击考核。”谭彦说得半真半假，市局有射击考核不假，但他却从来没参加过。

队员们没从正门进入，而是掀开货仓的一个通风窗，潜到里面。货仓里漆黑一片，静悄悄的，不像有人的样子。廖樊使着特警专用的手势，大家立即分成了两组。廖樊带一组四人，从左侧搜寻，刘浪带另一组四人，从右侧包抄；王宝将狙击枪架在一个集装箱上，用瞄准镜观察。谭彦正琢磨着跟哪个组，被百合用胳膊撞了一下。

“老谭，咱俩待命，守门。”百合轻声说。

“那如果发现了嫌疑人……怎么办？”谭彦问。

“什么也不做，报告。”百合说。

谭彦知道这是廖队对他的保护，但此时此地也只得接受。时间一分一秒地过去。货仓的气氛显得诡异，不像有人在交易。但这时，远处猝不及防地响起一阵点射。

“嗒嗒嗒！”

“撞上了！”百合的表情变得严肃，“这不是95式突击步枪的声音。”她解释道。

她按了一下谭彦的后背，两人缓步前进。

廖樊那一队，确实和敌人交上火了。他们遭遇了伏击。廖樊没想到对方有这么多人，目测竟有几十人上下，而且还持有自动式武器。双方隔着货仓里的集装箱对射，一时间毒贩竟占了主动。刘浪带人立即增援，95式突击步枪吐着火舌，狠狠地将几个毒贩撂倒。却不想货仓另一侧还潜伏着敌人，二组的侧翼受到攻击。

“啪！”刘浪的后背中了一枪，将他震倒在地。要不是他穿着防弹衣，就一命呜呼了。

在危急时刻，王宝开始发力，他连开数枪，压制住敌方。但敌人那边，也开始分组，渐渐围了上来。猛虎难敌群狼，廖樊为保队员们的安全，打了个手势，让一组就地压制，又按动耳麦，让刘浪带二组撤到货仓大门，堵住出口，等大部分的增援到达再力争全歼。战斗打得异常艰苦。情况紧急，百合拿着电台询问援兵的位置，但货仓里信号不稳。她拍了拍谭彦，指了指门外。谭彦不走，百合无奈，只得先带雷欧出去。

谭彦单人独骑，守在空荡荡的货仓大门旁。刘浪的二组行动得并不顺利，遭遇了阻击。

“啪啪啪，啪啪啪……”枪声越来越近。谭彦紧张起来，身体忍不住颤抖。他双手紧握着那把黑黝黝的92式手枪，心里默念着开枪的技巧。

端稳、放松、瞄准，再击发……他想了想，这似乎不是在市局时射击教练教的，而是那天马叔说的。嗯，差不多就是这个道理吧。他用手擦着脸上的汗，却发现手上的汗更多。手枪被汗水浸得很滑，谭彦赶紧把枪放在裤子上擦，生怕开枪的时候脱了手。但就在这时，枪声却渐渐小了，不，应该是渐渐远了。谭彦意识到，在廖樊等人的压制下，贩毒团伙可能开始溃散了。他喘了口气，走到大门中间。他右手持枪，站在黑暗里，感觉自己像个战士。

周围安静下来，枪声渐远。头顶的排风扇缓缓转动着，月光透过那里倾斜下来，被打成散乱的光影。

“啪！啪！啪！”又是三声枪响。

谭彦警觉起来，循声望去。不料就在百米开外，突然跑过来一个浑身是血的悍匪。他身材高大，留着长发，穿一件黑色风衣，手里拿着枪杀气腾腾。谭彦细看，正是通缉令上的主犯，蒋坤！

与此同时，蒋坤也看到了谭彦。他的眼神像一只恶虎在盯着猎物。

谭彦判断无误，在廖樊和刘浪的压制下，贩毒团伙开始溃散。蒋坤夺命逃亡，几个手下被王宝击毙。他钻过小道，本以为能找到出路，却不料一头撞上了谭彦。

此时两人之间的距离不超过一百米。蒋坤嗜杀成性，牙关紧咬。他毫不犹豫，抬枪便射。谭彦惊慌失措，来不及重复射击的要领，就闭眼射击。

“啪……”

“啪……”

枪声先后响起。谭彦感到一股冷风冲自己袭来。他感到浑身发冷，不知道是否已经被子弹射中。他甚至想到了最坏的结果，如果自己受伤了，还能不能实现自己在特警的翻盘梦？他甚至想起了老赵说的盖棺论定。

说时迟那时快，当谭彦睁开眼的时候，发现自己毫发无损，而对面的蒋坤已应声倒地。谭彦大口呼着气，茫然地观察着四周。这时，廖樊已经带人赶了过来。他跑到蒋坤的尸体前，看到了一颗子弹，正中蒋坤的眉心。

刘浪趁机大喊："蒋坤已被击毙，剩下人都放下武器！蒋坤已被击毙……"

毒贩们大惊失色，大部分缴械投降。少部分负隅顽抗的，被廖樊和增援部队携手击溃。行动大获成功，特警队员们围拢过来，给谭彦叫好。"政委，牛逼，政委，牛逼！"

"政委，你太棒了！你射击的动作简直就像一只鸟！"小吕开着玩笑。

谭彦恍惚地看着他，不置可否。

"百米外一击毙命，你丫是个老炮儿啊！"刘浪爆了粗口。

大家欢呼着，将谭彦举了起来。廖樊也加入了队伍，高声喊着号。

"一二三，畋……"

谭彦被众人高高抛起。

"一二三，畋……"

他的鞋都飞了出去。

谭彦恍然如梦，一下升到了巅峰。这是他从警十六年来最畅快的时刻，以往笔下的辞藻都显得苍白做作，他终于体会到了作为一名警察的真正快乐。他觉得灵魂都似乎飞升了。

大家笑着，叫着，一次次地将谭彦抛向天空。百合赶忙拿出手机，拍下了这个难忘的镜头。

在法医中心的停尸间，郭局、廖樊、章鹏、那海涛、楚冬阳等人站在了一张停尸床旁。法医掀起白布，露出了蒋坤的面容。他的脸已血肉模糊，眉心处被子弹贯穿。名噪一时的大毒枭，终得恶报。

郭局沉默着，其他人也不敢说话。

“这是谭彦干的？”郭局问。

“是的。一枪毙命。”廖樊说。

“哼，呵呵……”郭局笑了，“没想到这个‘谭荣誉’，还会舞枪弄棒？”

他这么一笑，大家也都放松了。

“是啊，郭局，我想过这孙子的一万种死法，也没想到能落到谭彦手里。”章鹏也笑。

郭局摇头：“但他一死，线索是不是也断了？”

“线索可以再找，但蒋坤是个大祸害，被击毙也是罪有应得。他一死，贩毒团伙也就土崩瓦解了。”那海涛说。

“嗯……”郭局点头，“哎，那个小子呢？”郭局问。

“他……”廖樊知道郭局说的是谭彦，“他在队里休息呢。我叫他过来？”

“别，先让他休息吧。”郭局摆手，“冬阳，明天一早，跟我去特警大队，慰问。”郭局说。

翻盘

章鹏说，什么是高手？高手就是不能折腕。但谭彦却觉得他说得不对。真正的高手要能屈能伸，禁得住人前显贵时的奉承，也忍得了卧薪尝胆的寂寞，要能在逆境中奋起，在低潮中跋涉，能经历风雨见彩虹的人才是真正的高手。生活就是这样，跌宕起伏，峰回路转。谭彦被众特警抛上天的照片，不但留在了百合的手机里，还登上了海城市公安局的微博首页，一天点击量便达百万。这个消息轰动了整个海城市。一个拿笔搞宣传的“字警”击毙黑帮老大的故事，本身就具有强烈的戏剧性和传播力。

第二天一早，郭局带队前往特警大队听取汇报。谭彦平铺直叙不带任何感情色彩地还原事实，但当说到自己直面蒋坤枪口的那一刻，却忽略掉了抖如筛糠和闭眼开枪的细节。他轻描淡写地用一句话阐释，“立即予以还击”。这是他早就想好的。按照相关规定，警察开枪射击前必须要鸣枪示警，但在危急时刻可以直接还击。谭彦把握着这个尺度，在郭局面前，他是不敢乱说的。这些年，郭局可谓是看着他成长，他脑子里想些什么，稿子里能写什么话，郭局是了如指掌的。所以谭彦尽量收着说，把一举破获贩毒团伙、击毙蒋坤的功劳放在全体参战民警身上，而自己只不过是捡个漏碰上了蒋坤而已。但他越这么描述，廖樊等人就越添油加醋，将谭彦描绘得英勇无畏。郭局是来挺他的，对他的低调也十分满意。他虽然在会上并未表态，但临走的时候用力地拍了一下谭彦的肩膀，说了句:“你他妈这个小子啊！”

郭局一骂，大家都笑了，谭彦心里也有谱了。

当天下午，老庞就亲自带着小刘和小曲来到了特警队。他们成立了宣传专班，开始搜集谭彦英雄事迹的材料。老赵如愿以偿地去了市局文联，老庞现在是宣传处的牵头副处长。他一改昔日的四平八稳，做事变得雷厉风行，像极了谭彦当时的样子。小刘在借调期满之后，没有回到原单位，被老庞留了下来。他比小曲会来事，现在已经能独当一面了。老庞告诉谭彦，郭局将谭彦定为重大宣传典型，力度不亚于在工作中牺牲的陈飞。谭彦赶忙推辞，说人家都已经盖棺论定贴墙上了，自己还活蹦乱跳的呢，按规矩可不能这么宣传。但老庞却声称，这是市局党委的意见，盖棺的英雄固然安全，但没盖棺的英雄更能承担典型引领的作用。这次局里不但要给谭彦荣誉，更要将他推到省里甚至部里，让他成为全体海城警察忠诚奉献的代表。谭彦知道，这又是郭局的一举两得。他不但要帮自己翻盘和逆袭，而且还要让自己承担起更重要的宣传任务。都说好事不出门，这次挺不容易出了个绝对正能量的大好事，郭局自然是要借机发力的。

新闻通稿、宣传文案、视频短片，所有的材料宣传专班仅用两天就初步完成。楚冬阳又牵头召开了“过稿会”，字斟句酌。经郭局批准后，市局召开了盛大的新闻发布会，请来的媒体数量不亚于那次陈飞的报告会。老庞作为新闻发言人，首先通报了海城市局开展“亮剑行动”的成果和打掉全省最大贩毒团伙、击毙公安部B级通缉令重犯蒋坤的过程，之后就发布了谭彦英雄事迹的宣传通稿，并现场播放了视频短片。在短片中，谭彦穿着特警作战服，怀抱95式突击步枪，俨然成了海城特警的代表。谭彦坐在台下，觉得脸红心跳。但他还是低估了郭局，郭局想让他成为的，绝不只是海城特警的代表，而是所有海城警察的代表。

老庞继续发力，宣传专班也开足了马力，内外宣同步进行。一时间谭彦的事迹广为流传，他的英雄形象也被制作成海报，张贴在海城的各个地方。他终于被“贴在了墙上”，成了名副其实的警察英雄，一手拿笔，一手拿枪，文韬武略，战无不胜，再加上新闻媒体的争相报道，他的壮举街谈巷议、人人皆知。市局在中心会议厅，为谭彦召开了盛大的报告会，刘浪、小吕、百合作为事迹报告团的成员先后登场，最后压轴的自然是谭彦本人。稿子是谭彦自己写的，这回他没客气，他知道这场演讲对自己的重要性。十六年了，这是他第一次从幕后走到台前，这次他不仅是撰稿，更是主演。在聚光灯下，他挺着胸膛，面对着台下上千名听众，高昂激亢地说：

“特警是什么？是特殊材料制成的警察，是特别能战斗的警察，是特殊时刻能出动的警察！我们信任彼此，依赖彼此，在危机中能把自己的后背交给彼此。我们心中的荣誉，是抛开那些私心杂念，在危机时刻用生命挡在群众前面。这才是警察真正的荣誉，真正的忠诚！我们时刻准备着为维护社会的安全与稳定，为维护人民的生命和财产勇往直前、奉献一切！”谭彦的发言铮铮作响。

台下响起热烈的掌声，廖樊和特警队员们站起来鼓掌，许多人都听得落泪。谭彦的演讲非常成功，鲜花掌声不断，荣誉和机遇也接踵而来。市局将他的事迹材料上报到省厅，谭彦荣立了个人一等功，获得了全省青年卫士称号。省厅又将他的事迹报到公安部，准备在年底参加全国的优秀人民警察评选。谭彦忙得四脚朝天，演讲、采访、参加各种活动，百合成了他的“经纪人”，每天帮他拉出日程表。

在五人的小圈子聚会上，黎勇断言，“谭荣誉”快回市局了，没准能直接担任宣传处长。但章鹏却说，据说最近老庞干得不错，郭局有意让他补处长的缺。林楠消息灵通，说楚冬阳已经在副主任的位上干满了一个任期，市局党委最近曾议过他的提拔问题，照此推测，谭彦没准会去补他的缺。谭彦摆手，说你们再忽悠，我都能直接提拔成副局长了。但那海涛还是那句话，记住，藏锋，明白的人，锋芒不外露。

在回到队里之后，谭彦也受到了英雄般的礼遇。谭彦是特警大队历史上，第十五个获得个人一等功荣誉的。队员们对他的态度从敬畏变成敬爱。刚开始谭彦还有所顾忌，不时观察廖樊的反应，怕他心里别扭。但从廖樊开始叫他“谭荣誉”开始，谭彦就明白了，特警与宣传处是两种截然不同的文化，宣传处不能冒进，要瞻前顾后、时刻考虑别人的感受，但特警不同，讲的不是人情而是实力。你越强，别人就越认可你。

谭彦不仅成了别人眼中的英雄，还成了挠挠心中的“猪爸爸”。在接挠挠的时候，大牛非要闹着跟谭彦合影，一问才知道，原来孩子们在电视上看到了他的事迹。挠挠和大牛和好了，“小飞机”和“小内裤”现在成了好朋友。季敏没有当面祝福谭彦，而是给他发了一条短信：“祝福你，为你骄傲。”谭彦心里涌出一阵酸楚，犹豫良久才回了短信：“谢谢你。”

他带挠挠到麦当劳吃饭，又去了湖边。挠挠高兴极了，在小书包里找翻了半天，将一个“猪爸爸”徽章递给了谭彦。

“爸爸，你比猪爸爸还要棒。”挠挠仰望着谭彦。

谭彦接过徽章，别在了自己的衣服上。“挠挠，爸爸教你一句话。一只站在树上的鸟儿，从来不会害怕树枝折断，因为它相信的不是树枝，而是自己的翅膀。”谭彦说。

“爸爸，这是什么意思啊？”挠挠不解。

“意思是，永远要靠自己。”谭彦说。

海城市的夜晚宁静祥和，微风吹散了乌云，月亮映照着万家灯火。谭彦在办公桌前静静地坐着，望着窗外墙上那幅巨大的宣传海报，感觉这一切像做了一场梦一样。这么多年，自己都是在给别人作嫁衣，在挖掘别人的事迹，拔高别人的精神，成就别人的梦想。自己每天嘴里说着荣誉，但荣誉却仿佛离得很远，光芒夺目却毫无价值。但如今荣誉却来了，一下砸在了他的头上，让他能近距离地触摸，感受到那种力量。荣誉太灿烂了，也太诱人了。它能让一个平庸的人变得伟大，让一个懦弱的人变得坚强。谭彦知道，自己脚下的路越走越宽了，未来值得期待。自己会回到宣传处吗，还是继续留在特警把两年干完？谭彦思索着，他知道，老庞如此卖命地宣传自己，目的也一分为二。第一是示好，为以后做好铺垫，如果谭彦回到宣传处，老庞好争取一个积极的态度；第二则是反其道而行之，老庞越将谭彦宣传成特警的代表，谭彦就越不容易回到市局机关。但无论如何，老庞做得都没错，世道如此，得顺势而为，才能各取所需。

晚上七点半，特警大队除了值班和备勤的民警，其余人员集体向市局指挥中心进行饮酒报备。大家要为谭彦庆祝获得的荣誉。在大食堂里，马叔忙前忙后地张罗，百合也来帮忙。特警队像个大家庭一样，仿佛在提前过节。饭菜很简单，但气氛却很热烈。

谭彦在进食堂之前，默默地伫立在楼道的警容镜前。他看着自己，琢磨着以何种面貌接受大家的祝福。他将挠挠给自己的“猪爸爸”徽章别在了特警作战服上，深深地呼了一口气。

食堂的长条桌已经被并上了，大家都围在桌旁。

刘浪走到廖樊身边，轻声说：“一切准备就绪。”

“这么做……合适吗？”廖樊笑。

“人类之所以发明酒，就是为了让自己放松的。”刘浪坏笑。他转头叫来食堂的服务员小陈，将一本书递了过去，“哎，一会儿看政委喝得差不多了，我叫你过来。你就背这一段。”

小陈拿着书，有些不解。“哥，我背这干啥啊？”

“哎，让你背你就背。就这个开头，‘我想要的生活，是在平静中疯狂奔跑，生要尽兴、爱要尽情，才不枉此生’。”刘浪叮嘱小陈，“到时你就表现出特崇拜的样子就行。”他补充。

小陈似懂非懂地点点头。

谭彦一入席，廖樊就率先站起来举杯。“哎，兄弟们啊，先听我说一下啊。今晚咱们可不是拿公款搞腐败啊，这顿饭是谭政委拿自己个人一等功的奖金请的。”

“哟，一等功的奖金有多少啊？”刘浪带头起哄。

“五千块，大半个月工资了。”廖樊笑。

“仗义，太仗义啊！”刘浪鼓起掌来。大家纷纷鼓掌起哄。

“哎，兄弟们，什么是特警？大家说说！”廖樊又说。

“特警是特殊材料制成的警察，是特别能战斗的警察，是特殊时刻能出动的警察！”大家齐声喊着。

“对！我们信任彼此，依赖彼此，在危机中能把自己的后背交给彼此。这是谁说的？”廖樊问。

“政委说的！”大家喊。

“那咱们敬政委一杯。”廖樊说。

谭彦赶忙摆手，也站起来。“哎哎哎，各位同志，这些话虽然是我说的，但是，是我从廖队那里抄来的。”他很坦诚，“说实话，刚来特警的时候，我也有些不适应，特别是业务工作，懂得不多，学得也不快。但是，在各位同志的支持下……”

“哎哎哎，什么同志同志的，政委，换个称呼行不行？”廖樊打断谭彦的话。

“啊？”谭彦一愣。

“兄弟，叫兄弟行不行？”廖樊说，“我叫你声兄弟行不行？”

谭彦犹豫了一下，笑着点点头。“行，在饭桌上行，在工作中，还得叫同志。”

“行，兄弟！”廖樊叫着。

“哎。”谭彦应和着。

大家都笑了，几十个酒杯碰在一起，气氛热烈起来。

廖樊提了三杯酒，之后队员们纷纷起身给谭彦敬酒。谭彦本来酒量就不大，没几下就被击沉了。这时，刘浪蹭了过来。

“哎，政委，其实我们都看过你的书。你的小说写得太棒了，我们都是你的忠实读者。”他夸张地说。

“行了吧你，胡扯什么啊。”谭彦摆手。

“哎哎哎，你怎么不信啊？同志们，你们看没看过政委写的小说啊？特别是发在《当代》杂志的那几本？”刘浪问。

“看过……”大家应和着。

“得得得，你别蒙我，我还没醉呢。”谭彦不信。

“嘿，你还不信是吧。哎，那谁。”刘浪冲服务员小陈招了招手，“你看没看过政委的书？”

“俺看过。”小陈羞涩地回答。

谭彦有些愣了，看着小陈。

“那你就背一段。嗯……随便哪本，就你最喜欢的话。”刘浪说。

“嗯……我喜欢那一段，‘我想要的生活，是在平静中疯狂奔跑，生要尽兴、爱要尽情，才不枉此生’……”小陈背着。

这下谭彦晕了，信以为真。

“嘿嘿嘿，政委你看见没有，我们是不是看过，是不是你的读者？”刘浪起着哄。

谭彦也美了，连喝了两大杯酒。最后在刘浪和廖樊等人的鼓动下，还跳起了新疆舞，逗得桌旁的马叔和百合前仰后合。

“这帮小子太坏了。”马叔不禁笑。他用余光望去，百合正痴痴地望着谭彦。

在谭彦一段新疆舞过后，马叔将他拉到身边。

“祝贺啊。”他说。

谭彦又想举杯，被马叔按住。“少喝点，快过量了。”

谭彦笑着叹了口气。“我知道，那帮小子在忽悠我。”

马叔也笑了：“知道你还喝？”

“我挺高兴能融进来的。”谭彦说。

“这帮孩子都挺好的。”马叔点头，“你说特警是特殊材料制成的警察，但我觉得那是面儿上的。在我眼里，特警还是特别寂寞的警察，特别简单朴实的警察。你们公安局啊，养小不养老，特警更是这样，一过了四十，只要体力跟不上了，按局里的规定，他们就得下沉到基层所队。但下去之后，他们剩下的警察生涯也都往往不顺。”

谭彦听着，头脑清醒了一些。“我跟局里说说，改改这个规矩。”

“怎么改？这是自然规律啊，优胜劣汰啊。特警干的就是‘一击必杀’的活儿，得有最好的智力、体力和精力。在刀刃锋利的时候，他们甘当绿叶，出任务也是配合其他警种，很难自己建功立业，而一旦迟钝了就会被下沉。许多人走的时候都是哭着走的啊。比如……刘浪，他也快到年龄了。”马叔说。

谭彦默默点了点头。

“所以啊……你以后，得对他们好点儿。”马叔笑。

“放心，我已经是这个集体中的一员了。”谭彦也笑。

“你呀……在这儿待不长。”马叔摇头。

“为什么？”谭彦问。

“你就不是能窝在这儿的人，这只是你从警生涯中的一段经历。”马叔看着谭彦，“估计你很快就会走了。”

谭彦笑笑。“起码这两年不会。”

“那最好了。利用这两年，好好把这个队伍带起来。有个什么名人不是说过吗？能力越大，就责任越大。”

“嗐，那是蜘蛛侠说的。”谭彦笑了。

“哎，还有个事儿，你认识市局管食药的朋友吗？”马叔问。

“认识啊，怎么了？”

“帮我找找关系，我想办个运输食品的绿色通行证，也是为了这帮孩子。”马叔冲那边努努嘴。

“行，没问题。”谭彦点头。

正在这时，廖樊来到了两人中间。“别聊了，喝吧。”

谭彦连忙摆手：“不行了，多了。”

“不行，挺不容易报备一次，必须尽兴。”廖樊拿过酒杯。

谭彦无奈，又干了一杯。

“我呀，从小就不爱跟考一百分的孩子玩。我觉得他们丫特没劲，活得特别装。我原来就觉得你是这种人，目的性特强。”廖樊喝多了，直抒胸臆。

“现在呢？觉得我不是了？但我就是这种人。”谭彦笑，“我呀，胆小，畏难，所以在工作中会努力提前做好，还总有危机感，想要退缩，却因此冲得更狠。”

“不不不，你不像表面上那么装，在内心里，你是个警察。”廖樊说。

“哼……”谭彦摇头，“其实刚开始吧，我也挺烦你的。你知道吗？你身上的警察气太重了。哎，我说的这个警察气，可不是好词儿啊。”

“当警察没警察气，行吗？”廖樊反问。

“越像什么才越是失败呢，那说明你被职业拿住了。比如，你看马叔，他像个管食堂的吗？”谭彦说。

“他本来就不是个管食堂的啊。”廖樊说。

“嘿，我就是个管食堂的啊。”马叔说。

“乱了乱了，喝酒吧！”几个人一起碰杯。

“这帮兄弟啊，你别看他们一个个练得挺壮，但在内心里，许多人还都是孩子。不遇事的时候，一个比一个拧，真遇到事了，一个比一个傻。”廖樊说。

“所以啊，你得放手啊，不能总那么家长制，得让他们自己提升能力。”谭彦见缝插针。

“我那不是家长制，是不能让他们闲着。”廖樊没理解谭彦的话，“这帮孩子太年轻，一闲着就出事。以前我当警长的时候，我上面的老队长跟我举了个例子，说他原来当兵的时候，只要看战士闲着，就得训练，碰见下雨的天气，就集体打扫卫生。实在不行，往楼道里扔把石头子，让他们捡，也不能闲着。小伙子们太年轻了，心里的火必须得释放出去。”他有自己的道理。

“那也得适可而止，有张有弛。就算让他们敏着，锐着，适当的时候也得彬着。”谭彦说。

“嘿，这几个词儿你都学会了啊。”廖樊笑了，“唉……”他又突然叹了口气，“谭彦，你见过自己的战友牺牲吗？”廖樊凝视着窗外。

他这么一说，谭彦和马叔都冷静下来了。

“哎，廖樊，都挺高兴的提这个干吗？”马叔说。

“我……就是想他了。”廖樊眼中含泪，“每当看见咱们队有喜事儿的时候，就想到他。你知道吗？谭彦，我这条命，是他给的。”他看着谭彦。

“他，是谁？”谭彦问。

“哎，不说了不说了。”廖樊擦了把眼泪。

这是谭彦第一次见廖樊落泪。

“你知道吗？人这一生要面对三次死亡。”谭彦说。

“三次？”廖樊不解。

“第一次，是生命的死亡。人死了，生命结束。第二次，是情感的死亡。亲朋们悲痛过后，会将你淡忘。而第三次，才是永远的死亡，因为亲朋们有一天也会走，你的名字将永远无人记得。”谭彦说。

“嗯，是啊……”廖樊点头。

“但是，荣誉，永远不会死亡。”谭彦最后说。

“荣誉？”廖樊抬起头。

“荣誉会让一个人千古留名，让所有人都铭记在心。”谭彦说。

“嗯，我懂了。你做的事是有意义的。”廖樊点头。

“呵呵，明白了就好！你给我听好了，德能勤绩廉，人车酒秘网，这些事都不能含糊。”谭彦指着廖樊说。

“我不管，你是我的政委，这都交给你了。”廖樊说。

“扯淡，我跟你是双一把，什么你的政委。”谭彦笑。

如果按照一百分计算，谭彦觉得自己今晚的表现起码能超过九十分。在酒局之前，他就对着警容镜对自己说，一定要保持清醒。所以无论是刘浪的计谋还是廖樊的灌酒，谭彦都是主动接受的。他要借着这个看似喝大的机会，跟廖樊推心置腹。

聚会持续着，特警的小伙子们好久都没这么高兴了。刘浪又犯起了妖，非逼着王宝讲个笑话。王宝一直不善言辞，最后被逼无奈，还是上台讲了。

他想了半天才讲：一个歌手、一个演员和一个画家被一群大象包围了。为首的大象让他们表演自己的才艺。歌手唱了一首动听的歌，大象们很满意，放走了他。演员表演了一段搞笑的滑稽戏，大象们看了很开心，也让他走了。画家连忙给它们画了一幅画，大象看完画大怒，一边用鼻子抽打他一边说："叫你丫抽象，叫你丫抽象……"

笑话太冷了，没几个人笑的。于是谭彦就带头鼓掌，大家才哄笑起来。

散的时候，已经晚上十点多了。百合执意要回家，说今天还没遛泰格呢。谭彦的电动车没充电，就刷了辆共享单车，骑车送百合。月色很美，微风拂面，温度也刚刚好。百合坐在后座上，轻轻哼着歌。一切都很舒服。

"你知道吗？我考特警的时候，是一比二十的比例。但到了这儿之后，我却想过离开。"百合的声音很柔软。

"为什么？"

"因为太单调了，除了训练就是训练。要不是有泰格陪着，我都快疯了。我有一段时间疯狂学英语，想考到国外去留学，不当警察了。但后来渐渐融进了这个集体，又舍不得大家。"

"嗯，理想和现实总不是一个样子。那你后来坚持了吗？学英语。"谭彦问。

"没有。"百合摇头。

"不要让任何人影响你自己的决定。记住，任何人、事、机构都不能让人有安全感，除了健康的身体和能变现的才干。"谭彦教育着她。

"哎哟，你又成政委了。"百合笑。

"我就是你的政委啊。"谭彦说。

"哎哎哎，不说这个了。嘿，我给你讲个王宝的逗事儿吧。上次他参加民警心理测试的时候，出了个笑话。有道题叫异类排除，就是说四个物品，把不属于一类的排除掉。嗯，里面有胡萝卜、白菜、黄瓜和闹钟。你猜，王宝把什么排除了？"百合问。

“闹钟呗。”谭彦说。

“哈哈，他把胡萝卜给排除了。”百合笑。

“哈哈哈……”谭彦也笑了起来，“他是个老实人，好人。”

“那你还整人家？”百合说。

“响鼓得用重槌，我是在帮助他。”谭彦义正词严。

“哦……那咱们的正负面清单,是不是要把他从‘重点关注对象’转成‘重点关爱对象’了？”原来百合在这等着他呢。

“哼……”谭彦觉得这个姑娘挺机灵，“你呀，就别管别人了，先管好自己的事儿吧。要说重点关爱对象，得把你列进去。标准你都符合啊，大龄女青年，家还在外地。”谭彦笑。

“那你关爱我呗。”百合突然说。

“是啊，我是第一责任人。”谭彦没反应过来。

“我是说，你一个人关爱我。”百合突然搂住了谭彦的腰。

谭彦一晃，自行车差点歪倒。

“哎哎哎，你可别乱来啊，危险。”谭彦一语双关。

百合没再说话，手还是紧紧搂着谭彦的腰。

谭彦觉得浑身的酒气一下就散了，清醒了不少。他没再多说，一言不发地骑到了百合家的门口。

临走的时候，百合拉住谭彦。

“我……刚才说的是真的。”百合看着谭彦，眼睛里闪烁着一种光芒。

“你喝多了吧，赶紧回家，明天别忘了早点名。”谭彦不敢直视百合。

“你就这么胆小畏难吗？你在书里不是说，生要尽兴爱要尽情吗？”百合把谭彦逼到墙角。

自行车啪的一下倒了，谭彦怔怔地看着百合。

“你……”谭彦此刻确实胆小畏难，甚至有些不知所措。百合的脸几乎与他贴上了，耳鬓厮磨。谭彦控制着，控制着，实在控制不住了，刚想抬起手搂住百合，又抑制住情绪，缓缓放下。

“我……走了啊。”谭彦从百合手臂下钻出，扶起自行车。

“‘谭荣誉’！”百合在身后叫住他。

谭彦停住了，故作镇静。突然，百合用手扳过了他的肩膀，像擒拿嫌疑人一样将他制服。谭彦刚想挣扎，百合就吻了上来。谭彦猝不及防，却没有拒绝。

两人的姿势僵硬，在路灯旁的黑暗中静静吻着，但没几秒，谭彦就挣脱开了，百合也挺尴尬。

“那什么……你该上去了吧，还没遛泰格呢。”谭彦说。

“哦，对对对，忘了忘了。我该走了。”百合也说。

“那……快走吧。”谭彦摆手。

百合上了楼，谭彦却没走，直到看百合的背影消失，楼上的灯光亮起，他才推车离开。

在回程的时候，他恰巧又遇到了“南城骑行团”。谭彦借着酒精大喊着：“你们丫等等我！”他骑着这辆共享单车，对骑手们穷追猛赶。那帮人都以为他疯了，笑着冲他吹口哨。但没想到谭彦却骑得飞快，大有赶超他们的劲头。于是骑行团认真起来，撅起腚来做起专业动作，一下就把谭彦给甩没了。但谭彦却没结没完，大喊着继续追赶。他朝着前方大喊着：“别跑啊！怕什么啊！我跟你们丫没完！”

声音在黑夜中回荡着，响彻着。

突袭

市局看守所的审讯室里，那海涛正面对着一个毒贩。毒贩叫潘哲，外号“骡子”，是专门给蒋坤团伙运货的。在击毙蒋坤当天，他与其他毒贩一起落入法网。

那海涛不时发问，身旁的书记员在噼里啪啦地敲击着键盘。

“骡子，你们那天在货仓里干什么？”那海涛问。

“坤哥让我们都过来，准备打‘二孩子’一个措手不及。我……就跟着来了。”骡子说。

“所以人才会这么齐？”那海涛皱眉。

“是的。”他点头。

“为什么要打‘二孩子’？”

“因为，他抢了我们的货。”

“‘春雪’？”

“是的。”

“多少货？”

“不少，得价值几千万吧。”

“价值几千万啊？一共多少？具体点！”

“得有……得有……”骡子犹豫着。

“多少！”那海涛拍响了桌子。

“得有上百公斤，价值得……过亿。”骡子吐了口。

“怎么抢的？说一下过程。”

“这个我就不知道了。我只是跟着他干的。”

“跟着他干的……”那海涛盯着他的眼睛，“那怎么有人说，‘二孩子’抢货的时候，是你负责开的车？”他将语气放得平缓。

毒贩愣住了，浑身一颤。“谁……谁说的？”

“谁说的不重要，重要的是，你想不想如实说。我告诉你，我们要是没有确凿的证据，是不会把你带到这儿的。律师你也见了，该明白的法律程序和权利也都明白了。这些不用我重复。但是……”那海涛故意停顿了一下，“你到底是哪边儿的，蒋坤可能不知道，但我们……会不知道吗？”那海涛拿话点他。

骡子一下慌了，不知所措地看着那海涛。

“你跟了蒋坤多少年了？”那海涛问。

“没……没跟多少年……”骡子低头。

“一年零两个月。在襄城的时候，你开始跟着他干。是通过蒋坤一个手下入的伙儿，之后一直在团伙里负责运货，才被起了外号叫‘骡子’。我说的对吗？”那海涛背着手站起来，走到骡子面前问。

骡子没回答，默默地点点头。

“这一年多你表现得一直不错，蒋坤也渐渐开始信任你。许多次运毒的任务都有你参与，而且从未出现过纰漏。但是，就在上周的时候，他准备将最大一批‘春雪’转移,却没想到遭遇了‘二孩子’团伙的袭击。当时你开车，驾驶尾号为7749的金杯海狮汽车，在行至海城西郊黄池路的时候遭到伏击。与你同车押货的三个人，一人死亡，一人受伤，另一人和你一起弃货逃亡。是这个情况吗？”那海涛问。

骡子渐渐抬起头，看着那海涛。“是……是的。您都知道了，还问我什么？”他试探着。

“你说呢？”那海涛把皮球又踢了回去，“骡子，我不想再跟你重复什么。从轻的条件我已经说过了，你不是个糊涂人。如果是，也不会这么长时间忍辱负重地留在蒋坤身边。钱没赚多少，气还没少受。你图什么啊？”那海涛问。

“我……我就是混口饭吃。生活逼的。”骡子耍起滑头。

“生活逼的？呵呵……”那海涛笑了，“你一个账户里存有三百多万的人，会是被生活逼的？”

他这么一说，骡子又不冷静了。“什么……什么三百多万？”

“你跟我装什么装！”那海涛口气硬了起来，“都到这时候了，还心存侥幸呢？用不用我再告诉你，介绍你入伙的人，外号叫灰熊？那个三百多万都是‘二孩子’给转过去的？”

那海涛亮出了底牌，骡子知道大势已去。他手足无措，焦躁不安。

“我告诉你，在我们眼里，什么蒋坤啊，‘二孩子’啊，都是一群垃圾。你们黑吃黑，相互卧底，跟我们无关。我们打的是毒品犯罪，抓的是毒贩。只要你配合我们工作，如实交代，除此之外的乱七八糟的事，我们不会写在起诉意见书上。”那海涛说。

骡子看着那海涛，低头沉默了一会儿。

“好，我说。我是被耍娃儿派到蒋坤身边的，目的就是盯着他。”他终于撂了。

“那些毒品在哪里？怎么找到黑娃儿和耍娃儿？”那海涛问。

“你给我一张纸，我把地址写给你。”骡子说。

谭彦是在讲党课的时候被叫走的。他刚说出设问句的上半句“什么是文化”，廖樊就急匆匆地闯进会议室，招呼他去市局开会。剑齿虎在路上风驰电掣，王宝这个应被“重点关爱”的“木头人”，只要摸到方向盘就开始疯狂操作。

到郭局会议室的时候，章鹏和那海涛已经到了。郭局言简意赅，让廖樊、谭彦立即组织力量，配合禁毒队抓人。抓捕的目标是“二孩子”团伙的主犯黑娃儿和耍娃儿。两人是亲兄弟，名叫柴文和柴武，他们近期通过在蒋坤身边安插卧底，抢劫了一大批高纯度的新型毒品“春雪”。因为“亮剑行动”的持续打击，海城等几个城市毒品数量大幅度减少，造成了毒品价格的成倍上涨。黑娃儿、耍娃儿手中的这批货，预估价值已经上亿了。郭局强调，黑娃儿、耍娃儿手段凶狠，盘踞一方，在抓捕中务必要以雷霆之势，不能再出现上次抓捕蒋坤的被动局面。经过那海涛的突审，到蒋坤那里卧底的“骡子”已经供述了几个目标地点，特警要配合禁毒开展突袭，力争全歼。廖樊和谭彦庄严地敬礼，表示一定会圆满完成任务。

黑娃儿和耍娃儿是“二孩子”团伙的头目，他们手下还有四个主要成员，分别是“锤子”“铁锹”“电锯”和“瓦刀”。经过研究，禁毒队的十三名民警与利剑突击队的十五名队员进行混合编队，兵分几路对该团伙的暂住地和主要活动地进行突袭。

晚上九点，章鹏带队的第一组已经到位。在一个老旧的居民楼里，章鹏穿着一身物业的工作服，在一户门前敲着门。

“喂，有人在家吗？喂……”

“谁啊？”里面传来一个男人的声音。

“物业的，你家卫生间漏水了。”章鹏说。

防盗门的猫眼一亮，一只眼睛向外张望。

“谁说漏水了，我都没用卫生间。”里面的男人说。

“楼下的顶棚都阴了，您看看是不是马桶。如果是，我带工具了，修一下就行。”章鹏说。

“唉……真够烦的。”男人叹了口气，打开了防盗门。

门刚开了一个缝，就被章鹏猛地拽开。

“哎呀，你干吗！”男人惊了。他还没反应过来，就被冲过来的六子按倒在地。章鹏掏出手枪直奔里屋，老乔紧随其后。一进门，里面正有三个人在打着麻将。

“警察！”章鹏抬起枪口。三个人愣住了，但其中一人却迅速将手伸进口袋。老乔冲过去，照着那人劈头盖脸就是一警棍。那人应声倒地，老乔给他上了背铐，一搜口袋，是一把手枪。后面的队员动作麻利，将几个人制服。

“叫什么？”章鹏揪住那个摸枪男人的头发问。

男人怒视着章鹏，并不说话。

“搜他！”章鹏说。

六子过来，三下两下摸出了他的身份证。“章队，这孙子就是田超，外号‘锤子’。”

章鹏确认了身份，拿出电台：“A 组顺利，‘锤子’到位。”

“明白。”廖樊按动耳麦。他抬手看了看表，时间已到了晚上十点。之所以在这个时间下手，就是为了避免打草惊蛇，让毒贩们相互报信。此时他正在一个快捷酒店里，距离目标房间“704”不过几步之遥。他冲小吕打了个手势。

小吕点点头，打扮成一副送餐员的模样，拎着一袋子盒饭走到门前。

“你好，外卖。”小吕敲门。

“外卖？谁叫的？”704 里传出一个男人的声音。

“我没叫啊。”

廖樊和刘浪穿着便衣，紧贴在门的两侧。从声音可以推测，里面不止一个人。

门被打开了，一个男人露出了半张脸：“哎，是不是搞错了，我们没叫外卖啊？”

那人穿着一身睡衣，眼泡发肿，一看就是刚吸过的样子。还没等他反应过来，刘浪的枪就顶在他头上。他刚想喊，嘴就被小吕用手堵住。廖樊轻轻打开门，缓步走了进去。屋里的床上还躺着一个半裸的女人，女人看到廖樊就要喊。廖樊马上抬起枪口，指令“闭嘴！”

女人吓傻了，抱着被子蜷缩在床上。刘浪和小吕等五名特警将男人拽进了房间。众人检查了卫生间和阳台，并无他人。

房间的茶几上放着冰壶，一男一女显然刚“High”过。

“他叫什么名字？”廖樊问女人。

“他……他……我不知道他叫什么名字。”女人回答。

“你们俩什么关系？”廖樊问。

“我……我是给他服务的。”女人说。

刘浪给男人上了背铐，“叫什么？”他问。

男人清醒了一些，眼睛里露出狰狞。“你们干吗的？黑道白道？”

廖樊一听就笑了：“有病吧你，要是黑道早给你干掉了。说！”

男人明白了，叹了口气：“王磊。”

“哦，外号‘铁锹’是吧。”廖樊笑了，“‘电锯’呢？”廖樊又问。

“隔……隔壁呢……”铁锹说。

“一共几个人？”

“四个，玩牌呢。”

廖樊又堵住他的嘴，冲刘浪使了个眼色。

刘浪走到女人面前：“听着，我们是警察，现在正在执行任务。这件事与你无关，你只要配合我们，我们就不会为难你。”

女人怔怔地看着刘浪。

“明白吗？”刘浪问。

“明……明白。”女人点头，“我……怎么配合你？”

“你听我的指挥啊，我只要一比画，你就大叫。”刘浪说。

“怎么……大叫啊？”女人不解。

“你平时给他们服务时怎么叫的，就怎么叫。”刘浪坏笑，“声音越大越好，听见没有！”

“听……听见了。”女人点头。

廖樊冲小吕使了个眼色，小吕和另外一名特警埋伏在门口。刘浪一比画，那个女人就开始大叫，听得众人都心烦意乱。

“再大声点，持续。对，就这样。”刘浪说。

这时，潜伏在门后的小吕听到了门外的响动，隔壁705的房门开了。

“啪啪啪。”有人敲门，“嘿，我说‘铁锹’啊，你丫那声能不能小点儿啊，弄得我们哥几个都浑身燥热，没心思玩牌了。开门，让我也进去爽爽。”能听得出，门外只有一个人。

小吕回头看着廖樊。廖樊冲他打了个手势。小吕用手一拧，开了门。那人刚往里探身，就被队员们拽了进去。与此同时，廖樊持枪一马当先，冲进了隔壁房间。

“B组顺利，‘铁锹’‘电锯’落网。”廖樊用脚踩着“电锯”的后背在电台里喊。毒贩们都被戴上了背铐，齐刷刷地蹲在房间里。

“收到。”谭彦对暗藏在领口的麦克说。

在快捷酒店一层的咖啡厅里，他和百合装成情侣坐在一起。他将电台关成了静音，回头冲打扮成服务员的王宝使了个眼色，便起了身。

百合穿着一身休闲装，齐耳短发飘动在肩头，在灯光的映照下显得俏丽迷人。她紧挎着谭彦的胳膊，谭彦觉得尴尬，不由自主地胡噜了一下。

“哎，咱们是在化装侦查，情侣就该这样儿。”百合轻声说。

“那也没必要这么紧啊。”谭彦说。

“紧点儿好，安全。”百合笑。

“哎，我那天是酒后无德，对不起啊。”谭彦说。

“但我是清醒的，也是认真的。”百合说。

谭彦不知说什么了，苦笑着叹了口气，任由百合挎着。不远处的沙发上，坐着一个秃头壮汉，像是在等人。在谭彦和百合靠近他的同时，王宝等人也在慢慢接近。

谭彦走到那人身旁，装作意外地坐到他对面。

“哎哟，‘瓦刀’大哥！嘿，你怎么在这儿啊？”谭彦问。

“瓦刀”一愣，显然不记得谭彦是谁。“你是……”

“嗐，去年‘锤子’组的那个局，我也去了。咱们都喝大了，忘了？”谭彦夸张地说。

“瓦刀”上下打量着谭彦，看他长得瘦瘦弱弱的，就降低了戒备。“哦，‘锤子’的朋友啊……”他点了点头，又拿眼瞥了一眼百合，不怀好意地笑了，“嘿，这妹子不错啊，哪找的？”

“这……”谭彦一愣，一时语塞。他毕竟没在基层干过，不太会说这种下三路的话。看他愣着，百合就主动起来，一下坐在了“瓦刀”坐的沙发扶手上。

“大哥，记我个电话呗。”百合笑着说。

“瓦刀”笑了。“行，真会来事儿。哎，我今晚有空，你找我来呗。”他说着就要摸百合的手。

谭彦紧张起来，用余光望去，王宝已经到了“瓦刀”背后。但还没等王宝行动，百合就动手了。只见她猛地攥住了“瓦刀”的左手，向着反方向用力一掰。“瓦刀”就应声倒地。

“哎哟哟，干吗干吗！”“瓦刀”凄惨地叫着，王宝和其他特警如猛虎扑食一般，将他铐住。

“看好了，你姑奶奶是警察！”百合揪住“瓦刀”的耳朵。

“瓦刀”不吭声了。

“在这儿等谁呢？”谭彦问。

“瓦刀”瞟了谭彦一眼，没出声。

“哼，我告诉你，‘铁锹’和‘电锯’不会来了。”谭彦说。

大胜

“二孩子”手下的四个骨干成员先后落网，被百合及一组特警押回市局过审。禁毒和特警集结在一起，奔赴下一个地址。

当众人赶到“火旺火海鲜烧烤”餐厅的时候,守在大厅里的老三和老谢，已经快把桌上的花生和毛豆都吃干净了。时至凌晨，同层的其他商户都已关门歇业，只有这家依然火爆。餐厅开在一栋老旧商业楼的三层，规模不小，足有四五百平方米的样子。靠西一侧临街，有不下十个包间。

章鹏左右看了看没什么情况，搬了把凳子坐在老三身旁。老三已经伤愈出院了，但那次爆炸的痕迹却印在了脸上。

“人呢？”章鹏轻声问。

老三转过头，冲不远处的一个包间努了努嘴。

章鹏侧目，那个包间门上的牌子写着，“富贵荣华”。

“章队，你们再不来，我们都快喝大了。”老谢笑。

“谁让你们真喝啊。”章鹏皱眉。

“能不真喝吗？这帮孙子进进出出的，我们俩在这儿一坐一个多小时，光盯着，那不露馅了。”老三苦笑。

“你们先撤，我们盯着。”章鹏说。

老三和老谢起身离席，章鹏、廖樊和谭彦接替了他们的位置。章鹏要了花生毛豆拼和烤串，老板挺麻利，不一会儿就上齐了。

谭彦背朝着包间，显得有些紧张。

章鹏见状，给他倒了一杯啤酒。

“哎，喝点儿吧。”章鹏说。

“别扯了，干正事儿吧。”谭彦说。

“嘿，谭政委，没干过蹲守的活儿吧。蹲守也是化装侦查，得干什么像什么。现在你的任务，就是吃喝。”章鹏正色。

“里面什么情况？”廖樊插嘴。

章鹏抬眼看了一下廖樊，撇了撇嘴：“黑娃儿现在就在里面，同屋还有两个手下。刚才那个‘瓦刀’撂了，说耍娃儿刚从外地回来，会到这儿和黑娃儿碰头。”

“什么时间到？”廖樊问。

“不知道，但应该快了。咱们的人都到位了，只要看见疑似的，就先摘，后辨别。”章鹏边说边滑动手机，屏幕上显示出黑娃儿和耍娃儿的照片，“给，照片传给你们了，都是近照。”

廖樊和谭彦分别看着。

“黑娃儿、耍娃儿，怎么叫这个鬼名字？”谭彦问。

“这俩都是四川的。当地的方言形容这人长相粗壮、手段凶狠，就是黑娃儿；形容这人笑里藏刀、阴险狠辣，就是耍娃儿。”章鹏回答。

“哼，看来都不是省油的灯。”谭彦点头。

“一会儿人到了，你们认，我们按。”廖樊说。

“哎，不用那么麻烦吧？还二传手。我已经布置好了，见了就直接拿下。”章鹏说。

“按照分工，我们的任务就是抓人。这个你别争了。”廖樊说。

“嘿，又来这套是吧？”章鹏不耐烦了。

“哎哎哎，你们会不会好好说话啊？”谭彦劝，“争来争去的，要不我上得了。”

“你就做好思想政治工作吧。”章鹏说。

“呵呵……”一听这话，廖樊倒笑了。

他低下头，对着领口里的麦克轻喊：“刘浪，你们到位了吗？”

电台回复：“OK.”

经观察发现，在黑娃儿聚餐的包间里，有一个宽大的阳台。为防止在抓捕中嫌疑人狗急跳墙，廖樊让刘浪和小吕摸到楼顶，随时准备绳降突袭。

三人佯装着推杯换盏，实则密切关注着包间的动向。

章鹏和廖樊经常带队抓捕，表现得很轻松，但谭彦却依然“彬”着。

廖樊碰了他一下：“哎，你是食客，不是警察，现在得‘钝’一点儿。”

“哦。”谭彦点头，抓起一把花生。

“该吃吃该喝喝，浪费粮食也罪大恶极。”章鹏笑着拿起两个烤串，递给谭彦和廖樊。

廖樊咬了一口：“记得刚上班的时候啊，副队长带着我去配合经侦抓人。嫌疑人住在一个郊区的院子里，我们俩就在观察点蹲守。为了不让对方发现，我们动都不敢动，一蹲就是一天。到傍晚的时候，我们都快饿疯了。最后终于在凌晨时将他抓住了，我们就出去找吃的，但饭馆儿都关张了。找来找去，只有一个小店还亮着灯。一问店主，就剩下白面饼子了，于是我们一人一个饼子，就着矿泉水往下咽。但就是那样，也觉得特香。”廖樊笑。

“哼，经侦也够操蛋的，也不管顿饭。”章鹏笑。

“嗐……”廖樊摇头。

“看，还是我们禁毒有面儿吧。粮草管够。”章鹏笑，“挨饿是难受，但挨叮你受过吗？我们去年夏天抓人，那帮孙子住在一片出租房里，旁边就是一个垃圾存放站，苍蝇蚊子满天飞。我和六子、老三、老乔蹲在附近，装作玩牌，等着他们主犯回来。结果一等就是两小时啊。等完事的时候，我们四个身上，都没蚊子下嘴的地儿了。”

“唉，真不容易啊……”谭彦不禁感叹。

“‘谭荣誉’，这就是基层警队，一线的兄弟可敬啊。”章鹏说。

廖樊看了看表，时间已过凌晨。“快一点了，是不是情况有变？”他说。

章鹏低头轻喊：“各组各组，有没有2号的动静？”

各组回复，依然没有看到耍娃儿。

“怎么着？还等不等？”章鹏看着廖樊。

“等，宁丢勿醒。要是贸然动了1号，2号就更难找了。”廖樊说。

“我一直在琢磨，他们的货到底在哪呢？”章鹏皱眉。

“那海涛在审。据初步的供述，货应该在耍娃儿手里。”廖樊回答。

“哎，打断一下。”谭彦突然插嘴。

两人一起看着他。

“我，得去趟厕所。”谭彦苦笑。

“快去快回。”章鹏皱眉。

厕所在三层东侧的把角处。谭彦方便完毕，到门口洗手。不远处有一个小门半掩着，谭彦走过去观察，发现外面是通往楼下的消防梯。他关上门，刚要往回走，却突然听到了消防梯上有声音。他警觉起来，想回到厕所躲避，却不料小门一开，一个黑影走了进来。谭彦用余光一瞥，来人正是耍娃儿。

耍娃儿人如其名，狡猾多端，他今晚一直感觉不好。“锤子”“铁锹”纷纷关机，给“瓦刀”打电话，也是响了半天才接，说话还支支吾吾。耍娃儿觉得有事，但又不能确定，于是便没走大厦正门，而是选择从消防梯摸上来。他一进门就看到了谭彦。谭彦装作镇定，装作在厕所前洗手，却忘了把电台的耳机线掖进衣服里。

就因为这一根耳机线，耍娃儿醒了。他二话没说，转头就跑。谭彦随即大喊：“来人！发现目标！”

他这边一喊，章鹏和廖樊也不能再等了。章鹏拿起电台，让楼下的队员支援谭彦，之后与廖樊一起冲进了包间。餐厅大乱，禁毒和特警开始围捕。

黑娃儿收到了耍娃儿的报信，赶忙掏出枪往外冲，正与廖樊撞了个满怀。黑娃儿是建筑工人出身，长得像个黑塔，比廖樊还高半头。他身负多条命案，是个不折不扣的亡命徒。见廖樊冲进来，他毫不犹豫，掏枪就射。

“啪！”枪口在廖樊眼前冒出了火光。廖樊猛地一闪，子弹擦着他的脸打在后面的墙上。廖樊猛扑过去,攥住了黑娃儿持枪的手。黑娃儿力气很大，猛地一甩将廖樊带倒。他用左手一摸，又掏出一把枪，迅速指向廖樊。危急时刻，章鹏冲了过来，他拿出了电台，一下将枪砸掉。但黑娃儿右手的枪又响了。“啪！”廖樊感到耳朵嗡的一下。

后面的特警也冲了进来，与屋里的另外两人缠斗。廖樊对着窗外大喊：“刘浪，你丫干吗呢！”

刘浪和小吕立即行动，往下绳降。廖樊、章鹏与黑娃儿在屋里搏斗，用枪砸、用警棍打，三个人头上都挂了彩。但没想到，就在小吕绳降的时候，身上的八字扣却崩开了。小吕连人带枪，猛地摔到楼下。

“小吕！”刘浪大惊。廖樊和章鹏也愣住了。

黑娃儿趁着这个机会，猛地推开廖樊，冲到了阳台。楼下都是特警，黑娃儿没有犹豫，爬到阳台的边缘，猛地一跳，到了隔壁包间的阳台上。廖樊气急了，抬手就要开枪。章鹏赶忙拦住他。

两个人急忙冲出包间，黑娃儿已经逃了出去。大厅的特警迅速包抄，黑娃儿走投无路，冲进了餐厅的后厨。等廖樊和章鹏冲进去的时候，他已经用枪逼住了两名厨师。

“哪个敢动！再动开枪了！”

廖樊和章鹏用枪指着黑娃儿。

“放下枪！”廖樊大喊。

黑娃儿躲在两个厨师的身后，回手将后厨的煤气打开。

“仙人板板！信不信，我把这儿给炸了！”他威胁道。

后厨的空间不大，煤气冒出“呲呲”的声音。两人不敢轻举妄动，观察着动向。

“刘浪刘浪，小吕怎么样了？”廖樊用左手按动耳麦。

“摔得不轻，已经叫救护车了。”刘浪在电台里回答。

廖樊压了压火气，往后退了几步，踢开了后厨的门。

另一方面，谭彦还在街头狂奔，和队员们一起搜寻耍娃儿的踪迹。这孙子太鬼了，稍有风吹草动就溜之大吉。大家在黑夜里分组搜索，最后无功而返。

谭彦赶到后厨的时候，双方还在僵持着。虽然打开了门，但由于煤气浓度过高，谁也不敢开枪。

“2号，跑了。”谭彦对廖樊轻声说。

“这个，也是个麻烦事儿。”廖樊满头大汗，手持枪目不斜视。

“黑娃儿,有什么要求咱们谈谈。就这么闷着也不是回事啊！”章鹏大喊。

“哈嘛皮！不要跟老子耍花样，哪个乱来，我们就一起死！”黑娃儿从身上拿出一个打火机。

“嘿，你这么干就没劲了。要说你也是苦出身，犯得着拉俩厨子当垫背的吗？哼，这么干可不够爷们儿啊。”章鹏吸引着他的注意力。

廖樊借机退后，走出了厨房。

“王宝呢？有没有角度？”谭彦在他身旁问。

“扯淡，能用枪吗？屋里都是煤气，只要见了明火儿，里面的人就都完了。”廖樊说。

他按动耳麦，轻声呼叫。

“王宝，去剑齿虎里把‘落日’拿来。”

王宝行动迅速，不到一分钟的时间，就赶到了现场。

廖樊定了定神，按动耳麦:“章鹏，一会儿跟我打个配合？”

章鹏在后厨紧盯着黑娃儿，咳嗽了一声，表示明白。

廖樊缓步走进后厨，屋里的煤气味更浓烈了。

“哎，我跟领导报了。你现在放下武器，算你自首。”廖樊大声说。

黑娃儿转头看着廖樊。他浑身湿透，用胳膊蹭了一把脸上的汗。“你们拿我当个‘憨批’啊！马上给我找辆车，还要……两副手铐，我要带这两个龟儿子走。”黑娃儿说。

“走？开玩笑！你能走哪去？就算你能离开这儿，能离开海城吗？能离开中国吗？”章鹏在一旁质问。

“你……”黑娃儿犹豫着。

“外面都是警察，你们家老二也被我们拿下了。现在你唯一的出路就是投降。”廖樊和章鹏打着配合。

两人说着，肩并肩地站在了一起。廖樊碰了章鹏一下，使了个眼色。章鹏会意，将枪口压低。

“嘿，我们放下枪了啊，你别激动。”廖樊说。

他按动耳麦,说了句什么。不一会儿,一个特警走进来,递给他一个东西。

“你们别当我是傻子。我这辈子也安逸过，香的辣的吃过，女人也玩过！我不怕死噻！”他叫嚣着，声音却开始颤抖。

“哎，这是你要的钥匙。”廖樊说着抬起了手。

黑娃儿一愣，没想到廖樊真会答应。

“你……不要耍花样。”他提醒。

“给你。”廖樊说着用手一甩，将车钥匙抛出一个曲线。黑娃儿下意识地向前探身，准备用手接住钥匙。就在这一刹那，廖樊和章鹏同时向左右闪身。王宝呈半蹲姿势，出现在两人背后，他拿着一把警用弓弩，果断地射击。

那就是廖樊说的“落日”，这弓弩重 4.2 公斤，配备着瞄准镜，有效射程五十米，射出的弹头会在击中后迅速散开，杀伤力很强。在一般情况下，特警们是很少使用它的，但今天却是它显露神威的好时机。

“嗖！”“落日”的箭头如一条游龙，刹那间钉在黑娃儿的肩头。

“啊！”黑娃儿疼得大叫。趁其不备，廖樊和章鹏猛冲过去，夺过了他手中的枪械和火机。他还想反抗，廖樊揪住他的头发，猛地撞在后厨的灶台上。

“轰！”黑娃儿瘫倒在地上。

“别跟我吹牛，我有牛鞭！”廖樊咬牙切齿。

誓言

海城医院的手术室里，小吕在做着手术。刘浪在门口等着，焦虑万分。过了一个多小时，医生才走出来，告诉大家他伤得不轻，但没有生命危险。大家这才松了一口气。小吕还在昏迷中，刘浪让几个同事轮班看护，才向廖樊通报。

此时，章鹏和廖樊等人在向郭局做着汇报。行动不算成功，虽然抓获了黑娃儿，却让耍娃儿跑了。黑娃儿伤得不重，正在医院接受治疗。市局已向全省发布了对耍娃儿的通缉令，全市各旅店宾馆、交通要道、火车站飞机场都在设卡严查，全市警力在高负荷地运转着。

郭局背着手在办公室里踱步。"黑娃儿抓到了，但毒品呢，查到去向了吗？"

"还没有。"章鹏回答。

"你之前汇报过，'二孩子'派骡子到蒋坤身边卧底，抢了他手中的'春雪'。根据襄城警方提供的线索，那批货价值巨大。现在能确定，在耍娃儿手里吗？"郭局问。

"初审的结果指向耍娃儿，但是……还没有证据。"章鹏摇头。

"嗯……"郭局叹了口气。他点燃一支烟，思索着，"咱们虽然击毙了蒋坤，打掉了这个最大的团伙，但'春雪'的线索也断了。'亮剑行动'虽然取得了阶段性的成果，却没能一追到底，深挖毒源。而且，近期的发案似乎又有抬头，接连发生了多起毒贩暴毙街头的案件。你们说说，这是为什么？"

“我觉得，原因有两点。”章鹏说，“第一，蒋坤以前一家独大，有他在，小股势力都不敢妄动。但他一死，毒品市场就开始重新洗牌，冲突不断在意料之中。”

“嗯……”郭局点头。

“第二，也是由于那批‘春雪’的诱惑。在咱们开展‘亮剑行动’之前，‘春雪’的价格是三百元一克，批发价减半。但在行动之后，大批毒品被查，许多团伙也被剿灭。‘春雪’也随行就市，一下上涨了近四倍的价格。也就是说，之前蒋坤手里的那批货，现在已经涨到上亿了。而且价格还在持续走高。”

“嗯……”郭局吸着烟。

“根据骡子和蒋坤的其他几个手下的供述，在咱们突袭蒋坤盘踞地之前，这批货被‘二孩子’团伙抢走了。在交火中，蒋坤的三名手下被杀。哦，这三个人的尸体已在城北的朝阳沟被刑警发现了。蒋坤为此大怒，立即集结手下，准备开展报复。”章鹏说。

“这么说，咱们那天之所以能围歼蒋坤团伙，是因为他在集结人马？”谭彦插嘴。

“是的。那天蒋坤纠集了大部分力量，准备反扑黑娃儿和耍娃儿，却不料让咱们给一窝端了。”章鹏回答。

“那天是谁报的警？”郭局问。

“特警值班室接到的是一个匿名电话，没说姓名。经过追查发现，电话尾号是1122。电话卡在开通之后，只打过这一个报警电话。”廖樊回答。

“不对，这里面有问题。”郭局说。

“是的。我觉得，不排除是‘二孩子’团伙在借刀杀人。”章鹏说。

“黑娃儿的审讯怎么样了？问问那个报警电话是不是他们打的。”郭局说。

“他还在医院治疗，审讯工作还没开始。”章鹏说。

“让那海涛亲自上。务必撬开他的嘴。”郭局说，“还有，当务之急是要将耍娃儿抓到。廖樊，布控和搜捕情况怎么样了？”

“正在做。但这小子非常狡猾，我们已经突击了好几个地址，都没见他回去。”廖樊说。

“嗯，全市的各个卡口严加盘查，重点地区按照责任分工让分局的刑警和派出所严格搜索。同时要叮嘱大家注意安全，必要的时候可以先发制人。”郭局说。

“是！”章鹏和廖樊同时回答。

“你们先回去休息，等那海涛的审讯情况出来了，咱们再碰。哎，对了，那个坠楼的小伙子怎么样了？”郭局问。

“没有生命危险，刚做完手术。”廖樊说。

“怎么回事？怎么就掉下去了？”郭局皱眉。

“哎……他在绳降的时候结扣脱开了。主要责任在我，在训练中的要求不够。我……检讨。”廖樊低下头。

谭彦看了廖樊一眼，欲言又止。

“一定要吸取教训啊！平时多流汗，战时少流血，这话说了不止一次了。好好照顾伤者，我让内保大队跟医院打个招呼。你们要振作起来，战斗才刚刚打响。”郭局说。

谭彦浑浑噩噩地回到宿舍，浑身像要散了一样。他来不及脱去一身酸臭的衣服，一头扎在床上，就陷入了梦里。这个梦很累、很长、很杂乱。他先梦到自己带着队员们集训，在操场上完成了五公里越野、三千次跳绳、一百五十个单双杠外加三百个俯卧撑。他汗如雨下，气喘吁吁，但还逞强地跑在队列前头。廖樊在一旁大声教着结扣的要领，套大头、拴小头，反手结扣，最后拉紧，拉绳、松绳、结扣、下滑……但小吕还是那么吊儿郎当，不认真听。谭彦心里一紧，刚想提醒小吕，不料四周突然暗了下来。他不知何时来到了那个货仓，里面安静极了。他抬起头，望着头顶排风扇缓缓地转动，月光透过那里倾泻下来，被打成散乱的光影。突然，蒋坤出现在他面前，他面露狰狞，对着谭彦开枪。“啪……啪……”谭彦惊醒了，这才发现外面已经天光大亮。

那声音是手机上的《拉德斯基进行曲》。谭彦抹了把脸，接通了电话。

“醒了？”是百合的声音。

“嗯……”谭彦有气无力地回答。

“听说昨天很危险……”

谭彦心情很差，不想过多讨论。“先不聊了，还有事。”他借口挂断电话。

他拿着脸盆出门，准备洗漱。刚一拉门，一个塑料袋就掉了下来。谭彦俯身查看，袋子里放着包子和豆浆，还有一张字条写着“辛苦了”，那是百合的字迹。谭彦心里一暖，身心的疲惫似乎消散了一些。正在这时，《拉德斯基进行曲》又响了起来，是刘浪的来电。

“喂，小吕怎么样了？什么？好，我就来，就来。”他惊讶起来，也来不及洗漱，换上了制服就向外跑。刘浪在电话里报告，在小吕受伤之后，他的父母连夜从老家赶来，此时正在医院大闹，说小吕摔伤是大队的责任，非要为他办理离职不可。

谭彦本想直奔医院，但到了门口又返了回来。他打电话给综合队，让他们赶紧去准备些牛奶、水果等慰问品。他作为政委，是不能空着手去“灭火”的。他在办公室里踱步，琢磨着小吕家和楚冬阳的关系，想着怎么劝解。

这时门开了，廖樊走了进来。

“听说家属闹呢？”廖樊问。

“是的。我让刘浪先安抚，一会儿带点慰问品过去。”谭彦说。

“带慰问品干什么？道歉？服软儿？”廖樊皱眉。

“那怎么办？人家孩子是在咱们这儿出的事儿，咱们得负责啊。”谭彦说。

“负责是一回事，服软是另一回事。你这么过去，小吕肯定得离开特警。”廖樊说，“他是个好苗子，走了得后悔一辈子。”

“哎，你别管了。我是政委，这事儿我负责。”谭彦一推廖樊，走出了办公室。

“谭彦……”廖樊在谭彦身后紧随不舍。

“廖樊，这次听我的，先让我来，不行你再上。行不行？”谭彦转过身，语气强硬。

“这……好吧。”廖樊无奈点头。

在医院的病房里，小吕的母亲闹得正欢，她拍桌子瞪眼，唱着红脸，说着都是诸如“小吕受伤是特警大队的责任”“高学历本来就不应该当警察”的话；小吕的父亲则显得冷静，他让刘浪转达要求：第一，在执行任务中坠楼是特警队的责任，要对小吕进行赔偿；第二，要立即解除与小吕签订的入警协议，并保留其海城户口。显然，他是唱白脸的。两人一唱一和，目的只有一个，让小吕脱去警服，提前结束三年之期。

在路上，谭彦给楚冬阳打了几个电话，都被挂断。估计他是在开会。到了医院，刘浪拦住谭彦，说小吕父母正在气头上，得稍作冷处理。谭彦想想也对，正好等楚冬阳的回电。两人就在门外等着。

刘浪吸着烟，显得有些憔悴。“这小子啊，别看平时有些散漫，但人很好，心地善良，头脑聪明，学历也高。咱们特警缺这样的苗子。”他给小吕定性。

“我曾经跟他谈过，他的想法是干完三年就走。”谭彦说。

“他也跟我这么说，但人的想法是会变的。”刘浪说，“说实话，我刚来的时候也想着走。特警的训练太辛苦了，发展前景也不是很好。但干着干着，想法就改变了。”

“为什么？”

“你来的时间短，还没有这种感觉。咱们这支队伍是很有人情味儿的。兄弟们整天在一起训练，一起战斗，朝夕相处，就像一家人一样。慢慢地，你就离开不了了。”

“但光靠这些是不够的，得解决大家的实际问题。比如，工作压力。”谭彦说。

“哼，说得轻巧，怎么解决啊。说句不好听的，现在海城有事，咱们得加班；省里有事，咱们得加班；就连美国有事，咱们都得加班。咱们都快成宇宙特警了。”刘浪摇头。

“哎哎哎，越说越过了啊。平时少发点儿牢骚，影响斗志。”谭彦正色。

“得得得，我不说，我闷在心里。”刘浪笑。

“你要是觉得在咱们这儿累，过段时间有一批转警到经侦的机会。林楠是我同学，我可以帮你说说。”谭彦试探地问。

“别别别，我的大政委啊，你可千万别让我走。我这么大岁数了，哪都不去。”刘浪摆手。

“怎么就这么大岁数了，不是刚过四十吗？正当年啊。”谭彦说。

“别逗了，还正当年……别人都在执法单位深耕好多年了，经验丰富，业务精通。我这一去，法律不懂，业务不通，程序不会，从零开始，怎么混啊？得了吧，我呀，就在这个正科级上混着吧，给您鞍前马后。”刘浪笑。

“我没开玩笑啊。当然，选择权在你。但我还要给你提个醒，不管走不走，也得把自己的能力提升起来。舒适区只会越来越不舒适。咱们局的执法资格考试已经开始了，按你的级别，得过中级。”谭彦说。

“得，我没事回去背书去。现在那些法条啊，是它们认识我，我不认识它们……”刘浪摇头。

“你说你们这对师徒，一个想走一个想留，要能融合融合就好了。”谭彦说。

“这就叫作人各有志吧。强扭的瓜不甜，我看啊，一会儿等家属降温了你就说两句面儿上的话得了。该往市局报往市局报，别自己扛着。俗话说，留得住人也留不住心啊。”

谭彦没说话，转头往医院里看着。这时，《拉德斯基进行曲》响了，他一看，是楚冬阳的来电。

“喂，主任。”谭彦接通电话走到一旁，“是，小吕家属来了。嗯，情绪比较激动。”

他正哼哼哈哈地说着，没想到，廖樊怒气冲冲地走了过来。

“哎，您稍等啊……”谭彦捂住话筒，赶忙追到廖樊身旁，“哎，你干吗去啊？”

“干吗去？解决问题。我琢磨了半天，不能按你说的办。”廖樊径直往里走。

“主任，我一会儿给你打回去啊。”谭彦挂断电话，“不行，你不能进去。这事得柔性处理，不能跟人家硬顶。”

“你别管。我有话对那孩子说。”廖樊说，“哎，你带的那些慰问品啊，先别拿进来。”

这家伙要是犯起倔来，谁也拦不住，他三步两步走进病房。小吕母亲一看是领导来了，闹得更凶了。他父亲也上前摊牌。廖樊没和他们多说，走到小吕的床旁。小吕躺在床上，愧疚地看着廖樊。

“廖队……”

“你要辞职吗？”廖樊开门见山。

“我……”小吕语塞。

“你要脱去警服？”廖樊又问。

“我……”小吕闭上了眼。

“我问你，你为什么要干警察？”

“我……”小吕抬眼，看着他。

“就因为海城这个户口吗？”廖樊提高了嗓音。

“廖队……对不起……”小吕叹了口气。

“哎，我说队长，你现在不能再刺激孩子了，他伤还没好呢。这是我们共同做出的决定。”小吕母亲上前阻拦。

廖樊转过头，郑重地看着小吕的母亲。“他不是个孩子，是一个特警！无论他以后是不是还从事这个职业，但只要干过特警，哪怕只干过一天，也不能给这个名字丢脸。作为父母，你们要尊重他的选择。”廖樊说。

小吕母亲看廖樊这么说，没话了。

“干特警危险，那是当然的了。八年前我当警长的时候，有一次市局下达任务，去协助治安抓捕一群聚众赌博的。这个任务很轻松，一般咱们一亮‘家伙’，赌徒们就傻眼了。但我那天犯了肠炎，上吐下泻，我的副大队长，也是我的师父，就替我去了。没想到他到了现场，在冲进去的时候，被一枪打中。赌徒里潜伏着一个在逃的重犯。我自责啊，你知道吗？到现在我的心都在疼。他是替我牺牲的啊！”廖樊说得激动起来，“干特警也纠结啊，许多时刻，必须做出决断。有一次我带队抓人，是一个故意杀人的女嫌疑人。我们凌晨摸到她藏匿的村子，一直等到天蒙蒙亮的时候，才确定了她的位置。但就在我们准备冲进屋里抓捕的时候，她却搬了把凳子，抱着自己的孩子坐在了门前。那个场景我至今难忘，她在晨曦中给自己的小女儿梳着头，但用的却不是一把梳子，而是一把尖刀。如果你是我，该怎么办？能怎么办？我们只有一个选择，就是保护孩子，将子弹射向她。”

小吕看着廖樊，也感动着：“廖队，是我不配……当一名特警。”他热泪盈眶。

“我干事不兜圈子，我也没想劝你。小吕，人各有志，我就是现在不让你走，到了三年你还不是一样辞职。但我想告诉你啊，在当今这个时代，能真正去惩恶扬善、去打击犯罪的，也就是咱们特警了。谭政委说过，人有AB面，所以得拉出正负面清单，但我可以负责任地跟你讲，咱们特警的兄弟们，做事都光明正大，没有阴暗面。咱们工作的价值，就是让这个城市最普通的百姓活得踏实，安稳。这就是咱们特警的荣誉。”廖樊说得铮铮作响。

“你还记得这个吗？”廖樊从口袋里拿出一个小册子，“这是咱们的《特警训练手册》。你问问自己，当初宣誓的时候，说的是不是真心话。如果不是，你可以走，我照你父母的要求向市局提出申请；如果是，我希望你自己做出决定。”他把手册递给小吕。

小吕拿着手册，打开了第一页。他默默地看着，不禁轻声朗读：“为了社会的稳定，为了人民的安宁，我庄严宣誓，志愿成为一名公安特警队员，我保证忠于党、忠于祖国、忠于人民、忠于法律……为维护社会的安全和稳定，为维护人民的生命和财产，勇往直前，奉献一切……”他的声音从弱到强。他哽咽着，从热泪盈眶、泪流满面到痛哭流涕。

所有人都为之动容，廖樊的眼圈也红了。他没等小吕说出结果，就转身离开了病房。谭彦赶忙接手，叫综合队拿来慰问品，安抚家属。

廖樊站在门外，眼泪流了下来。谭彦走到他身后，轻轻地拍了他一下。

"你说得挺好的。"

"你知道吗？特警这个活儿不好干。严是爱宽是害，这不是口号。平时的训练累死累活，目的就在于减少他们的风险，他们越专业就越安全，越稀松就越致命。"廖樊叹了口气，"前段时间我看了个警察电视剧，看了前两集就给我气着了。那个编剧瞎编，在警队里弄卧底，战友之间相互怀疑，到处抓'鬼'。这他妈不是真正的警队。真正的警队是无论平时有什么矛盾，到关键时刻都能同仇敌忾，攥成一个拳头，把后背交给队友。这才是特警。"

"哼，我看啊，你倒应该去宣传处干干。说话挺有煽动性。"谭彦笑。

"别扯淡了，到那儿我能闷死。"廖樊摇头。

"牺牲的那位……是你师父？"谭彦问。

"嗯……他叫鲁中，没比我大几岁，是个好大哥。他要是没牺牲，这个队长肯定是他的。"廖樊说。

"所以这些年，你一直在完成他未尽的使命。"谭彦说。

"哎……"廖樊没正面回答，"你知道吗？每次我到英烈纪念园祭奠他的时候，看着那些墓碑旁的玉兰花，我就想，躺在这里长眠不醒的，才是真正的英雄。他们为了职责而牺牲，应该获得更多的荣誉。而我们呢，这些活着的人，要敢于承担起更多的责任。"

"嗯……我开始理解，你为什么搞案子不要命了。"谭彦点头。

每个人的一生，都会面对许多次重大的选择。选择令人矛盾，趋利避害有之，权衡利弊有之。只要遵从自己的内心，能够无怨无悔，选择的结果就一定是对的。小吕最终没有走，他拒绝了父母的要求，继续留在了特警。在他伤愈之后，刘浪给他补课，结扣、拉绳、松绳、下滑，绳降时不要紧张，不要有私心杂念，要像一只鸟……小吕说，这些口诀充满哲学意味。他学得认真无比，整体动作标准而完美，如行云流水一般。面对日益临近的执法资格考试，小吕开始给刘浪辅导。这对相互帮助、共同进步的师徒被谭彦推荐到市局，参加全局的"警营传承"标兵的评选。是的，谭彦做事，总是一箭双雕。

危机

特警大队在国庆这一天，正式成立了荣誉室。大队近年来所有的荣誉证书和奖杯奖牌都展示在里面。而谭彦的一等功，也光荣地融进了这片灿烂星光。郭局参加了揭牌仪式，他看着这群朝气蓬勃的年轻人在党旗前宣誓，心潮澎湃。中国警队之所以能一直充满战斗力、拥有活力，靠的就是优良精神的传承。谭彦不但圆满完成了郭局交给的任务，还给这支队伍注入了新的活力。郭局对他的工作很满意，在临走的时候，让他上了自己的车。

司机小马依然双眼直视。郭局沉默了一会儿，才问："你……有什么打算？"

谭彦知道，这是郭局在等自己表态。"郭局，我准备继续在特警干下去。"这次他没有回答诸如"听您安排、听组织安排"的套话。

"嗯……"郭局点头，"你觉得特警这支队伍怎么样？"

"我觉得这是一支政治过硬、业务过硬、勇于奉献、忠诚可靠的队伍。"谭彦回答。

"廖樊呢？适不适合当这个队长？"郭局又问。

"我承认，他恃才傲物，做事有些独断专行。我也曾对他有过误解和偏见。但在这段时间的相处中，我却明白了他为什么这么做，为什么和队员们称兄道弟。"谭彦说。

“为什么？”

“他把特警当家，把队员们当亲人，可以把后背交给队友。廖樊不但是特警的队长，更是特警的灵魂。”谭彦说。

“呵呵……”郭局笑了，“有人跟你说过吗？你现在说话方式都变了。”

“啊？我没感觉啊。”谭彦也笑了。

“变得更像个警察了。”郭局点头，“好，那你就先干完这两年，跟廖樊好好配合，给我打造出一支忠诚可靠、战无不胜的铁军！”

“是！一定完成任务！”谭彦回答得铮铮作响。

“呵呵，都说特警队是能锻造人意志品质的熔炉，看来一点不假。”郭局又笑了。“哎，下周去省厅参加事迹报告会的事儿也不能含糊。好好练习，得展示出咱们海城警察的气势和威风。还有啊，‘亮剑行动’第二阶段的工作已经开始了，咱们不但要深挖余罪，还要扫清余毒。你和廖樊也是专项工作组的成员，要配合禁毒打好这场硬仗，全力缉捕那些漏网之鱼。”郭局说，“你现在是身兼数职，既是战斗员，又是宣传员，要统筹兼顾好。”

“明白。”谭彦回答。

谭彦的头脑是清醒的。所谓清醒就是不骄不躁，不被荣誉冲昏，永远知道自己是谁，明白所处的位置。他当然很重视这次亮相机会。这次报告会是省公安厅组织的，主题是“不忘初心，牢记使命”。报告团一共十人，涵盖了全省各警种的优秀模范。排爆英雄小赵、缉毒先锋老钱、刑侦尖兵老孙、大数据专家小李等，都是荣誉积累多年、早已声名远扬的标杆式人物，谭彦与他们相比只能算个“新人”，但他却充满自信。毕竟自己“一手拿枪，一手拿笔”，这么多年的积累，爆发一下还是有战斗力的。再说，击毙毒枭的事情还热度未减，正好借此机会唱唱高调、推波助澜。谭彦认真地修改着稿件，誓要借此机会，让自己更上一层楼。

日常的工作，谭彦也没落下。他说过，要给特警的兄弟们创造更好的发展机会，让更多人了解他们，支持他们。于是“警营开放日”便被提上了日程。

特警一直给人一种神秘的感觉，让人觉得不好接近和敬畏。谭彦就是要打破这种感觉，让这支队伍堂堂正正地走到阳光下，接受群众的检阅。在他的策划下，开放日共分三个部分，分别为特警战术技能表演、装备展示和法制与安全教育。特警大队全体动员，分工明确，以谭彦提出的高度责任感和自觉性，高标准、严要求地实施。

早晨八点一过，数百名群众有秩序地进入大院。在百合等人的指引下，群众怀着激动而好奇的心情，开始观看利剑突击队的战术技能表演。

首先上场的是刘浪带队的突击队。在他的发令下，突击队的AB两组开始了对抗表演。徒手格斗、控制技巧、综合体能、枪械射击，两组队员你来我往，高潮不断。谭彦在台上拿着话筒进行解说："特警的使命，就是临危受命、逆境冲锋，特警的目标，就是首战用我，用我必胜！看他们，静如狡兔、动如蛟龙，日常艰苦的训练锻造了这支铁一般的队伍。他们整齐划一、步调一致，他们配合默契、重拳出击，他们在用实力告诉群众，你们的平安，我们守护！"

百合仰头看着谭彦，不禁发笑。等他忽悠完一段，才蹿到他身旁。

"'谭荣誉'，你怎么跟诗朗诵似的？"百合问。

"哎，叫政委。"谭彦装作正经。

"啊……这么没劲啊……"百合皱眉。

"呵呵……"谭彦笑了，"哎，一会儿你的警犬表演可别掉链子啊。"

"我问你，怎么最近总对我不冷不热的啊？"百合问。

"没有啊。"谭彦否认。

"怎么没有，见我就低头。原来老把我叫办公室去，现在也不了。端政委架子，还是怕我吃了你？"百合表情严肃。

"瞧你说的，最近……忙。"谭彦辩解。

"哎，我跟你打个招呼啊。"百合说。

"什么？"谭彦喝了口水。

"我准备追你啊。"百合说。

"噗……"谭彦一口水就喷了出去，忙用手擦拭，"你，你别扯了你。"

“怎么了？我不够好吗？”百合看着谭彦。

“我一80后，你一90后。咱俩……差一轮。”谭彦说。

“我都24岁了！我的心态很老的。我觉得没代沟啊。”百合说。

“我……都有孩子的人了。”谭彦说。

“不是挠挠吗？我也很喜欢他啊。”百合说。

谭彦拿她没辙了，笑着不再说话。就在两人尴尬之际，训练场响起了狙击枪声。王宝的压轴戏开始了。只见他身穿作战服，手持88式狙击枪弹无虚发、连连中靶。

“好！”人群中响起了掌声。

王宝连续击落十多个目标,突然停了下来。他操着那副“木头人”的模样，用狙击枪对准了百米开外的一面白板。训练场的大屏幕里，将白板的镜头放大。白板中心固定着一把匕首,匕首的厚度仅为0.15毫米。观众们一头雾水，不知他要干什么。这时枪响了，王宝射出的子弹，竟然正中匕首中央，一劈两半。“啪”，白板上出现了“一弹两孔”。

“哗……”掌声如潮水般涌来。表演达到了高潮。

谭彦拿起话筒，继续发挥：“不要崇拜什么美国队长和超人，在海城市，特警就是你们的保护神，就是守卫海城的超级英雄！”

百合被他说笑了。她看着谭彦,发自内心地欣赏他的睿智机敏。她知道，自己与谭彦的差距很大，年龄、性格、生活经历，如果自己不去追逐，两人会是两条永不相交的平行线。但百合却敢爱敢恨，敢于选择自己的生活。她没再多说，下台叫来了雷欧，准备候场。

不一会儿，她便出现在训练场上。她英姿飒爽，牵着虎虎生威的雷欧。谭彦在台上看着，也不禁心动。说实话，谭彦怎能对百合没感觉呢？他从见百合的第一面起，就对她产生了好感。但生活是复杂的，谭彦刚刚经历了婚姻的失败，知道感情的道路漫长崎岖，怎么也不想再重蹈覆辙了。特别是面对这样一个纯真善良的女孩，谭彦不自信自己能给她幸福。

战术技能表演环节圆满成功，观众反响热烈大呼过瘾，而随即开始的装备展示环节又吸引了大家的注意。92式手枪、88式狙击枪、防暴枪、凯夫拉钢盔、防刺服、防暴车辆剑齿虎……不少小朋友还扛起了95式突击步枪，与特警叔叔们合影。

小吕发挥特长，用英文给外国朋友进行讲解。刘浪感叹，不服不行啊。

“别服啊，一服就老了。”谭彦走到他身旁。

“呵呵。”刘浪笑了，“放心吧政委，就算心里服，嘴上也不能认！”

“记住啊，执法资格考试，必须一次通过。”谭彦正色。

“得，我回去就背题去。一定考个双百。”刘浪笑。

这时，马叔也走了过来。“政委，你让我做的警民联系卡，我都做好了，警民微信群的二维码也能扫上。等活动结束之后，我就让人发给大家。”马叔为了这次活动，前前后后没少忙活。

“好。”谭彦点头。这是他的又一个工作举措。他不但要借此机会宣传特警，更要密切联系群众，广泛听取意见，获得案件线索。

他给马叔拿了一瓶水，让他休息一会儿。马叔喝着水，不禁感叹：“你说这帮小伙子，穿上制服都像那么回事似的，实际上还都是孩子。”

“呵呵，都一样。他们在扮演特警，我在扮演政委，而您，在扮演食堂管理员。”谭彦笑。

“呵呵，但这还不够。除了扮演工作上的角色，家庭的也别忘了，还有儿子、父亲、丈夫。”马叔说。

“嗯……”谭彦没有回答，默默点了点头。

“哎，别辜负那个姑娘啊。她可是认真的。”马叔冲他挤了一下眼。

“哪个……姑娘啊……”谭彦打马虎眼。

“哼，还不承认。她都跟我说了。”马叔笑。

“都跟你说了？”谭彦惊讶。

“哦，别在意啊。我可不是有意探听。”马叔解释，“我认识她两年了，从没见她像现在这样，整天都高高兴兴的。你呀，无论怎样，也别伤了她。”他提醒。

“嗯……我知道。”谭彦点头，“但是，我们是不可能的。”他强调。

“哼,没有什么是不可能的。祝福你,越来越好。”马叔拍了拍谭彦的肩膀。

“哎，对了，你说的那个绿色通行证，办下来了。你随时可以过去取。”谭彦说。

“哦，谢了。”马叔点头。

谭彦琢磨着百合的事儿，想着怎么跟她摊牌。不远处，廖樊正站在一群小朋友和家长中间，给他们做着安全教育。

“告诉你们,面对侵害和霸凌,永远不能一味躲闪,攻击就是最好的防守。看我动作，这个，叫掏裆砍脖！”他边说边做，“这个，叫抱膝顶摔！如果遇到比你力气大的，就攻其要害。”廖樊挥手跺脚，吓得面前的几个小朋友直往后退。

谭彦见状，赶忙过去圆场。“哎，各位小朋友，这位特警叔叔的意思是，遇到侵害和霸凌，要赶紧拨打 110 报警，特警叔叔们来了之后，就会使用这些招数。”

他这么一解释，家长们才鼓起掌来。

“嘿，我可不是这个意思。家长们，危急时刻，不要总依靠别人。记住我那句话,攻击才是最好的防守！我们有个口号,小吕,记得吗？”廖樊大喊。

“哦……”小吕正在给外国友人介绍枪械,一时语言没转换过来,“Exercise bodies, get ready to be attacked. Exercise muscles, get ready to be attacked!”

“什么？”廖樊皱眉。

“哦，是锻炼身体，准备挨打，锻炼肌肉，准备挨揍！”小吕翻译过来。

家长们哄堂大笑。谭彦无奈地摇头,赶紧拉着廖樊走了,让百合过来救场。

警营开放日圆满结束了。时至傍晚，微风拂面，谭彦和百合并肩在林荫道上漫步。旁边是一条小河，城市的灯火照洒在河面上，像金色的碎屑。

百合穿着一身淡粉色的运动装，蹦蹦跳跳地走着。身旁的犬王泰格目光温和、步履缓慢，虽没了曾经的威武凶猛，却多了智者般的安详。

百合叽叽喳喳地说着笑着，像个小鸟一样。她喜欢和谭彦在一起。

“我觉得，你那首歌写得特好。”她说。

“哪首啊？”谭彦问。

“就是那个，攀一座高山用一生时间，跨一片海洋用心中执念。”百合说。

“哦，那是写给一个英雄的。”谭彦说。

“你不就是英雄吗？”百合说。

“我……算什么英雄。”谭彦摇头。

“你击毙了大毒枭啊，你是‘一手拿笔，一手拿枪，文韬武略，战无不胜’的海城警察代表啊。”百合说得挺真诚。

“嗐，那都是误打误撞的，运气罢了。我开枪的时候，手还发抖呢。”谭彦自嘲。

“我不管别人怎么看，在我心里你就是英雄。”

“哼……”谭彦笑了，“你知道在我儿子挠挠的心里，谁是英雄吗？哼，是猪爸爸。”

“猪爸爸？哪个猪爸爸？”百合不解。

“呵呵，小猪佩奇的爸爸。因为猪爸爸会把照片挂在墙上，会打棒球，会带佩奇和乔治去野营，会在下雨的时候在泥坑里跳，所以他是孩子心中的英雄。”谭彦说。

“哦，没看过那个动画片。”百合笑。

“你刚才说的那首歌，还有两句歌词，是‘爱你的人在崎岖路上相伴，匆匆过客渐行渐远’。先不要说我是不是个好警察，最起码，我不算是个好丈夫。我之前的婚姻是失败的。”谭彦坦承道。

“失败了可以再开始啊，跌倒了连爬起的勇气都没了？”百合反问。

“百合，我知道你对我好，但是……”

“没有什么但是，我说过，我是在追你。无论你接不接受，这是我的事情，与你无关。”百合说得霸气。

“唉，你还不懂，一辈子太长了……”谭彦摇头。

“我怎么不懂？我相信，你最终不是我对手。”百合说着挽起了谭彦的胳膊，“哎，你有什么梦想吗？”她问。

“梦想？”谭彦想了想，“哦，年底柏林爱乐乐团在襄城有场音乐会，如果能放假，我想过去看。”

“啊？这就算梦想啊，那也太好实现了吧。”百合说。

“我的经验是，尽量少做大梦。小梦能一个一个实现，就已经很幸运了。”谭彦笑。

“你说话，太深奥。”百合摇头。

两人一时无话，默默地走着。谭彦侧目看着百合，她的身影在傍晚余晖的映照下清纯动人。百合也转过头来看着谭彦，两人的视线对在一起，让谭彦觉得尴尬。他转过头去装作看远处的风景。百合笑了，脸也红了。但就在这时，泰格突然叫了起来。它的叫声带着警惕和焦虑，似乎在警告着什么。

谭彦和百合沿着叫声向树林深处望去，这时，枪响了。一发子弹像一道冷风，嗖的一下迎面袭来。

“不好！”谭彦大喊，赶忙将百合扑倒在地。

“啪啪啪……”枪声密布，子弹落在两人身旁，溅起泥土和花草。

泰格奓起了毛，猛地向前冲去。

“回来！”百合大喊。

从树林中走出了四个人。他们穿着黑衣，戴着头套，冲着这边持枪射击。百合露出女特警的表情。她将身体压低，拉着谭彦缓缓后撤，同时拿出手机，给队里拨打电话。泰格也跑了回来，在百合身旁龇牙低吼。

“你们是谁？为什么向我们开枪？”百合大声问。

那四个人缓缓逼近，并不回答。

百合此时手无寸铁，根本无力对抗，于是便隐藏在草丛中，拿起一块石头，冲着一旁扔去。

“啪啪啪……”子弹射向了石头的方向。百合赶忙拉起谭彦，夺路而逃。

两人狂奔着，在崎岖的河道上不断变换路线。后面枪声密布，对方紧追不舍。百合知道，再过几十米，就是一片开阔的场地。到那时，自己和谭彦必将成为活靶子。

在危急时刻，她立即做出了判断。

“泰格，吸引注意，一直往前跑。”百合突然发令。

泰格收到命令，猛地向前跑去，不时还回头向后面大叫。

“老谭，记住，保持静默。”百合冲谭彦使了个眼色。

谭彦还没反应过来，就被百合猛地一拽。两人在一个缺口，一同跳下了河堤。此举果然奏效，四个黑衣人被泰格吸引了注意力，向前一直追了下去。

河堤下有一个排水口，可以通到道路的另一侧。百合紧紧地拉着谭彦的手，低头前进。谭彦早已经气喘吁吁，体力不支。他大口地喘着气，拖慢了百合的速度。

“我……我不行了，你……先走吧。”谭彦说。

“坚持，我不会留下你的。”百合说。

谭彦拿出手机，将实时位置发到特警大队的群里。但没想到，他们的行踪还是被那几个人发现了。

他们从另一个路口迂回过来，挡住了前面。百合慌了。此地处于河道与大路之间，树木遮天蔽日，四周漆黑一片。但已经可以远远看到，路上的车流和灯火。

百合挡在谭彦身前，缓缓向后退着。两人都感到凶多吉少。

四个人也放慢了脚步，他们隔着五十米左右的距离，抬起了枪口。

“啪啪啪……”枪声又响。百合一拽谭彦，将他按在了地上。但她随即发现，枪声并不是从前面来的。不，这不是黑衣人的枪声，而是 95 式突击步枪的声音。

百合激动地抬头，看到了远处闪烁的红蓝警灯。三辆防暴车正风驰电掣地赶来。

谭彦激动地用手拍地，但百合却一把搂住他，向侧面翻滚。果不其然，一连串子弹又射了过来。

廖樊驾车冲在前头，刘浪从副驾驶探出身体向黑衣人射击。他们在接到百合报警后，仅用了不到十分钟的时间便赶到了这里。这时，剑齿虎像疯了一样轰鸣着超越他们。王宝疯狂地操作着，一马当先。

“这小子，疯了吧！”廖樊大喊。

王宝确实疯了，剑齿虎冲过了路堤，冲进了草场，撞倒了一排小树，直逼四名黑衣人。黑衣人也愣住了，没想到特警的速度会这么快。眼看剑齿虎开不进去了，王宝就从车里钻了出来，因为匆忙，他没带短枪和自动武器，于是便拿着那把 88 式狙击枪，单人独骑，直奔四人。四人迅速向他射击，而王宝却不慌不忙，在火线中左躲右闪，快步前行。眼看距离越来越近，王宝操起狙击枪，不用瞄准镜，裸眼盲狙。

“啪！”一枪，一个黑衣人身边的树木开了花。

“啪！”又一枪，一个黑衣人倒下了。

众匪皆惊，抱头鼠窜。王宝乘胜追击，又打倒一人。特警们立即展开合围之势，不一会儿便将四人悉数抓获。

王宝跑到百合和谭彦面前，气喘吁吁。

“没……没受伤吧？”他呆呆地问。

“你个小子！”谭彦狠狠捶了他一拳。

“木头人枪神，你真伟大！”百合跳起来，拥抱住王宝。

这时廖樊跑了过来，冲着王宝大骂：“你个王八蛋，为什么不拿自动武器？拿个 88 就上，不要命了！”

王宝低下了头，像个做了错事的孩子。

“唉……”廖樊叹了口气，双手叉着腰，“下不为例啊。”

“哦……”王宝点头。

“他们是什么人？”廖樊问谭彦。

“不知道。”谭彦摇头。

“小吕，把人都给带回去，立即审问！刘浪，你带两组人再搜索一下，看看有没有漏网之鱼。”廖樊指挥着。

真相

回到队里，谭彦的脑袋还一直嗡嗡地响。他没想到自己在危机面前如此不堪，像个手无缚鸡之力的秀才。面对英勇无畏的王宝，谭彦感到惭愧和自卑，如果不是他在烈日下一趴就是一天、用上万发子弹练就技能，自己恐已凶多吉少了。

经过那海涛的审讯，这四个人是蒋坤的手下。他们在特警突袭蒋坤团伙那日，到襄城去做交易了，所以才得以漏网。为首的叫韩刚，外号毒蛇。他供述，袭击谭彦是为了给蒋坤报仇。而找到谭彦的方式也很简单，通过电视和网络。在击毙蒋坤之后，谭彦成了这座城市的英雄，宣传信息铺天盖地。毒蛇就根据信息找到了特警大队的地址，又碰巧开设“警营开放日”，于是顺势锁定了谭彦。谭彦怎么也没想到，在自己上台讲解的时候，台下的四名毒贩正虎视眈眈地看着他。都说出名是双刃剑，他感到后怕，不光是为自己，还为了挠挠和季敏。

他昏昏沉沉地在训练场上跑圈、翻板障、做俯卧撑，累了就躺在地上。天空乌云密布，远处传来滚滚的雷声，但雨却迟迟未下，空气闷热异常。谭彦又来到了靶场，戴上隔音耳机，对着固定靶进行速射，不想枪枪脱靶，一发未中。他闭上眼，想着马叔说过的“端稳、放松、瞄准，再击发”，睁开眼又连续射击，不料依然未中。他沮丧起来，心情烦躁。他离开了靶场，脑海里重复着那天遭遇蒋坤的场景，他清晰地记着自己扣动扳机，子弹直射入蒋坤的眉心。他知道那是个意外，那是老天跟自己开的一个玩笑。按照自己的射击水平，别说百米之外一击必杀，就算自己再近一半的距离，也说不好能不能射中。

一整天，谭彦都摆脱不了这种情绪。下班后，他溜溜达达地走出大院，到街头散步。走着走着，竟鬼使神差地朝向了货仓的方向。他停住脚步，稳了稳心神，索性打了一辆车，直奔目的地。

货仓里漆黑一片，和那天一样，没有一点儿声音。谭彦借助手机的光亮往里走着，四周只有他的脚步声。他边走边回忆着，那天自己随百合进入货仓，然后在门前驻守，后来百合离开，自己遭遇蒋坤……他徘徊在当天的位置，左顾右盼了一会儿，抬头看了看那个排风扇。排风扇被风一吹，缓缓地转动着，微光从那里倾泻进来，形成斑驳的光影。外面的雷声渐响，一场大雨即将来临。谭彦感到自己在颤，说不清是因为什么。货仓里的温度比外面低很多，但也算不上冷。谭彦被一种巨大的焦虑裹挟着，但这种焦虑到底是什么他自己也说不清。是那个名不副实的英雄称号吗，还是自己在世人面前欺世盗名的表演?

他融在了黑暗里，默默地踱着步，走到了蒋坤倒下的地方，看着地上还未擦去的勘查印迹。他以此为起点，用步伐丈量着自己开枪射击的距离。第一次他走了162步，如果按照每步0.65米计算，距离已经超过了一百米。他又走了第二次，157步，与第一次相差无几。谭彦环顾着四周，看着堆积如山的集装箱和货架,又走回到自己的位置。他抬起手,默念着“端稳、放松、瞄准，再击发”，佯装射击。他摇摇头，确定当日没有这样的冷静，他再次闭上眼，猛地抬手“射击”，在睁开眼的时候，右手指向的位置偏离了很远。谭彦自嘲地摇头，顺着那个方向走过去。如果按照自己正常的射击技术，也许蒋坤应该倒在这里。那是一片黑漆漆的砖墙。谭彦蹲在面前,细细地观察。墙上贴着几张破旧的广告，在广告下面，一排落满灰尘的空啤酒瓶东倒西歪。谭彦扫视着，突然发现了一个细节。在那排酒瓶中，一个酒瓶碎了一半。在那个酒瓶后的墙壁上，有一个深深的洞孔。谭彦用手触摸着，洞孔显然是新的，边缘还很粗粝。他用手去抠，但手指根本伸不进去。他站起身来，四处搜寻，找到一根铁棍。他用铁棍撬动洞孔，几下之后，将墙面的碎砖撬开了。他用手一摸，竟然取出了一颗弹头。

那是一颗 DAP92 式 9 毫米弹头，正是特警大队列装 92 式警用手枪的标准弹头。谭彦惊呆了，默默地看着。

92 式手枪全称 QSZ92 式半自动手枪，分为 5.8 毫米和 9 毫米两种口径，5.8 毫米为军队列装，而 9 毫米则由警队列装。谭彦脑海里再次重现当日的情景，闭眼，开枪，击倒，大获全胜……不，那都是假象，真正的事实可能就在眼前。他能认定，自己在当日的射击中确实打偏了，但之后却被胜利冲昏了头脑，一直认为是误打误撞击中了蒋坤。真是笑话啊，自己一个连枪都拿不稳的菜鸟，怎么会在百米之外一击必杀干掉毒枭？难道蒋坤不是自己打死的？当然，他当然不是被自己打死的！虽然还未经过弹道检测，但事实已经给出了答案。一系列的问题也接踵而来。为什么击毙蒋坤的子弹也是 DAP92 式 9 毫米的？如果不是自己，那现场肯定还有另一个人。他是谁？为什么会有警察专用的子弹？又怎会知道自己将遭遇蒋坤？还与自己在同一瞬间射击？谭彦感到毛骨悚然，不寒而栗。他颤抖着，紧盯着手中的弹头。

外面起风了，雷声越来越近，排风扇也越转越快，洒在黑暗中的光影成了乱流。谭彦感到浑身发麻，头脑发晕。正在这时，他身后突然出现了一个黑影。那个黑影身材高大，走起路来虎虎生风，眼神像老虎在盯着猎物。

是蒋坤！谭彦觉得头皮都要炸了。他迅速站起身，但身体的反应却不是冲锋而是后退。

“蒋坤！蒋坤！”他不禁喊出声音。但那个黑影却没有逼近，仍然停在原地。看谭彦这样，黑影笑了。

“老谭，你怎么了？”那个声音谭彦很熟悉，竟是廖樊。

“哦……是你……”谭彦这才缓过神来，但双手还在不住地颤抖。

“你到这儿干吗来了？”廖樊走到近前。

这时，随着嘭的一声响，货仓的大灯都亮了，谭彦一下被曝光了。

“政委，你也在啊？”廖樊身后传出了小吕的声音。

“哎哟喂，在这儿碰上了。”刘浪也笑着走过来。

谭彦右手里还攥着弹头，他看着众人，满脸是汗。他犹豫着，矛盾着，彷徨着，又恐惧着。这些感觉纠结在一起，令他魂不守舍。他躲避着大家的眼神，但又觉得不能这样。他下意识地将手背过去，将弹头藏在了身后。

“哦……我……就是过来看看。”他轻描淡写地回答。

“哦，我们也是。”廖樊没太在意谭彦的表现，“郭局吩咐，让咱们配合禁毒重新勘查现场，看看有没有遗留的毒品或者物证。”廖樊说，“其实也是多余，这地方都扫了好几遍了。”

“嗯……”谭彦把弹头放进了后裤兜里，抬手擦汗，点了点头。

“来来来，迅速迅速，都敏着点，锐起来！有发现马上汇报。争取一个小时解决战斗。”廖樊拍着手说。

“好嘞，大家都动起来。兄弟们，速战速决啊。”刘浪回头招呼特警队员。

谭彦停顿了一下，稳了稳心神，也走了过去。

暴雨下起来了，整个城市都显得狼狈不堪。人群慌乱，交通堵塞，垃圾漫街，积水四溢，暴雨的强度超出了预测。众人搜寻完毕，站在货仓门口望着外面的雨景。暂时是走不了了，大家就索性席地而坐，在一起聊天。刘浪讲了个笑话，逗得大家前仰后合，只有谭彦无动于衷。他呆呆地望着门外，一言不发。

“老谭。”廖樊叫谭彦，“‘谭荣誉’！”廖樊笑着推了他一把。

“啊？怎么了？”谭彦这才惊醒。

“喝一口，暖暖身子。”廖樊递给他一个警用水壶。

“哦……”谭彦接过水壶，仰头就喝。

“怎么了？有心事？”廖樊问。

“没有没有。”谭彦擦了擦嘴，摇头否认。

“哼……不说算了。”廖樊仰躺在地上，“我看你啊，是重返现场，心有余悸吧？”

“嗯……”谭彦叹了口气。

“没什么大不了的，慢慢你就习惯了。记得我刚当特警的时候，遇事也怕。有一次抓人的时候，因为太紧张，一警棍就打在我师父手上了，弄得他疼了好几天。”廖樊苦笑，“但经历得多了，勇气就会战胜胆怯，就能慢慢找到感觉。你会觉得，将罪犯扑倒的那一瞬间，才是特警的高光时刻。”

“也许吧，但也许……我还是那个‘字警’。”谭彦感叹。

“呵呵……”廖樊笑着，“我听一个名人说过啊，当一个杯子里装满牛奶的时候，大家就会说这是牛奶，当装成啤酒的时候，他们就会说这是啤酒。只有杯子空了，它才是个杯子。你知道什么意思吗？”

“这个……是名人说的？”谭彦皱眉，“这不马叔说的吗？”

“哈哈，哈哈哈……”廖樊笑了，“对，对对，是他说的。你也听过了？”

谭彦心情松弛了一下，也笑着点头，但他的大脑还在不由自主地飞速转动着。到底是谁杀了蒋坤？出于什么目的？为什么要选择让自己去背这个黑锅？或者说去背负这个荣誉？谭彦头昏脑涨，却还要装作无事地应付廖樊。

“政委，你知道那个灵魂四问吗？”刘浪凑过来问。

“不知道。”谭彦摇头。

“配钥匙的师傅问你，你配吗？食堂的阿姨问你，你要饭吗？快递小哥问你，你是什么东西？最牛逼的还是出租车司机，人家问你，你搞清楚自己的定位没有？”

他这么一说，大家都笑了起来。谭彦却被问得哑口无言。

雨渐渐小了，城市恢复了秩序。谭彦也渐渐冷静下来。在激烈的博弈中，他的理性战胜了感性，最终决定按兵不动保持现状。谭彦不是想就此隐瞒真相，而是觉得自己还没想好想透，找出最佳的解决方案。他告诉自己要慎重，要仔细地权衡利弊。自己身上的荣誉太夺目了，也太沉重了，他不想轻易放弃这一切。他知道，冲动是魔鬼，人在冲动的时候智商等于零。人与动物最大的区别在于人能控制自己的情绪，理性地做出最恰当的选择。谋定后动，才能事缓则圆。但同时，他又觉得自己可耻，这件事本来就没有所谓的两害相权取其轻，而只有AB面的真与假、黑与白。同时，如果射杀蒋坤的人不是自己，那这起案件背后肯定还隐藏着巨大的黑幕。是早有预谋吗？还是借刀杀人？想到这里，谭彦的脑子又乱了。他明白马叔说的那个杯子的道理，但也同时觉得那是个谬论。如果这个世界上的每个人都甘愿做一个普通杯子，还会有人热衷于追逐财富、权力和名誉吗？如果没有人去追名逐利，那社会还会发展吗？人类还会进步吗？谭彦叹了口气，觉得这个问题应该交给哲学系毕业的小吕，而不是自己。

他回到办公室，反手锁上门，将弹头拿在手里，默默地注视着。思索良久，最后将弹头放进了一等功的奖章盒里，锁在了抽屉中。他瘫坐在沙发上，回忆着那天的情景，匿名电话、突发的枪声，他越来越觉得，那个行动是一个陷阱。他拿起电话，拨通了章鹏的号码。

"喂，你那边怎么样了？"他抛了个烟幕弹，"哦，哦，明白。我们重新搜查了现场，并没发现什么。"他点着头，听章鹏自然叙述。

"那个尾号1122的匿名电话查得怎么样了？定位了没有？"谭彦毕竟是老油条，将要问的情况混杂在其他问题中提出。

章鹏回复，技术部门尽了最大的努力，但依然未查到有价值的线索。谭彦又扯了些别的，才挂断电话。

独狼

公安医院的地下看押室里，黑娃儿躺在病床上。他身上缠着纱布，右手打着点滴，左手被铐在病床的扶手上。那海涛和书记员坐在他床旁，问着话。但黑娃儿却并不配合。

“哼，还派人还卧底，看香港电影看多了吧？真够逗的……我看你啊，你是偷鸡不成蚀把米，没当成婊子牌坊也砸了。”那海涛不屑地笑着，使用激将法。

黑娃儿不说话，但能看出来，他的手在颤抖。那海涛观察着他的变化，继续兜圈子。

“得，现在傻了吧。一进来，金山银山也享受不了。哼，还吹牛呢，什么安逸过，香的辣的都吃过。得，这下彻底安逸了。”那海涛笑。

“你啥子意思？我有啥子金山银山？”黑娃儿开了口。

“上亿的货啊……得，机关算尽，最后都便宜别人了。”那海涛用手拍着病床，轻轻地摇头。

“仙人板板！那批货不在老子手里，不是老子干的，你们抓错人了！”黑娃儿叫嚣起来，手铐扯得扶手直响。

“怎么着？敢做不敢当啊？是爷们儿吗？”那海涛提高了嗓音，“长得高高大大，吹起牛来一套一套的，一说话就藏着掖着啊。哼，你呀是假牛逼，真尿人！”他摇头撇嘴。

“仙人板板，老子有一说一，那批货真的不在我手上。”黑娃儿辩解。

“不在你手上，也不在耍娃儿手上吗？”那海涛质问。

“不在，真的不在。我要是骗人，就是龟儿子。”黑娃儿说。

“那在谁手上？”那海涛问。

“在……”黑娃儿欲言又止。

“哼……编，继续编。”那海涛撇嘴。

“在……在独狼那个龟儿子手里。”黑娃儿吐口了。

“独狼？没听说过啊？哼，你当我们好蒙啊，谁不知道，那批货是你们从蒋坤手里抢走的。”那海涛说。

“唉……”黑娃儿叹了口气，“警官，能……给根儿烟抽吗？”他问。

那海涛让书记员给他点上一支烟。黑娃儿过了几下瘾，“马失前蹄啊，这事说来话长……”他打开了话匣子，“那批货是蒋坤从境外带进来的，那龟儿子很聪明，方法大概你们也知道了。”

“用无人机运。”那海涛说。

“对。”黑娃儿点头，“本来他是要卖给我们的。我们在本地渠道多、地面儿熟，能快速散货。但没想到，仙人板板！我们刚谈拢，就被你们那个‘亮剑行动’给搅了。”

“嘿，还知道‘亮剑行动’呢？”那海涛笑。

“我是每天中午看《法治进行时》的，你们在搞啥子行动，抓了啥子人，我都知道。”黑娃儿说。

那海涛在审讯他之前，是做了工作的。黑娃儿是O型血，出手凶狠、脾气暴躁，审讯这种人不能单刀直入、以硬碰硬，而是要侧面迂回、以逸待劳。

“嗯，你倒是个实在人。”那海涛点点头，“然后呢？接着说。”

“因为你们的‘亮剑行动’，造成了货源紧张。蒋坤这个龟儿子，给我涨了四倍价。好家伙，拿我当锤子了，这我哪收得起啊。没办法，我就跟他讨价还价，但他却并不松口。是的，我是往他那边安插了人，也想过灭掉他，把货抢过来。但没想到我还没动手，独狼就抢先了。”

“那为什么骡子说，是你抢的货？”那海涛问。

“他知道个锤子！那天是我们想去抢货，但没想到独狼抢了个先。”

“你给骡子打过三百万吗？”

“是要娃儿给的。仙人板板！花了钱,货还被抢了,罪名都扣到我头上了，亏大了！”

“说一下独狼的情况。”那海涛问。

“不知道嘛，那个龟儿子神神秘秘的，谁也不知道他到底是谁。”

“那你怎么知道是他？”那海涛问。

“我就这么说，在海城和襄城一带，除了独狼，没有人能有这个实力。”黑娃儿说。

在监控室里，郭局和章鹏在屏幕里看着那海涛的审讯。

“独狼？”郭局皱眉，“这个人一直不在咱们视线内啊。”

“我们曾从一些‘线人’的嘴里，听说过这个名字。所以在‘亮剑行动’开展以后，将这个团伙列为第三层次的打击对象。但这伙人很狡猾，神出鬼没的，近两年几乎没了踪迹，团伙头目独狼的身份也一直未曝光。”章鹏汇报着。

“这个团伙有多少人？主要通过什么获利？”郭局问。

“团伙成员应该很少，不超过十个人。最近一次出现在咱们视线，是前年抓老疤的时候。老疤当时供述说，独狼已经潜入了海城市，但却并不知道他具体藏在哪里。”章鹏说。

“老疤怎么知道的？”郭局问。

“独狼曾经从老疤那里购买过武器，但是方法很巧妙，约定好一个地方，钱货分离。所以他也没见到过独狼。”章鹏回答。

“嗯，得马上组织力量，对独狼进行调查了。”郭局说。

“明白。”章鹏点头。

审讯整整持续了四个小时，那海涛利用高超的审讯技巧，不但击溃了黑娃儿的侥幸心理，还带着他渡过了畏罪心理的难关，让他解开了心结。据黑娃儿供述，那批“春雪”现在应该在独狼的手里，独狼趁蒋坤不备，乔装成“二孩子”团伙的模样，抢了蒋坤的最大一批货，然后还散布谣言，说是“二孩子”团伙下的手。蒋坤信以为真，准备找“二孩子”团伙的黑娃儿和耍娃儿谈判，这才组织人手在货仓商议，却不料被廖樊带队的特警行动组突袭，蒋坤也命丧当场。因为蒋坤团伙的大部分毒贩被绳之以法，那批货也不知去向。黑娃儿和耍娃儿有口难辩，被冠上了黑吃黑的恶名，造成上下线的毒贩都与其脱钩，损失惨重。更不料最后会被警方盯上，落入法网。虽然黑娃儿的供述符合逻辑，但那海涛却不会贸然相信。这一切事实都要等抓到耍娃儿之后才能水落石出。

最后，黑娃儿提出了一个条件。“如果能有重大立功表现，能不能免死？”

那海涛如实陈述：“重大立功表现自然是主要的从轻条件，但是否能‘免死’，最终将由法院进行审判。”

黑娃儿沉默了良久，终于说出：“我有一个办法，能钓出独狼。”

“什么办法？”那海涛问。

“如果我帮你们抓到独狼，算是重大立功了吧？”他问。

“不光要帮我们抓住独狼，还要帮我们找到那批‘春雪’。”那海涛说。

“仙人板板，我干！”黑娃儿点头，“我知道一个人，应该和独狼有接触。”

“谁？”那海涛问。

“阿袁，一个南方的贩子。”黑娃儿说。

“讲一下情况。”那海涛示意书记员记录。

“我得到消息，阿袁近期到了海城。他手里有货，好像就是‘春雪’。你们抓我的时候，我正要和耍娃儿商量，想通过阿袁来找到独狼。”

“他手里有‘春雪’？”那海涛皱眉，“他和独狼是一伙儿的吗？”

“我也弄不清他们之间的关系。”黑娃儿说。

“说一下阿袁的情况。”那海涛问。

“我不知道他的情况,也没见过这个人。但我知道一个人,应该能找到阿袁。”

“谁？”

“鼹鼠。”黑娃儿回答。

“什么？”那海涛皱眉。

“哦，我们都这么叫他。他大名叫，秘大伟。”

“也是干你们这行儿的？”那海涛问。

“不是，这个龟儿子很鬼，从不碰那些东西。他以前在道上混过，现在改行了，在影视圈混呢。”黑娃儿说。

“你怎么知道他能找到阿袁？”那海涛问。

“阿袁来海城的消息，就是他告诉我的。我给了他‘六位数’，让他帮我找阿袁。”

“好，说一下这个鼹鼠，哦，秘大伟的具体情况。”那海涛对黑娃儿说。

在审讯后，那海涛立即将此情况向郭局进行了汇报。郭局组织召开专案会，针对审讯研究下一步工作。如果黑娃儿供述属实，那批“春雪”确实在独狼手里的话，尽快找到阿袁就成了重中之重。但找阿袁先要找到鼹鼠。经过对该人进行调查，发现他确实活跃在影视圈。他早年曾参与过吸毒贩毒，也因此被判处十年徒刑。但在出狱之后，他金盆洗手，做起了生意，从小倒小卖逐渐做大，现在不但成立了影视公司，还搞起了 P2P 和民间借贷。章鹏立即行动，将秘大伟带到市局询问。

在询问室里，秘大伟谦恭地坐在那海涛对面。他三十八岁，身材瘦小，脖子上戴着金链子，身穿花衬衣，脚踩椰子鞋，打扮得油头粉面，一脸生意人的油滑。

“哎，能抽烟吗？”他笑着拿出一包中华。

“抽吧。”那海涛让书记员拿来烟灰缸。

“您也来一支？”秘大伟冲那海涛示好，被他拒绝。

“那什么……我可以让我的律师来吗？”秘大伟问。

“我刚才已经说过了，这不是对你采取强制措施，是做询问。你现在的身份，是证人。”那海涛解释。

“哦，哦。证人啊。”秘大伟赶忙点头，“嗯……我明白了。”秘大伟笑。

“明白什么了？”那海涛问。

“又是找我问那些明星的事儿吧？嗐……”秘大伟摆了摆手，“我实话实说啊，他们干什么事儿，我是真不知道。您肯定知道，现在演艺圈管得特严。要拍戏，先签协议，别说沾黄赌毒的了，就是吹牛逼也不行啊。要是真出了问题影响剧组了，拿多少定金都得退回来。我们这叫自律。所以您说，现在干影视风险多大啊，有句话怎么说来着……对，叫逆风而行，我们这么努力，还不是为了丰富广大人民群众的精神文化生活吗？”他挺能侃。

“我们找你，不是为这事儿。”那海涛说。

“那是……哦，那就是 P2P 的事儿？哼，现在都崩盘了，我也不做了。没什么可说的。”他摇头。

“你有多少事儿啊？”那海涛看着秘大伟。

“呵，呵呵……”他笑了，“我什么事儿都没有，合法公民一个，做买卖照章纳税，做人本本分分。”秘大伟笑。

“听说你有个外号，叫鼹鼠？”那海涛问。

“哼……都是那帮孙子羡慕嫉妒恨。”秘大伟撇嘴。

“怎么被起了这个名儿？”

“他们说我躲着啊，不露面儿呗。”秘大伟抽了一口烟。

“干吗躲着？”

“唉……”秘大伟叹气，“我知道，你们找我，肯定有事儿。我也不遮着瞒着，我承认，以前是被处理过。那时年轻啊，混社会，觉得那东西好玩儿，就沾上了。但出来以后，我没再碰过。我不能像那帮孙子一样把一辈子都毁了。警官，你知道吗？根据戒毒所的追踪，百分之六十九的人出去都得复吸。为什么啊？就是因为有那个生活圈子。所以我啊，远离了，遁了，谁也不见，他们就叫我‘鼹鼠’。这几年，我生意做起来了，有了点儿钱，以前那帮人啊，就看我眼红。他们没少在背后捅我刀子，说我钱来得不明不白，干的是非法生意。工商税务也没少查我。但最后证明呢，我是清白的啊，干净的。”他挺能说。

那海涛看着他，知道他是个老油条。他虽然说的大多属实，但九真一假，把关键的问题藏着。那海涛直来直去：“我跟你直说，今天找你，是希望你给我们提供线索。”

“哼，我就说吧，还是那些事……”秘大伟摇头，“我说了，真不知道，除了拍戏，我跟他们没关系。”

“黑娃儿你认识吗？”那海涛问。

秘大伟一愣，手抖了一下，烟灰掉在桌子上。他赶忙胡噜：“谁啊？没听说过啊。”他避开眼神。

“黑娃儿被我们抓了，说认识你。”那海涛说。

“他……是胡说。”秘大伟抬起头，直视那海涛的眼神。

“那你认识他吗？”那海涛与他对视。

“我……认识，认识。”秘大伟笑了，“刚才猛一说，没想起来。”他眼珠乱转。

“跟他什么关系？”那海涛问。

“没关系，就是认识。”秘大伟答。

“你最近还跟他接触过。”那海涛说。

“哦，是。通过几次电话。”秘大伟说。

“说了什么？”那海涛问。

“哎，警官，我能提个问题吗？你们今天，到底是询问我，拿我当证人，还是审查我，要抓我？”秘大伟问。

“我说过了，你现在的身份还是证人。”那海涛回答。

“还是证人？什么意思？我犯事儿了？”秘大伟语气强硬起来。

那海涛看着他，笑了一下：“暂时没有。”

“嗯，那好。那是不是意味着，我可以配合，也可以不配合？”秘大伟说。

“作为中华人民共和国的公民，你有做证的义务。”那海涛说。

“但根据法律规定，也有拒绝做证的权利。对吗？”秘大伟反问。

那海涛知道他是个老炮儿，也不能否认。

“而且，我已经不是中华人民共和国的公民了，我移民了。我现在拿的是巴布亚新几内亚的护照。”秘大伟笑。

“秘大伟，我们调查的事情与你无关。只要你能配合，我们会保守秘密。”那海涛解释。

“警官，我知道黑娃儿折了。这孙子找过我，想从我那探听消息。但说实话，我什么都没告诉他，而且还一直躲着他。我知道他是干什么的，他玩得太悬了，早晚会走到这一步，被你们拿下。我说过，我已经远离江湖了，这帮孙子的事儿我不会再管了。”

“他说你认识一个人，近期从南方来到了海城。”那海涛点他。

“哼，第一，我不认识；第二，就算我认识，我也不会告诉他。我可不想蹚那些浑水，现在对我来说，最重要的就是两个字儿，安全。我告诉您，这是黑娃儿在往我身上泼脏水，想拉我下马。哼，姥姥的，凭什么啊？看我过得不错，羡慕嫉妒恨啊。”秘大伟说着站起来，“警官，我什么都不知道，一会儿还有事儿，能先走一步吗？”

那海涛停顿了一下，知道继续问会适得其反，于是点点头，“好，既然你有事，那可以先行离开。但我要提醒你，今天我们找你问的情况，你要严格保密。要是乱说，影响了我们办案，你要承担法律责任。”那海涛提醒。

“当然，我当然会守口如瓶。同时，我也希望你们对此保密。要是让我的合作者知道我进过局子，那我可是有口说不清了。”秘大伟也提醒。

那海涛送他出了市局，看他开着路虎离开。秘大伟确实人如其名，像个鼹鼠一样地遇事就躲。那海涛不是没本事拿下他，而是怕在现阶段说得多了，会暴露警方的底牌。他向郭局进行了汇报，郭局指示，一方面要继续做秘大伟的工作，争取到他的配合；另一方面，则要开辟其他的渠道，尽快获取阿袁的线索。

抉择

灰色的海城市喧嚣熙攘，拥挤的人群川流不息。谭彦驻足在街头，静静地听着一首歌。歌中唱道：会有一个早已删了却不会忘的号码，永远不会再打，但永远都会记得她，这到底算不算放下；早就过了看着一切都会愤怒的年纪，默默看着时间，带着所有湍急而下，这样子是不是老了……

谭彦默默地望着远方，看着城市的灯火渐渐点亮。他没想到百合会去找季敏。在一个小时前，季敏打来了电话。

“我觉得她是个好女孩，你该选择她。”季敏说。

“我和她不是你想象的关系。”谭彦解释。

“我们已经结束了，你需要新的开始。”季敏说。

“我知道自己该怎么做。”谭彦说。

“生活总要继续，不是吗？”季敏叹气，“你知道吗？我今天收到十年前的信了。”

“信？什么信？”谭彦不解。

“十年前，我们在那个时光邮局寄给未来的信，忘了吗？”季敏问。

谭彦回忆起来了。那是他和季敏刚结婚两年的时候，两人到海城 897 艺术区玩，在一个叫“时光邮局”小店写下的信。那个“时光邮局”的年轻店主向他们承诺，会按照指定的时间将信发给未来的他们。谭彦对此并不相信，认为店主只是在故弄玄虚。发给未来？到时候这个店在不在都是问题。但季敏却很感性，于是她便写下一封信。信是这样写的："致我和我的爱人谭彦，十年后的我们会变成什么样呢？我们会不会有了一个可爱的小宝宝，他是男孩还是女孩呢？像爸爸还是像妈妈？我们还会住在现在的地方吗？还会一起携手听音乐会，看话剧，看电影吗？我们会不会已经结束了朝九晚五的生活，过上了理想的日子？会不会……"季敏的这封信写得很长，字里行间都是对未来的憧憬。最后，她许下了一个心愿，"我想，收到这封信的时候，我们一定还会和现在一样地相爱。祝福未来，祝福未来的我们。"

季敏在念这封信的时候，哽咽了。谭彦一言不发，眼泪也在眼眶里打转。十年前的他们高估了自己，低估了岁月。如今物是人非，再也回不到过去。季敏告诉谭彦，前段时间，老孟到家里来吃饭了，挠挠对他说不上喜欢或是讨厌。老孟很普通，和自己做着一样的工作，职位不高，薪金微薄，但对她很好，也喜欢挠挠。季敏现在才觉得，人这一辈子安安稳稳的挺好，她已经厌倦了孤独，期待的就是晚上回家能有个人陪伴。老孟很能干，会做饭，会缝纫，还能给挠挠修玩具。有次外出郊游，他还意外地陪挠挠出去踩水。他可能是在模仿动画片《小猪佩奇》的猪爸爸，挠挠与他的关系也因此升温。

谭彦听不下去了，打断季敏，问她为什么要说这些。

季敏告诉谭彦，自己说这些的目的，就是希望他能认清现在的情况，他已经不再属于这个家，需要新的开始。

谭彦在结束通话前，让季敏把老孟的身份证号码告诉自己。就算违反纪律，谭彦也想帮季敏查查他的底细。但季敏却拒绝了他的好意。季敏告诉他，从离婚那天自己就发誓，从此要自己面对生活中的难题。季敏挂断了电话，谭彦默默无语。

谭彦走进跆拳道训练馆，没有打招呼，默默地看着训练场上的百合。百合穿着一身雪白的道服，正在和一个男陪练在练习对抗。她身手敏捷，体态优美，灵动地舒展着身姿，几下便将那个陪练击倒。谭彦默默地看着，刚要离开，不料却被百合发现了。

"'谭荣誉'。"她几步跑到谭彦身旁，"你……怎么来了？"她红扑扑的脸上布满汗水。

谭彦看着百合，"我……"他不知从何说起。

"我……去找过季敏了。"百合说。

"为什么去找她？"谭彦问。

"你别误会，我不是想刺激她。我只是想……"百合犹豫着，"更加了解你。"

"哼……"谭彦苦笑，"你很难了解我，到现在，我都不了解自己。"他摇头。

"但她很了解你。"百合说，"她告诉我，你喜欢穿红色或黑色的衣服；吃饭的时候不喜欢说话；睡觉的时候会先听一会儿音乐；外出旅游很有计划性，会先定下每天的路线；写作的时候不能有人打扰，不然会发很大的脾气；如果你给我讲故事，千万不要打断，只要赞赏就行，你需要的只是一个倾听者……"

"哼……"谭彦摇头。

"她说了，你们分开没有谁对谁错，只是因为感情破裂。她也希望你能……重新开始。"百合说。

"重新开始？我和你吗？"谭彦看着百合。

"不可以吗？"百合反问。

"你为什么喜欢我？因为我书上写的那些？那都是骗人的。"谭彦苦笑。

"我没信书上那些，我已经二十四岁了，不是个小孩了。我喜欢你，是因为你的勇气。"百合勇敢地说。

谭彦看着她，觉得那表情似曾相识，想了想竟有些像十二年前的季敏。当时他们两个仅仅相恋了三个月便定了终身大事。他们都相信一见钟情，却没想到如今会走到这一步。

"你太感性了。"谭彦不禁说。

"感情难道不需要感性吗？如果喜欢谁都需要理性地判断，那不是很可怕吗？"百合说。

谭彦知道，面前这个白羊座的傲娇女孩，是不会被轻易说服的。他没再说话，转头就走。

百合在他后面大喊："无论如何，你都要有让生活重新开始的勇气，不是吗？勇敢点，做真实的自己，不好吗？"

谭彦停住了脚步，却并没有说话。百合的这句话像一把剑，直插进他的心底。他在默默自问，自己真的有让生活重新开始的勇气吗？现在的自己是真实的自己吗？自己是那个别人眼中无愧于心的特警英雄吗？谭彦无言以对。他加快了脚步，离开了训练馆。百合看着他的背影，泪流满面。

人与人之间,如果只有爱该多好。为什么要相互伤害呢？在夜晚的街头，谭彦写了一首歌，歌的名字叫"岁月无恙"，歌中唱道：

都说岁月有多漫长，都说青春有多迷惘，
我们一路匆匆走过，不过这样；
也曾贪恋甜腻时光，也曾感叹聚散匆忙，
听过潮水般的掌声，湿了眼眶。
这样一点点地长大，这样一天天地奔忙，
以为幸福唾手可得，却起伏跌宕；
也曾对酒当歌寂寞，也曾顾影自怜疯狂。
站在喧嚣后的舞台，看一切散场。
依然是在路上，行走在这个大街小巷，
繁华灯火阑珊之中，看清谁的模样，
有人雪中送炭相帮，有人危难时刻撤场，
几次泪光打湿衣衫，却强了胸膛；
依然是在路上，行走在这个大街小巷，
每个风光明媚背后，都是百转千回，
有人聚光灯下伫立，有人唏嘘命运不济，
其实你若不伤，岁月无恙。

谭彦始终被彷徨和焦虑折磨着，那颗隐藏在一等功奖章背后的弹头，撕裂着他的生活。第二天上午，按照“每月一课”的计划，他要给特警大队的全体成员上党课。他本来做好了充足的准备，想从“忠诚，尽职，勇敢，奉献”入手，借助若干事例讲解如何在新形势下做好特警工作，但没想到刚做了开场白，就说不下去了。廖樊以为他病了，就结束了授课，把他送回到办公室。谭彦刚回到办公室，特警们就接踵而来。刘浪、小吕、王宝，他们送来药品、水果和问候。但他们越是对谭彦好，谭彦的心里就越难受。

谭彦被大家当病人看待，没想到就真病了。他发起了低烧，在宿舍昏昏沉沉地睡了一天，直到晚上才有所好转。谭彦回到办公室里，默默地想着百合说过的话，他觉得自己应该选择勇敢，做回真实，无愧于心。他摘掉了作战服上那个“猪爸爸”的徽章，又从奖章盒里取出那枚子弹，一起放在口袋里。他刚要往外走，却碰上了给他送晚餐的马叔。马叔把一碗面条放在桌上，宽慰他别有那么大的压力。

“马叔，我觉得很累，真的，很累。”谭彦从没说过如此脆弱的话。

“我懂。为荣誉所累，为名声所累，能力越大，就责任越大。”马叔点头。

“不是，不仅这些……”谭彦摇头，“您说过，我早晚会离开这里。我觉得，我已经干不下去了。”

“为什么？因为辛苦吗？”

“不，因为他们太信任我。我压力很大。”谭彦说。

“是啊，信任有时是很可怕的东西，让你不知不觉变得不再像自己。”马叔说得很有哲理。

谭彦看着马叔。“也许这条路我从开始就选错了，我不该那么拼命，那么努力，一味地往上走。也许做个普通人也没那么不好，平平淡淡才是真的生活。”他想起了季敏的话。

“哼……”马叔摇头，“每个人一辈子只有一条路，迈出脚步就不要说后悔。命运是弱者的借口，运势是强者的谦辞。所谓的平平淡淡，只是忍辱负重罢了。”

谭彦看着马叔，心潮起伏。“您知道吗？我因为过于看重工作而失去了家庭。是，我是得到了很多，地位，名誉，但我失去的更多。这样，算是成功吗？”谭彦问。

“你要相信，失去的都是不属于你的。拥有的，别人却都夺不走。是，咱们的传统文化总说淡泊名利，但事实上呢？哪一个成功者不是在追名逐利？我倒不觉得追名逐利有什么不好，这才是真实的社会。那些口口声声说淡泊名利的人，或是被能力所限，吃不到葡萄说葡萄酸，或是别有用心，设计误导。谭彦，我要是你就不会去犹豫，宁愿做过了后悔，也不要错过了后悔。世界上本来就没有悲剧和喜剧之分，成功和失败只在于你自己的内心判断。”马叔看着谭彦的眼睛。

谭彦愣住了：“马叔……你……真不像个管食堂的。”

“哼，我本来也不是个管食堂的。”马叔也笑了。

“那你是干什么的？”谭彦问。

“我是海城市公安局的特警啊。”马叔回答。

两个人都笑了。

“谢谢您，给了我指引。”谭彦诚恳地说。

“听我一句劝，不要放弃对权力的追逐。追名逐利，是为了做更多自己想做的事，帮助更多要去帮助的人。到达更高的层次，才能接近自己的理想，实现人生价值。而一旦放弃，你失去的就不仅是现在的一切，还会因为退缩而后悔。”马叔又说。

“嗯，我是第一次听到有人这么赤裸裸地赞美权力。”谭彦说。

“哼，可能听着刺耳，但这是事实啊。拥有权力的时候，你的出行才叫轻车简从；开会的时候你可以最后一个到，大家都会等着你；结束的时候你可以第一个走，大家都会送你；所有的公共资源都可以为你所用，你不必担心物价的上涨、资源的缺乏；你不必考虑别人的心情感受，不必关注别人的脸色；你可以选择是否去参加应酬，是否要进行表态；你甚至可以决定别人的前途和命运；所有人都以认识你为荣。这些，都是不争的事实啊。当然，前提是你必须德位相配。”马叔一口气说完。

“呵呵，您这是在给我洗脑啊。”谭彦笑。

“我是不想让你放弃。记住，做了就不要后悔，一后悔就输了。追名逐利的目的，不仅是为了荣誉和权力，更重要的是，要实现你自己的理想和抱负。行了，这么晚了，不打扰了。”马叔说着就离开了房间。

谭彦伫立在原地，默默地想着马叔刚才的一席话。他犹豫了良久，从口袋里拿出了弹头，放回到奖章盒里。他决定，一切都等省厅那场报告会结束之后再说。他不能因此而放弃自己人生中这重大的机遇。也许马叔说得对，追名逐利本就没有错，只有获得了荣誉和权力，才能实现自己的理想和抱负。他不能让那颗子弹毁了自己的一切。谭彦相信，自己会用一个更为周全的方式，解决面前的困境。

整整一天，谭彦都窝在办公室里。他在电脑前不停敲击着键盘，反复推敲着省厅报告会的稿件。窗外王宝的枪声在一下一下地作响，谭彦却早已习惯了，这成了他写稿的节奏。这次便携音响里放的不再是霍尔斯特的《行星组曲》，取而代之的是贝多芬的《命运交响曲》。1804 年，贝多芬开始构思动笔，他那时已经写下了“海利根施塔特遗嘱”，耳聋已经不可治愈，恋人离他而去，那是他人生中最艰难的一段岁月，但他没有被接连不断的厄运击倒，反而开始了一段创作高潮，重新审视自己生命的意义。音乐带给谭彦思路和灵感，更给他带来勇气。他觉得自己此刻和贝多芬当年一样，经历了人生中的起承转合、跌宕起伏，无论面前有多少艰难险阻，总会峰回路转，迎来转机。

他没在演讲稿中夸夸其谈，说那些高大上的词语和震撼的排比句，更没刻意将自己树立成铁血硬汉的形象。也许在别人眼里，他是特警的代表，是击毙毒枭的英雄，所以演讲稿就理应铿锵作响。但谭彦知道，要想让这次演讲成功，就必须有不同之处。他是这方面的高手，高手做事总会另辟蹊径、反其道而行之。虽然省厅这次搞的只是报告会，并非比赛，但谭彦明白，只要大于一个人，就会产生竞争。听众的感受直接影响着宣传的效果。论奉献，自己无法与一生扎根边远派出所的老霍相比；论牺牲，自己也比不过在排爆中光荣负伤的断臂小赵；论忠诚，十年内抓获百余名凶犯的刑侦尖兵老孙一马当先；论创新，自己也处于大数据专家小李的下风。所以他要找准一个“点”，让这个“点”与众不同。这个“点”就是平凡。他不会让这次演讲那么咄咄逼人，让人觉得有压迫感，他要用一种随风潜入夜、润物细无声的方式，娓娓道来地讲述一个“字警”融入特警这个火热集体的故事。他要让听故事的人如沐春风，感同身受，他要给自己一个平凡的“人设”。他要打破那个所谓“一手拿枪，一手拿笔”的前期形象，让自己成为广大普通民警的代言人。这，才有胜算。

谭彦随着贝多芬的“命运”奋笔疾书。在“第一乐章”，他用“明亮的快板”和“四二拍的奏鸣曲式”，讲述了自己从政工部门到特警任职的初期感受，这段讲述言简意赅，却变化跳跃。政工思维与特警工作的碰撞、磨合甚至对抗都处处显现，自己的执拗、坚持也充盈其间。之后“第二乐章”开始活跃的“行板”“双重主题的变奏”，讲述了自己和廖樊不同的理念，“旋律、节奏、和旋、走向”与“忠诚、尽职、勇敢、奉献”交相辉映，“单兵是尖刀，整合是拳头”的理念凸显其间。之后紧接奏鸣曲式的快板，面对凶险罪恶的贩毒团伙，特警队员们冲锋陷阵勇往直前，一个个画面跃动、直接。谭彦边写着，脑海里边浮现出一片波涛汹涌的大海，他离开了键盘，离开了书桌，在便携音响前随着“命运”的高潮挥动着双手，他被自己的文字感动了，觉得自己像被贝多芬“附体”。他觉得，自己和贝多芬虽然相隔两百年的时光，但心灵却是相通的。他能听懂“命运”里写的是什么，也能感受到那种呐喊的力量。音调在上升，音域在扩大，音量在加强，谭彦最终用一句名言完成了整个演讲稿的结尾。“一个深刻的灵魂，即使痛苦，也是美的出处。”他知道，这个演讲稿成了，不但举重若轻、四两拨千斤，还感人至深、余音绕梁。这时，王宝的射击声停下了，谭彦走到窗旁，看利剑突击队的队员似乎在集合。他关上了音响，走了出去。

绑架

廖樊正带着刘浪、小吕等十多个队员往停车场走。他们拿着枪械，却穿着便衣。

谭彦跟了上来。“什么事儿？”他问。

“没什么大事，预谋绑架。”廖樊说。

“怎么没通知我？”谭彦不悦。

“你不病了吗？再说，马上就要到省厅参加报告会了，写稿重要。”廖樊说。

“放屁，我是特警大队的政委，写稿有任务重要？”谭彦反问。

“嘿……”廖樊笑了，“我说你，怎么现在满嘴粗话啊？”

“跟你学的，入乡随俗。”谭彦也笑，“加我一个。我‘彬’得太久了，浑身发皱，得活动活动。”

“哎，你知道这个预谋绑架的报案人是谁吗？”廖樊问。

“谁？”谭彦问。

“秘大伟。”廖樊说。

“哦，就是那海涛没拿下的那位？”

“对，就是他。这次主动找咱们救命来了。”廖樊摇头。

在刑侦大队，两个人见到了秘大伟。秦队已经给他做完了笔录，他坐在桌旁垂头丧气。谭彦听那海涛说过他，这小子外号“鼹鼠”，为人油滑、遇事就躲。但他在社会上，却行为高调，做事招摇，出门驾驶一辆路虎，身边美女如云，常出入豪华场所，俨然是个成功人士。谭彦知道，真正的成功人士，反而行为低调、锦衣夜行，怕被人盯上。而像他这样的，往往都是在拉大旗扯虎皮，以忽悠别人为目的。谭彦问了秦队，果不其然，秘大伟的主营业务是 P2P 和民间借贷，估计他名下的那个影视公司，也是为了洗钱而建的。但他却没料到，自己这么玩命忽悠，不但没能引来滚滚财源，反而惹祸上身，让一帮绑架的给盯上了。

“你怎么发现被人盯上的？”谭彦问他。

“我这几天开车，总感觉有人在跟着我。刚开始是一辆灰色的车，尾号是 99，后来这辆车不跟了吧，又换了一辆黑色的车。刚开始还没注意，昨天一看，嘿，黑车的尾号也是 99。”秘大伟咋咋呼呼地说。

“跟踪你的人有几个，什么体貌特征？”谭彦问。

“起码有两个人，两个男的，但具体长什么样儿，没看清。”秘大伟一摇头，脖子上的金链子哗哗直响。

“两辆车的完整车号你有吗？”

“有。我都拿行车记录仪给录下来了，车牌能看清，里面的人影儿虽然模糊，但能看个大概。”他还挺机灵。

“你有什么仇家吗？”廖樊开了口。

“仇家？”秘大伟转了转眼珠，“要说那种深仇大恨的，没有……但是……”他犹豫着。

“直说。”廖樊有些不耐烦。

“哦，要说跟我有经济上纠纷的，那就大有人在了。”秘大伟吐了口。

谭彦在旁边听着，心里暗笑，估摸着眼前这孙子，没少在社会上坑蒙拐骗。

“有经济纠纷的一共有多少人？”廖樊问。

“得有个……百八……十？”秘大伟算着。

“百八十人？”廖樊皱眉。

“嗐……我弄了几个项目，帮一些人借款、融资，后来项目出了问题，这帮人就没结没完的……”秘大伟摇头。

廖樊知道这人不实在，就站起身来，叫过秦队单聊。这次任务的主责在刑侦大队，利剑突击队只是前来协助，秦队对两人很客气。在会议室里，他们开起了小会。按照秘大伟行车记录仪上的显示，涉案的两辆车，一共挂了四副不同的车牌。经过在交管局的车辆系统里查询，四副车牌均为伪造。同时经过对几个号牌的行车轨迹监测，发现这两辆车确实在很长一段时间都在跟踪着秘大伟。但由于行车记录仪的影像不十分清晰，尚无法掌握跟踪人的体貌特征。但从远景查看，起码在两人之上，且均为男性。

“在秘大伟的车上发现什么了吗？”廖樊问。

“在奔驰车的底部发现了一个跟踪器。我们已经交给了技术部门进行了反查，对方的信号还在本市移动。”秦队说。

“他到你们这报警，没被发现吧？”廖樊问。

“应该没有。这个秘大伟也很机警，平时只在外出谈生意的时候才驾驶这辆奔驰车，到我们这报案是打车来的。”秦队回答。

“嗯，这样说可以确定，这不是一起由于经济纠纷造成的追债行为，而是有计划、有目的的预谋绑架。”廖樊说。

“是的。”秦队点头。

谭彦在旁边听着，不禁问：“那直接抓捕不就行了？”

廖樊侧目看了看谭彦，笑了笑。“要是那么容易，还叫咱们来干吗啊？”

“是的。请你们来配合，不但是要抓获秘大伟所举报的‘预谋抢劫’嫌疑人，还要借此机会打掉他们后面的团伙。”秦队说。

“后面的团伙？”谭彦不解。

“您看这里。”秦队说着起身，打开了投影。投影上放出了一张人员关系图，“去年十月，本市的富商曹强遭到绑架，绑匪向其家属勒索赎金一百万元，家属没敢报警，支付了赎金，最后造成绑匪将曹强撕票；今年二月春节前，本市商人张鹰也遭到绑架，但在过程中奋力抵抗，撞开车门逃跑，据张鹰称，绑匪一共有四人，襄城口音，驾驶车辆为黑色大众。还有上个月……"

谭彦看着投影，这才明白，看来这起"预谋绑架"的背后，应该是一个绑架团伙。刑警找他们来配合的目的，就是要借此机会一举端掉这个团伙。

待秦队讲述完毕，谭彦点头："明白了。"

"现在需要我们做什么？"廖樊问。

"需要先引蛇出洞，再顺藤摸瓜。"秦队笑。

行动方案由刑侦和特警共同制定。首先，要让秘大伟按照正常生活作息，继续吸引绑匪的注意力，将他们"引蛇出洞"。在确定嫌疑人的车辆之后，进行反跟踪，最后"顺藤摸瓜"获取嫌疑人的盘踞地，予以"全歼"。但方案一出，秘大伟却打了退堂鼓，他死活也不开那辆奔驰车了。

"警官，我可不能冒险了。哦，我不是为自己啊，我不是那种尿人。我是……为了那帮投资人，对，投资人。"秘大伟解释着，"你说我要是出了什么意外，他们的钱不是打水漂了吗？"

"你就是不出意外，他们的投资也悬。"廖樊看着他就没好气。

"嘿，您这话说的。"秘大伟没话了。

"那……"秦队看了看廖樊，"我觉得当务之急，是找一个和他长得像的。咱们的计划得尽快实施，不然时间一久，怕会生变。"

"嗯。"廖樊点头。但廖樊和秦队把参与行动的刑警和特警捋了一遍，也没找出和他相像的。秘大伟长期夜生活，黑白颠倒，身材消瘦，眼圈发黑。警队的小伙子们都虎背熊腰，"小白杨"一般的笔挺，与他大相径庭。找来找去，谭彦突然发了声。

"哎，我来吧。"

廖樊和秦队一看，还真别说，谭彦还真与这位有几分相像。谭彦长得瘦弱，身材不高，近期生病熬夜，眼圈发黑，连头发长短也与秘大伟近似。但廖樊却摇摇头。

"不行不行，你可不行。"

"嘿，我怎么不行啊？我不是特警啊？"谭彦反问。

"你……还得去省厅参加报告会呢。"廖樊找借口。

"那还好几天呢，先办完正事再说。"谭彦态度坚决，"哎，你，跟我说说你每天都干些什么。"谭彦把秘大伟叫了过来。

廖樊叹了口气，没再阻止。他也知道谭彦的脾气，在关键问题上说一不二。谭彦远不像表面看着那样柔弱，他是个地地道道的绵里针。

行动当日，谭彦在秘大伟的家里，换上了一套他的行头。大金链子，花衬衣，缩腿裤子，椰子鞋，再喷点儿发蜡梳个造型。谭彦往奔驰里一坐，还真与秘大伟真假难辨。廖樊把电台递给他，让他随时通报方位，在行车过程中，刘浪和小吕会紧随其后。在上车时，廖樊又递给他一把"92"，以备不时之需。

谭彦做好准备，上午十点半开着奔驰上了路。他先到一个饭店跟美女吃饭，再饶有兴致地陪着那个美女到商场逛街。直到下午三点，才又转到别的饭局。过了晚上七点，又约了那个美女一起去夜店，直到凌晨一点才回家。这种生活应该算是纸醉金迷了吧，但谭彦却觉得异常难受。他最害怕的就是浪费时间，做无意义的消遣，况且这是执行任务，时刻都得紧绷着。刘浪和小吕也不轻松，他们在廖樊的指挥下，在行车时不断变换位置，观察动向；在谭彦和美女约会时，还得紧随其后，不停更换服装。要说高兴的，就只能说是百合了。她的任务就是扮演美女。她好久没吃饭逛街了，更何况是和谭彦一起吃饭逛街。为了工作需要，她与谭彦要勾肩搭背，甚至耳鬓厮磨，但她的表现却有点过，弄得刘浪和小吕都不好意思看了。谭彦也觉得不对，告诉她做戏不能做过，过了就会穿帮。现在两人扮演的是老板和小蜜，不是亲密的情侣。百合无奈只得稍作降级，但依旧是一副奔着谈婚论嫁去的样子。一连两天，两人都如胶似漆，但绑匪却迟迟没有出现。

傍晚，在逛第三个商场的时候，谭彦觉得有点不对。他问百合，男人陪女人逛街，是不是都得由着女人的性子走？百合也恍然大悟，觉得这两天的戏都做反了。于是她便主导起了逛街任务。她走进一个名牌服饰店，打量着一套连衣裙。连衣裙是白色的，上面点缀着许多金光闪闪的亮片。

“这个好看吗？”她转头问谭彦。

“这个……还行，但是估计你穿上显胖。”谭彦说。

“那我试试，行吗？”百合说。

“咱们执行任务呢。”谭彦小声说。

“这样才真实啊。”百合说。

谭彦无奈地点头，百合就小跑着去了更衣室，衣服一换上，谭彦就愣住了。百合一袭白衣，站在穿衣镜前亭亭玉立、青春逼人。谭彦看着她的背影，不料百合正透过镜子看他。谭彦赶忙转开视线。

“显胖吗？”百合问。

“还行，挺好的。”谭彦说。

百合笑了笑，在镜子前转了两圈。“要是按照咱俩的人设，现在我应该缠着你付款。”百合笑。

“为什么啊？”谭彦问。

“因为你是老板，我是小蜜啊，电视里都这么演的。”百合说。

“那是瞎编的。现实生活中的老板往往都不傻，都在花小钱去骗财骗色。”谭彦笑。

“哦……这样啊。”百合显得沮丧。她抬手看了看裙摆上的价签，吐了吐舌头，去更衣室换了下来。

离开服饰店，两人准备找个地方吃午饭。谭彦的步速慢了下来，看来逛街一点不比训练轻松。但百合却还是蹦蹦跳跳的，越发脱离了“人设”。

“‘谭荣誉’，你说，我和你……会不会真的有那么一天？”百合试探地问。

“哎，叫秘总。”谭彦提醒，“什么啊？哪一天啊？”

“我是说，就这样，简简单单的，逛街，吃饭。”百合问。

“现在不就这样吗？”谭彦反问。

“现在是假的，我想要真的。”百合说。

“哼，当警察的，除了执行任务，哪有时间逛街吃饭啊？等真有时间了，估计就快退休了。”谭彦说。

“退休了也行啊，逛逛菜市场，吃点快餐，也挺好啊。哎，你别怕我啊，我又不是泰格和雷欧。”百合看着谭彦。

谭彦停住了脚步，叹了口气，他朝后看了看，见刘浪和小吕没跟上来，才直面百合。“你知道吗？我们相差十二岁，这是什么概念？”

“这有什么问题吗？这么年轻你就觉得自己老了？”百合反问。

谭彦也觉得这个理由牵强，但一时又找不到其他的理由。在百合面前，他总是觉得自己理屈词穷，一点不像那个混迹警界多年的老江湖。

“我是认真的，早就想好了。我不在乎你之前的生活，我只希望以后能和你在一起。”百合又玩起了特正式的告白。

谭彦用手擦汗,弄得脖子上的金链子直响。他觉得自己这几天对付百合，远比对付绑匪还要艰难。正在这时，他的裤兜突然振动起来。他冲百合使了个眼色，左顾右盼了一会儿，看没有什么异常，接通了手机。廖樊在电话里通报，那辆尾号 99 的黑色大众轿车，出现在商场楼下了。

“现在怎么办？下楼吗？”谭彦问。

“不着急，你到一层找个地方吃饭，晚一些再去开车。他们一共来了四个人，车紧靠奔驰停的。看来他们是奔着动手来的。”廖樊说。

“那下一步怎么做？”谭彦问。

“下一步你正常上车，尽快回到秘大伟的住处。我们盯着他，找窝点。”廖樊说。

“明白。”谭彦挂断了电话。

百合看他有些紧张，连忙问:“现在的任务是什么？”

“吃饭。”谭彦苦笑。

爱情

饿着肚子逛了一天，但任务当前，两人却都没什么食欲。秦队已经安排好了四组行动车辆，每辆车都有特警协助，保证火力支援。同时廖樊继刘浪和小吕驾驶的两辆车外，又调来了两辆车，以随时应对突发事件。一切都安排妥当，只等行动开始。

谭彦和百合在商场一层的西餐厅吃完饭，缓步走到了门前。夜幕降临，停车场漆黑一片。奔驰车就停在距商场门前五十米的位置。谭彦搂着百合，装作说着甜言蜜语，实则在观察着周围的情况。果不其然，一辆尾号为99的黑色大众车，就紧贴着停在奔驰左侧。而停车场的另一处，有两个人看似在闲聊，实则在望着这里。

“你先走，我上车。”谭彦跟百合说。

“我不走，我要跟你一起上车。”百合回答。

“不行，太危险了。”谭彦说。

“所以我才要保护你啊。”百合自信地说。

“你……”谭彦一时语塞。他知道，自己的战斗力确实没百合强。

“这次听我的，我一个人开车，他们会放松警惕。”谭彦找了个理由。

“不行，我得跟你去。”百合挺执拗。

谭彦想起了廖樊对特警们的形容，一个比一个拧，一点没错。“百合，听我的命令。”谭彦正色起来，他眼珠一转，突然对百合大喊：“我跟你就是玩玩，怎么了？”

百合愣住了，没弄懂谭彦的台词。

“我跟你说了多少次了，我们不合适。在一起也就是逢场作戏，你干吗啊？没结没完的，还真以为我要娶你啊？”谭彦说。

“你……你什么意思啊？”百合语塞。

“没什么意思，我告诉你，你配不上我秘大伟，你给我滚！”谭彦一把推开百合。

百合这才明白过来，但脸色却依然不好看。“你……”她指着谭彦，不知道下面的戏该怎么演。

“我告诉你，别跟着我！”谭彦指着百合的鼻子说，然后一转身就向着奔驰车走去。百合知道自己中了计，但为时已晚，现在再追过去，就太假了。

“哎，你……”她本来想说注意安全，但话到一半，又咽了回去。

谭彦一边走着，一边用余光观察。那两个人说了句什么，随即上了一辆金色的丰田轿车。谭彦晃晃悠悠上了奔驰车，透过车窗向左侧望去，大众车里也坐着两个人。谭彦将车开出停车场，保持着匀速。那两辆车也跟得不急不缓。谭彦知道，此刻廖樊和秦队都在密切关注着动向，几组队员就在周围。

“老谭，你直接回秘大伟家，剩下的工作我们来做。”廖樊在电台里提醒着。

“收到。”谭彦应答。

时间分秒逝去，距离目的地越来越近，再过一个路口就是秘大伟的家了。谭彦边开车边思索，渐渐有了自己的打算。他没在路口转弯，奔向秘大伟家，而是继续向前行驶。

“老谭，什么情况？”廖樊在电台里问。

“他们今天跟得不紧，看来没想动手。”谭彦说。

“是啊，所以我们来反跟踪啊。”廖樊说。

“我觉得这个计划不行，他们两辆车，你们怎么跟？弄不好会打草惊蛇。”谭彦说。

“你什么意思？”廖樊问。

“哼，不入虎穴焉得虎子。来的时候，秦队在这辆奔驰上放了跟踪器，你们跟好位置，可别丢了。”谭彦说。

廖樊明白了他的意思。“不行！你别跟我开玩笑，绝对不行！”

“哼，我跟你都是正职，你凭什么命令我？我告诉你廖樊，我就烦你那句话,什么我是你的政委。你给我敏着点儿,锐着点儿。记住了,别跟丢了！”谭彦说着就摘下电台的耳麦，关上了电台。他摸出手枪，和电台一起放在副驾驶的脚垫下。他加快了车速，奔着前方的黑夜驶了过去。

廖樊急了，赶忙通报秦队。但为时已晚，谭彦已经驾驶奔驰车离开了规定路线，整个行动进入了他的计划中。眼看车驶入了海城东郊，路上的行人越来越少，廖樊和秦队怕绑匪发现，只得命令队员们放缓车速、拉开距离。秦队让技术员启动了跟踪系统，上面出现了谭彦的位置。大家都为他捏了把汗。

不一会儿，车行到了东郊的一片荒野。谭彦觉得车不多了，就放缓了车速。他驶离高速，开到一旁的便道上。这里没有监控，也没有行人。他停住了车，走下来佯装在路旁方便。这时，那辆金色的丰田急停在他的车后。从车里走出来两个人，一高一矮。谭彦用余光看着，年龄在四十岁左右。

“哎，哥们，借个火啊。”那个高个儿说。

“哎，等会儿，没看我正撒尿呢吗？”谭彦装不耐烦。

两个人走近他，看他提上裤子。说时迟那时快，一把刀就架在谭彦脖子上。

“别动，敢喊就要你的命。”高个儿男子压声说。

谭彦浑身一颤，一副被吓坏的样子。“大哥，别动手，有什么好好说。”

“别废话，上车！”高个儿男子一拽他胳膊，后面的矮个儿男子就从他兜里拿出了奔驰钥匙。

谭彦目光游离，发着抖。他不是表演到位，而是真紧张了。被押上丰田之后他才发现，车上还坐着另外两个人。这帮人都没戴面罩，谭彦知道，他们干的都是有来无回的活儿。矮个儿钻进了谭彦的奔驰,高个儿启动了丰田。谭彦挤在后座两人中间，头上被蒙了黑布。车上弥漫着一股汗臭，估计他们也盯了不短时间了。

车缓缓开动，似乎掉了个头。谭彦估算着，廖樊应该已经知道情况了。

在指挥车上,廖樊正在部署行动。在谭彦的引诱下,绑匪们提前动手了。他们一共六人，分别驾驶三辆车。带头的是高个儿驾驶的金色丰田，上面有三个绑匪，之后是矮个儿在独自驾驶奔驰，最后是那辆尾号 99 的黑色大众，上面有两个绑匪。追踪器上显示着奔驰的轨迹，小红点在飞速地移动着。三辆车从海城东郊拐上了 324 国道，然后又一直奔北，开到了海城北郊。

“廖队，政委不会有事吧？”刘浪在电台里问。

“不至于，他挺敏的。”廖樊回答。他心中暗笑，觉得自己已经开始佩服谭彦了。这个书呆子有点像特警了。

当然，谭彦这么干可不是为了逞强或者搞个人英雄主义，他是经过深思熟虑的。第一，这么做虽然危险，但绑匪的目的是图财，在没拿到赎金之前，是不会贸然伤及性命的；第二，谭彦想给自己再加点“码”，如果能通过此举破案，将又是大功一件，在省厅报告会上，也会成为最新鲜的“料”；而第三，才是以此方法能最快地获知绑匪的盘踞地。

车行驶的路线越来越偏。半个小时后，开到了荒郊野外。刑警和特警的车辆不能明跟，几组队员始终隔着一公里左右的距离，另外几组随时进行替换。晚上十点，绑匪的车停在了北郊三合镇的一个农家院门口。谭彦被拎下车，双手被绑，跌跌撞撞地进了屋。不一会儿，他脸上的黑布被揭开了，灯光刺得他睁不开眼。面前站着几个人，为首的就是那个高个儿。

“秘总，咱们聊聊吧？”那个高个儿四十出头，丹凤眼，留着平头，一看就是个狠角色。

“大哥，你们想干吗，直说，我能办到的，都办。”谭彦模仿着秘大伟的口气。

“知道我们是干什么的吗？”高个儿问。

“不……不知道。”谭彦摇头。

“看过《解救吾先生》吧？刘德华拍的。”高个儿问。

“看过。”谭彦点头。

“我们就是干那个的。”高个儿撇嘴。

“那个片子不好，不好，绑架的都被抓住了。”谭彦说。

一听这话，高个儿愣住了，一旁的矮个儿也凑过来说：“大哥，那个片儿是不好，最后刘德华跑了。”

“靠，就那个意思。”高个儿说。

“别废话，找人赎你。要不，要你的命。”高个儿说。

“赎我……得……多少钱啊？”谭彦一边说，一边环顾四周。

这是一个农家院。自己所在的是正房，透过窗户望去，外面还有两个房间。绑匪一共有六个人，但从一旁桌子上的方便面盒和快餐盒上看，人数可能还远不止这些。

“一千万。”高个儿报了价。

“一千万？哎哟大哥，我哪有那么多钱啊！”谭彦哭穷，“我现在还欠了一屁股债呢，真的，我一点不瞒你。”

“别废话，我给你一天时间。钱弄不过来，就别想活着出去。”高个儿说。

谭彦一听这话心里有谱了，一天时间，够廖樊他们折腾的了。绑匪们又说了些威胁的话，就拿过谭彦的手机，让谭彦筹措钱款。谭彦想了想，没给廖樊打，而是直接拨给了百合。绑匪让谭彦开着免提，电话响了半天才接，那边传出了百合慵懒的声音。

“干吗啊？我都睡了。”百合的戏做得挺真。

“哎，你找一下老廖，告诉他，我需要钱。”谭彦说。

“你不是不要我了吗？你牛啊，还给我打什么电话啊。”百合余怒未消。

高个儿绑匪撇着嘴，冲谭彦坏笑。

“我没跟你开玩笑，你让老廖回这个号码，他没我这个电话。”谭彦说。

“哎，那我问你，你刚才跟我说的那些话是不是真的？”百合问。

“哎哟，我很急，你有病吧！”谭彦说。

“不行，你必须说，我配不配得上你？”百合问。

谭彦知道她这是在犯坏，但也无济于事。“行，姑奶奶，我错了。我嘴贱。你配得上我，配得上秘大伟。”谭彦故意说。

百合笑了，挂断了电话。

“哼，你这小蜜够劲儿。真他妈便宜她了，要是她跟你在一块儿，我们哥几个非爽爽不可。”高个儿坏笑着。

谭彦瞥了他一眼：“你们几个？没戏。她是练跆拳道的，下手狠着呢。”

“嘿，你丫吹什么牛啊。”高个儿踹了他一脚。他回手拿起刀，在谭彦眼前比画。谭彦躲闪着，装作害怕的样子。那些人又笑了起来。

“哎，那个老廖是干吗的？”高个儿问。

“是我一大哥，做生意的。”谭彦回答。

“有钱吗？”高个儿问。

“他可比我有钱多了。大老板。”谭彦夸张地回答。

“哦……”高个儿想了想，拿出一张纸，在上面写了几行字。他让谭彦一会儿按照上面的话去说。谭彦正琢磨着，廖樊的电话就打了进来。

“喂，干吗啊？这么晚了？”廖樊在免提里说。

“哎，我前段时间在澳门赌了一把，输了点钱。现在债主上门了，我跟你借点儿，完事再还你。”谭彦按照“剧本”说。

“赌钱？你真够行的，多少？”廖樊问。

“一千万。”谭彦说。

“你有病吧？我哪那么多钱啊？”廖樊说。

“你想想办法，我保证还你，我还两套房呢，跑不了。”谭彦说。

“你在哪呢？到底什么事？不会是让人绑了吧？”廖樊警惕起来。

谭彦慌了，看着高个儿。高个儿赶忙冲他摆手，用手指着纸上的另一段话。谭彦看了半天，才照着说：“别废话，什么绑了。我在外面呢，要不你出来，咱面谈？”

“行，我也没回家呢。你给我发个位置，我找你去。”廖樊说着挂断电话。

绑匪们大笑起来，矮个儿撇着嘴咒骂谭彦，说他不是个东西，自己倒霉还要拉别人垫背。他们谋划了半天，让谭彦给廖樊发了一个海城西郊的位置，便开始组织人手。再绑一个人，这些人显然不够了。高个儿打了电话，招呼着让所有人都过去。谭彦听着，心里有谱了。

高个儿留下矮个儿和一个胖子，带着其他人呼啦一下走了。不到一个小时，廖樊就被押进了农家院，没想到一起被绑来的，还有百合。廖樊一看谭彦，就急了。

“秘大伟，你个孙子，自己被绑了，还拉我当垫背的！”他演得挺像。

百合装作吓坏了，浑身颤抖。

“嘿嘿，没想到吧，在这儿聚齐了。”高个儿笑了起来。随他进屋的，除了刚才的三个人，又多了两个。谭彦计算着，绑匪一共八个人。

“廖总，听说你挺有钱啊？”高个儿冲廖樊说。

“我……没钱。”廖樊摇头。

“别装，秘大伟都说了。哎，你们仨，一共五千万，拿钱，走人。”高个儿狮子大张口。

廖樊努力收敛着眼里的杀气，但目光还是有些咄咄逼人。高个儿看着他纳闷。

“哎，你是干吗的啊？”他问廖樊。

“我……”廖樊一时没想到台词。

“哦，他是放贷的，高利贷。”谭彦赶忙补台，他活跃起来，从看到廖樊的一刹那，他心里就踏实了。

“放贷的？哼，那肯定有钱了。”高个儿笑。

“哎哟，我手都被勒疼了，能给我，松开吗？”百合娇声说。

高个儿看了看百合，犹豫着。

“怎么了？你们怕我打你们啊？”百合问。

“哼,就算你是练跆拳道的,也没戏。”高个儿笑了,冲矮个儿使了个眼色。百合被松绑了。

谭彦知道，好戏开场了。

廖樊随即站了起来，百合走过去就要给他松绑。

“哎，你干吗啊？不想活了是吧？”高个儿急了。

百合没理他，继续解扣儿。矮个儿不干了，一下拽住百合的胳膊。不料百合猛一转身，一个肘击就封了他的眼。高个儿傻了，也往前冲，这时廖樊已经被松绑。他猛地冲了过来，飞起一腿就给高个儿踹了出去。屋里一下就乱了。绑匪们也不是吃素的，有的抄起刀来，有的还拿来铁锹。但就在此时，只听“嘭”的一声巨响，农家院的大门被撞开了，刘浪和小吕抱着撞门器冲了进来。

“不许动，警察！”刘浪大喊。

“警察！”谭彦也蹿了起来。他虽双手被绑，但气势却挺足，绑匪们一下被镇住了。

高个儿眼珠一转，拿起刀冲谭彦奔去，被百合一个掏裆砍脖打倒。但百合还不解气，夺过刀之后，又一个大背跨将他扔了出去。高个儿被打得鼻青脸肿，这才明白谭彦所说不虚。

行动大获成功，绑架团伙被一举“全歼”。在回去的路上，大家扬眉吐气。在廖樊向郭局汇报之后，郭局亲自带队，到高速口迎接。这是一场漂亮仗，富贵险中求，名从危中来，谭彦又成了深入虎穴的英雄。在车上，百合紧紧攥着谭彦的手。谭彦感受着她的体温，突然觉得，整个世界都美好了。

特警将八名嫌疑人移交给刑警处理，秦队再三道谢，邀请参战的同志们明天一聚。回到大队已经到清晨了，廖樊请大家在门口吃了包子、油条，谭彦又批准参战人员倒休一天，连日的忙碌才算告一段落。

一觉无梦，百合直到下午才睡醒。她拿起洗漱用具，刚拧开宿舍的门，一个黑白相间的购物袋就从门把手上掉了下来。百合愣住了，打开购物袋，里面竟是一件衣服。她赶忙回到宿舍，将衣服打开。那是一件白色的连衣裙，上面点缀着许多金光闪闪的亮片。她一看就受不了了，高兴坏了，连忙套上作战服，也不顾形象，像一只小鹿一样地向办公楼跑去。

谭彦刚和廖樊说完事，正在楼道里走着，远远地看百合跑过来，就觉得不妙。他怕百合激动，赶忙转身往办公室跑，却不料百合速度太快，一下跑到了他的面前。

“谢谢你。”百合热泪盈眶。

“哎，有什么事到我办公室说。”谭彦尴尬地笑着。干这事确实是他的一时冲动，他琢磨了半天，最后还是感性战胜了理性，一大早就到商场开票埋单了。他本想见到百合解释一下，以感谢百合救命之恩为托词打个岔，让她高兴一下。却没想到这丫头贪睡，一直过了中午还没起。没办法，就把衣服挂在她门口，给她发了一条微信。却不料百合根本就没看手机，直接冲到他面前了。此刻谭彦与百合四目相对，知道要出事儿。他正犹豫着怎么说，百合一下就扑了过来。

“哎，百合，干吗啊，放手。”谭彦尴尬地说。

百合一言不发，死死地搂住谭彦的脖子。

“放手，放手……”谭彦轻声喊着。

这时，正有两个队员路过。两人看到此景，都赶忙躲闪，但看到谭彦又不得不打个招呼。

“政委……”两人冲谭彦敬礼。

“哦，你们好。”谭彦被百合搂着，吃力地回礼。

“嘿！有人！”谭彦双手张开，任百合抱着。

“我不管。”百合娇滴滴地说，“这么说，你答应我了？”她问。

“你放手，我再说。”谭彦说。

“你先说，我再放手。”百合说。

“好。我答应你了。”谭彦说。

百合放开了手，泪流满面地看着谭彦。谭彦看着她，无奈地笑了。“你要做好准备啊，我可不是你想象的那样。”这次他没说言不由衷的话。

“有一个夜晚我烧毁了所有的记忆，从此我的梦就透明了；有一个早晨我扔掉了所有的昨天，从此我的脚步就轻盈了。我喜欢这句诗。”百合眼里闪着光芒。

“泰戈尔。”谭彦说。

“谭先生，以后的世界，我们一起面对吧。”百合说。

“哼……”谭彦笑了一下，“一个深刻的灵魂，即使痛苦，也是美的出处。谢谢你。”他由衷地说。

牺牲

当天下午，秘大伟开着奔驰 G500 来到市局，他送来了十万元现金想表达谢意。但在接待室见到的，却不是秦队和廖樊，而是预审的那海涛。秘大伟一看是他，心里就明白了。

“那警官，这事儿啊，是一码归一码。我今天来，确实是由衷地想对你们表示感谢。没你们出手，估计我就悬了。但是……”他笑了一下，“黑娃儿那事儿，我真的不太清楚。”

那海涛看着他：“我们领导说了，打击犯罪是我们的本职工作，你的好意心领了，但钱不能收。”

“哎哎哎，别介啊，这么点儿钱，微不足道啊。就算是捐给你们困难民警的。”秘大伟说。

“要实在想捐，我们公安局有民警抚恤基金会，一会儿我把账号给你，可以直接转账。”那海涛笑着说。

“哦，行行行。”秘大伟点头，“哎，这捐款不会有什么公示吧？”

“有公示啊，网上能查得到明细。”那海涛说。

“哎，那不行。那我……只能匿名了。”秘大伟笑，“或者，我给你们捐辆车也行啊。”

“秘大伟，我今天是代表局领导来接待你的。你的顾虑我可以理解，但我还是想争取你，来配合我们的工作。我相信这些天你也体会到了，海城警察的工作作风到底怎么样。我们的民警牺牲自己的安全，解决了你的问题，咱们将心比心，是不是你也得承担起你的义务呢？”那海涛反问。

“这……”秘大伟看着那海涛，“得，您既然这么说，我也不藏着掖着。我不是不配合你们，而是……哼，我承认，我是胆小怕事，所以他们叫我‘鼹鼠’。但你知道的，我离开那个圈子好多年了，就想安安稳稳地过日子。那帮人干的都是玩命的事儿，我玩不起，不想再被卷进去了。就算我跟他们个别还有接触，也是因为其他的事儿，绝对跟那玩意儿无关。前一段时间黑娃儿找我，想让我给他介绍阿袁，我没答应。”

“你没答应？”那海涛皱眉。

“真没答应。哦，黑娃儿给我拿了十万，我没要，真的。我现在不缺这点儿钱，也不会为了这点儿芝麻丢了西瓜。”秘大伟说。

“你和阿袁怎么认识的？”那海涛问。

“我……”秘大伟犹豫着。

“这儿就咱们俩，也没有做笔录，算是你我的私人交谈。我开门见山，现在黑娃儿落网了，我们正在抓耍娃儿。据黑娃儿供述，阿袁已经来到海城了，手里有一批‘春雪’。现在我们全海城的警察都在为了这个事儿忙，如果你真想给我们帮忙，我想这才是最好的报答。是，我知道你的顾虑，怕配合了我们，遭到打击报复。但你以为这样就能明哲保身吗？哼……我想，如果那帮人知道你曾经到刑警报过案的话，是不会饶过你的。”那海涛看着秘大伟。

秘大伟愣住了：“我报案，是因为绑架的事儿啊，跟黑娃儿他们没关系啊。”

“是，当然是绑架的事儿，包括你今天来感谢我们。但是，他们会这么想吗？耍娃儿会这么想吗？”那海涛把话挑明。

秘大伟沉默了，内心纠结着。

“十多年前，你也因为毒品栽过跟头，该知道这玩意的危害。有一点我可以保证，只要你好好配合，我们一定会抽出专门力量保证你的安全。换句话说，一旦除恶务尽了，也就没有人能危及你的安全了。”那海涛语重心长。

秘大伟沉默了良久，缓缓抬起头：“我想问，你们怎么保证我的安全？我是说，实实在在的举措。”

“好，那你跟我进来，我们细谈。”那海涛抬手示意。

在小的时候，母亲总说谭彦胆小畏难，常立志却不立长志。但随着年龄增长，他却觉得这反而是自己的优点。胆小畏难让他在工作中谨小慎微、步步为营，能少走弯路、少受伤害；而常立志不立长志，则让他为实现每一个眼前的目标而努力，不会好高骛远。所以事情往往就是这样，你成功了，你的努力方向和生活方式就能被肯定，你不成功，一切都是扯淡。谭彦清晰地记得，自己刚到政工部门的时候，领导问新人们都有什么特长。有人说会踢足球，于是领导说你可以去单位的足球队；有人说会计算机，领导就让他去当内勤；轮到谭彦的时候，他说自己会写歌，话音未落，身边的一个人就笑了。谭彦很长一段时间都没弄明白，他为什么笑，在笑什么。但慢慢就懂了，那个人的笑代表了许多人对他的看法。他的文艺特长成了工作中的软肋和短板，成了不务正业的代名词。在公安局这种武夫扎堆的单位，唱歌画画写作的会被归为异类。所以谭彦就不写歌了，连发豆腐块文章都偷偷摸摸的，偶尔有人问起，就总说是前年去年写的东西，生怕说他近期不务正业。但就是这样，还总有人给他扎针儿，老庞自然也是其中之一。但有句特正能量的话说过，“宝剑锋自磨砺出，梅花香自苦寒来。”被针扎得多了，谭彦也自然有了抵抗力，变得百毒不侵，于是他便选择了将写作与公文结合，渐渐将自己修炼成单位的“一支笔”，局面也慢慢打开了。有时只要学会反其道而行之，便能峰回路转，越是在聪明人扎堆的地方，越是缺苦心钻研的“傻子”。写材料不是一朝一夕修炼来的，跟一线办案不同。前者拼的是谋篇、布局、论点、论据，靠的是水滴石穿、绳锯木断的日常积累，而后者则拼的是勇往直前、义无反顾，靠的是年轻和热血；前者是手艺人，越老经验越丰富越值钱，俗话说天荒饿不死手艺人，后者吃的是青春饭，年轻的时候可以抛家舍业、抛头颅洒热血，但岁数一大就体力、精力双降。所以谭彦选的这条路是对的，政工干部才是好饭不怕晚。

谭彦动身去省厅参会了。廖樊想送他，谭彦说别坏了规矩。特警大队制定的《公车使用规定》，是不允许非紧急情况因私使用公车的。廖樊笑笑，说现在这帮特警都让各种规矩给捆住了，都不敏不锐了。谭彦说这叫严是爱，宽是害。廖樊又说，你刚到特警时说的那三条罪状，管理不严和党建弱化都解决了，只有一条还没解决。谭彦问是什么。廖樊说是存在家长作风，民警之间不称呼同志，而以兄弟相称。谭彦笑了，说这条不算，自己已经修正了。之所以有家长作风，说明队伍团结如家，之所以不叫同志叫兄弟，因为队员之间是能把后背交给对方的。廖樊点头，说兄弟，祝你顺利。谭彦也点头，说放心吧，兄弟。

谭彦走的时候，将挠挠给他的“猪爸爸”徽章别在了作战服上。他相信能带来好运。来去不过两天时间，谭彦只带个书包，想骑共享单车去车站，却不想百合执意要送，最后无奈，只得骑着他的老电动车带着百合，等到了车站再让她骑回来。走的时候是个午后，车行在林荫道上，微风拂面，百合坐在后座上搂着他的腰，恋爱让一切都变得美好。两人你一句我一句地说着话，显得恋恋不舍。或许生活真该像百合说的那样，要忘记昨天，重新开始。但谭彦却知道，这是太过完美的想象，真正的生活不是忘记昨天，而是要学会与昨天和解，与所有的好与不好和平相处。

登上长途车，谭彦与百合依依惜别。他透过车窗，冲着百合挥手。他当然没忘，那个弹头还藏在自己一等功的奖章背后，那个幕后真凶还在逍遥法外。但他知道，此时自己的目标只有一个，就是让这次演讲取得成功。一切等回来再做打算。车缓缓开动了，谭彦戴上耳机，播放起贝多芬的《命运》，他没有看稿，闭着眼默念着。“什么是忠诚？险境之中方显忠诚。什么是奉献？没有回报时看奉献。”他边念边揣摩情绪。

“什么是忠诚？险境之中方显忠诚！什么是奉献？没有回报时看奉献！”廖樊模仿着谭彦的语气，他在做着战前动员。要是以前，他是没这“毛病”的。他做事一向干脆利落，顶多嘱咐兄弟们“敏着、锐着、别掉链子”，然后就冲锋陷阵了。但在谭彦担任政委以后，每次行动出发前，都会做个战前动员。第一是明确重点，重申任务；第二是鼓舞士气，统一思想；第三则是申明利害，强调纪律。廖樊刚开始觉得他这是在走过场，弄花架子，但渐渐就琢磨出里面的门道。都说一鼓作气再而衰三而竭，在实战中是有些道理的。战前动员的目的就是让大家凝神聚气，打好第一拳，而这又和特警一直倡导的“临危受命，逆境冲锋，首战用我，用我必胜”不谋而合。所以廖樊慢慢地也养成了这个“毛病”，每次行动之前都走个过场弄个花架子。正巧在谭彦出发之前，廖樊看过那个演讲稿，所以记住了这几句话。他觉得挺震撼，就用在了战前动员里。

在谭彦出发的第二天清晨，特警大队做了小规模的集结。刘浪、小吕、王宝等人在队列里站得笔直，百合身边还多了一位“爷”。因为连续加班，泰格没人照顾，百合将它带到了队里，让它参与任务。别看泰格已经是个“老爷子”了，但一回到警队便生龙活虎，它和雷欧一左一右地列在百合身旁，俨然两个保镖。

“我点一下今天参加行动人员的名单，念到的出列。贾冰、高虎、陈立、小吕、百合……”廖樊低头念着，“刘浪，你今天带队。记住，今天的行动点到为止，手不要太硬。对方不是什么罪大恶极的逃犯，而是一些涉嫌食品犯罪的嫌疑人。据食药大队通报，在海城东郊盘踞着一个贩卖病死猪肉的团伙，到达现场后一切听食药大队的安排。枪械只起威慑作用，不能实弹射击，明白了吗？”

副队长刘浪出列，高喊：“明白了！”

廖樊环视着众人，最后问：“还有什么问题吗？”

“报告。我有问题。我想问，为什么抓个卖猪肉的，还要我们特警上？”刘浪心里觉得不痛快。

“那个团伙有十多个嫌疑人，现场有多把剔肉的尖刀，你说，用不用我们上？”廖樊反问。

“特警是利剑和铁拳，打击的是重大刑事犯罪。卖猪肉的，算不上是什么重大刑事犯罪，涉嫌的罪名也不在八大类之中。”刘浪说。

廖樊被噎住了，但也笑了。“嘿，我说你个刘浪啊，你平时都是满嘴跑火车，怎么今天一说起法律倒头头是道了？哎，我问你，什么是八大类啊？”廖樊出题。

“所谓八大类重大刑事犯罪，指的是故意杀人、故意伤害致人重伤或者死亡、强奸、抢劫、贩卖毒品、放火、爆炸、投毒。”刘浪回答。

“嘿，行啊你个老浪，开始认真学习了？”廖樊问。

“在大队领导的要求下，我这些天都在认真学习执法资格考试的各项内容，法律水平有所提高……嘿，廖队，一点点而已啊，不多。”刘浪坏笑，“但我刚才反映的情况却是认真的。关于兄弟单位作弊偷懒、滥用特警警力的问题，我上次民主生活会已经提了，请队领导向市局反映。”刘浪正色。

“好，等政委回来，我和他一起专门向市局领导反映。”廖樊说。

因为不是什么大行动，所以廖樊只派了八人前去协助。震慑肉贩子，自然用不着王宝这个“木头人枪神”。刘浪看大家在剑齿虎里无精打采的，就讲起了笑话：“好久以前啊，有个国家刚打完仗，涌现了许多英雄士兵。将军问一个立了三等功的，你为什么会如此英勇？士兵答道，为了祖国而战。大家鼓掌。将军又问一个立了二等功的，你呢？士兵回答，为了自由而战。大家又鼓掌。最后将军问立了一等功的，那哥们特别沮丧，你猜说了什么？”他问百合。

“他以为连长发的是防弹衣，事后才知道是一件棉袄。”百合胡噜着泰格说。

“哈哈，哈哈哈哈……”小吕还算捧场，笑了起来。

“没劲没劲，提前剧透。”刘浪摇头。

“我也给你讲一个吧。一只猴子穿着防弹衣在大树上跳舞，突然来了一个猎人，‘嘭’地开了一枪，把猴子给打死了，问是为什么？”百合问。

“因为它在跳脱衣舞……”刘浪拉长着尾音。

“哈哈哈哈……”小吕继续捧场。他是那种天生笑点低的人，甭管是什么级别的笑话，到他这准有疗效。刘浪就曾建议他，可以给拍情景喜剧的剧组当专业观众，肯定比当特警优秀。

活跃完了气氛，车也快开到地儿了。最后小吕笑着问：“师父，咱们今天带防弹衣了吗？”

“有病吧？抓猪肉贩子还带防弹衣？”刘浪反问，“车里就有一件，要不你穿上？”

“嘿嘿，我就是开玩笑，万一是你的棉服呢。”小吕摆手。

行动很顺利，侦查，定点，撞门，突袭，威慑，抓捕，搜查，押送，在特警的大力配合下，食药大队摧枯拉朽，一举捣毁了以刘源为首的贩卖病死猪肉的犯罪团伙。说是团伙，实际上就是个奸商带着一帮伙计。几个特警一端枪，外加泰格和雷欧叫几声，这帮人立马就扔下剁肉刀，蹲地上了。

食药大队是新成立的部门，加上大队长也不过二十多人，这个案子弄了个开门红，他们很高兴。食药队长对刘浪挺客气，又是递烟又是送水，刘浪也不推辞，顺带着还要求人家把哥几个的午餐给解决了。这种任务算是特警大队的行活儿。行活儿一般不用动脑子，只要按程序做就没问题。但在给嫌疑人上背铐的时候，小吕那边还是出了问题。因为他把手铐拷得太紧，加上屋里憋闷，不一会儿几个嫌疑人就脑供血不足，栽倒在地上。这下麻烦了，本来抓的就是一帮剁肉的伙计，送进“号儿”里能不能收还两说着呢，要真出了事，这次活儿可算是赔大了。于是刘浪赶紧张罗，解手铐，翻眼皮，掐人中，喂热水，食药大队还叫来了救护车。现场一下就乱了起来，本来这个任务几个小时就能搞定，结果这么一拖就没谱了。刘浪叉着腰，看着小吕运气，他看了看表，时间已经到了下午两点。他估摸着，谭彦那边的报告会也快开始了。这时，他的电话突然响了起来。刘浪拿起手机，一看是廖樊的来电，知道又来事儿了。

“喂，这边还算顺利，差不多了。哦，啊？新任务？”刘浪皱眉。

在省公安厅的大报告厅里，谭彦正在候场，他被安排在第六个演讲。省厅报告厅的规模比市局大了整整一倍，台下的观众黑压压一片，不但来了许多省部级的领导，而且媒体的规格也高了许多。不出谭彦所料，前面的几位果然各显其能。老霍一上台就回顾起自己三十年如一日扎根基层、默默奉献的从警经历，他做了充足的准备，视频，照片，领导的肯定外加群众的好评，最后再用一段电视剧《重案六组》的片尾曲进行煽情，气氛一下就上去了，直接导致第二个上场的老孙显得逊色。但老孙也有办法，虽然他的稿件平铺直叙，讲述也乏善可陈，但就在演讲即将结束的时候，一位曾被他解救的明星上了场。那个明星是“北电”表演系毕业的，一上场就绘声绘色地描述起了当时被绑架的情景，又突出了老孙的英勇无畏。在明星效应的带动下，场面一下就爆了。第三位上来的是交警小孟，小孟是省厅交管局的栏目主持人，是一名不折不扣的“网红”，他本身就自带流量，加上能说会道，演讲也算成功。但第四位的大数据专家小李却翻了车，他的背景图片和音乐切换得太密，反而喧宾夺主，加之他一张嘴就是各种程序和数据，让台下观众昏昏欲睡，最终这个技术宅男的演讲草草收场、掌声寥寥。第五位一亮相最震撼，排爆英雄小赵一上来就用左手敬礼，这是违反相关规定的。但随后的视频一播出，台下便响起掌声——小赵在一次排爆中被炸断了右臂，造成了终身残疾。谭彦听着小赵的讲述，也不禁被感动，但他又觉得这种讲述有些别扭，甚至过于残忍。他不否认小赵是群众的保护神，是当之无愧的英雄，身体的残缺也并不妨碍灵魂的丰满，但是为了获得演讲的成功，要一次次去揭开自己的伤疤，谭彦觉得这种演讲并不算高级。他做了几个深呼吸，拿出手机看着时间，距离小赵的演讲结束，还有不到五分钟，马上该自己上场了。手机上有几条未读微信，谭彦按开，都是百合发来的。

“怎么样大作家，准备开始忽悠了吧？”百合在后面发了一个笑脸。

“我们可惨了，抓了十多个人，晒了一天大太阳。”她在后面发了一个哭脸。

“累惨了，等你回来请我吃西餐好不好？”又是一个笑脸。

谭彦不禁笑了，觉得心里也没那么紧张了。他给百合回了一条“注意安全，等我回来”，最后也发了一个笑脸。

这时，台下响起了掌声。谭彦从后台望去，小赵正在用左手庄严地敬礼。他清了一下嗓子，整了整警服，随着主持人的报幕声，大踏步地走了过去。

百合接到谭彦回信的时候，已经在出第二个现场的路上了。廖樊知道食药大队的协助已经搞定，又给刘浪临时加了一个任务——协助禁毒队到海城东郊的一个地址去搜查。案由是这样的，在那海涛的审讯下，黑娃儿说出了几个曾经用于藏匿毒品的地址，于是章鹏立即带队进行搜查，但都一无所获。禁毒队看人手不够，就向郭局求援，于是郭局便指派廖樊派人协助。廖樊本想自己带队，但后来一看地图就笑了，那个地址距离刘浪现在的位置不过三公里的距离。廖樊告诉刘浪，到了现场要等章鹏的人过来，再入场配合。去搜的那个地址是一个小型的木材加工厂，据黑娃儿供述，最后一次使用是在一年半之前，虽然能发现毒品的概率很低，但也不能掉以轻心。刘浪满口答应，于是便进行分兵，除了自己带小吕前往木材加工厂配合之外，其余同志继续留在原现场配合食药大队送人。最后还没忘给马叔打电话，告诉他晚上别留他们的饭了。协助送人的队员，晚饭由食药大队安排，他和小吕办完事随便吃一口就得了。但就在临走时，百合却待不住了，她央求着要跟着一起去。刘浪无奈，就加上了她，三人两犬奔赴了新现场。

木材厂的距离实在是太近了，三个人到达的时候，禁毒队的人还在路上。刘浪嫌车里太闷，就下车去等。从外面观察，这个加工厂应该很久都没有经营了，大门口堆放着各种废料，窗户玻璃也碎了不少，几只野猫在屋脊上懒懒地晒着太阳。刘浪觉得无聊，在门口踱了会儿步，便把小吕叫下车，准备提前入场。百合带着泰格和雷欧也想一起去，被刘浪制止了。刘浪让百合负责看车，如果发现异常，再叫她的两位“爷”过来帮忙也不迟。两人没走正门，身手敏捷地从窗户攀了进去。

木材厂里显得昏暗，两个人端着95式，缓缓地走着，脚踩在木屑上，不时发出“哗哗”的声音。

“哎，你怎么没穿防弹衣啊？”刘浪严肃地问小吕。

“因为我已经跳过舞了。”小吕也严肃地回答。

师徒俩“扑哧”一下都笑了。

“唉……”刘浪叹了口气，“我前几天看网上有个说法，挺有意思。说现在的人总跟高端的产品谈价格，跟低端的产品谈质量。哼，我看市局的这些单位啊，也这德行，总拿咱们这宰牛刀去杀鸡，老这么干，大家都疲了，关键时刻还怎么上？”他发着牢骚。

“师父，我看这里不像有人啊？”小吕说。

“那也得好好扫扫，说归说做归做，既然揽了这活儿了，就别凑合。”刘浪说。

两人继续前行，绕着堆积如山的木材仔细地搜索。但渐渐地，就觉得不对了。走到深处，刘浪突然打了个手势，小吕会意，停住了脚步。

“怎么了？”小吕问。

刘浪没说话，用嘴往前努了努。小吕注目望去，发现几米外的木屑间，似乎有一个脚印。两人警觉起来。刘浪又打了个手势，小吕端起了枪。四周很安静，除了两人的脚步声听不到任何声音。两人走到前面观察着，脚印的轮廓清晰，应该是刚形成的。刘浪刚拿出电台，想跟廖樊汇报，不料枪声就响了。

“啪！”他眼前三点钟的方位冒出了火光，刘浪一惊，下意识地撞开小吕。“嘭！”他被击中了，鲜血喷涌而出，身体腾空。

“注意！有人！”他痛苦地大喊。

小吕这才反应过来，忙端起枪冲那个方向射击，但十点钟的位置，也冒出了火光。坏了！现场不止一个人。

刘浪被击中了右肩，他感到天旋地转，大脑昏昏沉沉。小吕拼死将他拽到了一堆杂木之后，但木头根本扛不住子弹。对方火力很强，子弹穿过障碍“嗖嗖”地落在两人身旁。

“师父，你怎么样？师父！”小吕大喊着。他边用右手持枪还击，边用左手拿电台呼叫。但对方的枪声却越来越近，已经压了上来。

“你……快走，我顶着，快！”刘浪大喊着。

“不可能。不可能！”小吕摇头。

“他妈的，不该穿的时候乱穿，该穿的时候不穿……”刘浪咬着牙说。他也抓住枪，却抬不起枪口。

“啪！”又一颗子弹射出来，打中了刘浪的腿。小吕赶忙拽开刘浪，自己挡在前面。这时，已经可以听到对方脚步声了，放眼望去，对方起码有三个人。

刘浪用余光看着小吕：“哎，你帮我……干件事啊。”

“啊？”小吕看着刘浪。

“下月3号，是我女儿生日，我给她买了个礼物，放在桌上了。你……帮我拿给她。”刘浪说。

“你自己去给，我不管！”小吕哭了。

“他妈的，我执法资格考试还没过呢！”刘浪突然发起狠来，他咬紧牙关，拼命地端起枪，“啊！啊！”他勇猛地冲对方射击。

这时，已经可以看清对方的身影了。他们戴着头套，拿着长短武器，距离还有不到二十米。小吕护着刘浪，用枪还击，延缓对方的进攻速度，但子弹很快就打光了。

刘浪已经昏迷。小吕拿过他的枪一边大叫，一边站了起来。他想捍卫一个特警最后的尊严。但这时，他的后方响起了枪声。小吕回头望去，是百合来支援了。

其实从百合听到枪声到赶来支援，不过两三分钟的时间，但在实战中，两三分钟已显得格外漫长。

“小吕，带人后撤！”百合冲前方打着点射，掩护小吕后撤。却不料对方来势凶猛，又将百合困住。对面的枪声依旧不停，但却分散开来，他们分兵了，准备从侧面包抄。泰格和雷欧呜呜地低吼着，怒视着前方。

“百合，你快走吧，再不走就来不及了。”小吕喊。

百合看着小吕，又侧目看着泰格和雷欧，她明白，撤离的机会稍纵即逝，再过几分钟，不，也许再过几十秒，可能她和小吕都将陷入险境。她的眼泪淌了下来，她俯下身看着与她朝夕相处的两条警犬。雷欧瞪着百合，龇着牙，满眼都是战斗的欲望，而昔日的犬王泰格也奓开了毛，似乎在主动请战。警犬为了职责而生，它们生命的价值，就在于能在关键时刻冲锋。百合压抑住自己的感情，做出了冷静的选择。她紧紧搂住泰格，抚摸着它，脑海里浮现着第一次见到它的样子。百合深深亲吻了泰格的额头。“老伙计，看你的了！”她大喊起来，做了个手势，泰格毫不犹豫地迎着子弹冲了上去。

“走！”百合冲小吕大喊，两人猛地拉起刘浪，向后退去。

泰格像个勇士般地在火线中跳跃着，像剑一样地冲进敌阵。敌人的阵脚被打乱了，他们惊慌失措，忙于躲避。但突然一串子弹，击穿了泰格的身体。它呜咽着，在地上翻滚着，但不一会儿又挣扎着爬起，继续冲锋。

雷欧见状，也冲了上去。百合叫了好几声，它才撤回。这时，门外响起了警笛声。对方停止了射击，开始逃离现场。

百合跑过去，颤抖着抱起了躺在地上的泰格。它的胸前绽开着一朵殷红的鲜花，安静得像睡去了一样。

“泰格！泰格！”百合痛苦地大叫着，声音久久地在空中回响。

坦白

谭彦的脑袋是蒙的，耳畔交杂着各种混乱的声音。他在医院中寻找着，跌跌撞撞地走到了手术室的门前，看到黑压压的一大群人。

“怎么回事？怎么回事？”他毫无目标地询问着。

特警们都茫然地看着他，没有人回答他的问题。

谭彦左突右撞，寻到了站在人群中的王宝。

“你说，怎么回事？到底发生了什么？”他拽住王宝的衣袖。

“政委，浪哥他……中弹了，正在抢救。”王宝看着谭彦说。

谭彦松开王宝，径直向里面走去。在手术室的门口，又看到了廖樊、百合和小吕。

廖樊叉着腰，忧心忡忡地在门前踱步，百合和小吕则坐在长椅上，低头不语。

看谭彦过来了，廖樊抬起头：“你回来了。他……还在抢救，情况不乐观。”

“他妈的！你怎么带的兵？”谭彦突然就爆发了，一把揪住廖樊的衣领，“怎么就不乐观了！你不是分管业务工作吗？这到底是怎么回事？”

两人的身高相差悬殊，谭彦欠着脚揪着廖樊，显得有些滑稽。

“是我的错，是我轻敌了，是我……”廖樊任由谭彦揪着，眼神黯淡下来。

“轻敌了？为什么轻敌？为什么！你平时不是很敏很锐吗？啊？”谭彦

的声音颤抖着。

“谭彦，你干吗啊？”百合走了过来，拉住谭彦的手。

谭彦情绪激动，甩开百合的手。一瞬间，别在他身上的“猪爸爸”徽章掉在了地上。

百合愣住了，看着谭彦。谭彦叹了口气，松开了廖樊。耳畔在嗡嗡地响，满脑子却都是刘浪讲过的笑话。“你知道灵魂四问吗？配钥匙的师傅问你，你配吗？你配吗……”

从得知刘浪受伤的消息开始，这个声音就一直在谭彦脑海里回响。“是啊……我配吗？我配吗？我配获得这些荣誉吗？我配在舞台上夸夸其谈手舞足蹈吗？”谭彦自问。

百合眼里闪出泪光。小吕也走了过来：“政委，是我的错。本来那个位置应该是我的，是我……害了师父……”

这时，手术室门开了，一个护士走出来。

“情况紧急，伤员大出血，需要1000毫升的O型血。病人的家属在吗？”护士问。

“家属？”廖樊转头，“刘浪媳妇呢？百合快去找找。”

谭彦的头脑也清醒了一些，他跟着百合，一起去找家属。

在得知刘浪出事之后，他的妻子一个人赶到了医院。她叫卢芳，是一个宾馆的服务员，她身材消瘦，眼神茫然。从结婚之后，刘浪就很少顾家，家庭的重担让这个女人显得衰老。

卢芳此时正站在卫生间的洗手池前，不停揉搓着刘浪的特警作战服。水龙头大开着，作战服被冲刷浸泡了许久，却还在涌出血水。卢芳目光呆滞，揉搓的双手都磨出了红印，动作却依然不停。

百合看着，心如刀绞。“嫂子，嫂子。”她用手扶在卢芳的肩头。

“啊？”卢芳恍然，木木地看着百合，“怎么洗不净呢，洗不净啊……还是有血，他……得流了多少血啊……”卢芳突然崩溃，大声哭了起来。

百合的眼泪也夺眶而出，紧紧拥住了她。这时，谭彦和廖樊也赶了过来，他们也顾不了太多，推门进了卫生间。

“家人谁是 O 型血？”廖樊问。

“O 型血……”卢芳擦了一把眼泪，“孩子奶奶和儿子都是，但是，他们没来。”

“明白了。”廖樊转头就走，谭彦刚想尾随，被廖樊拦住了。谭彦明白，安慰家属是他这个政委的职责。

廖樊三步两步走回到手术室前，对护士说：“我是 O 型血，抽我的吧。”

他这么一说，特警们也呼啦啦地围了过来。

“我也是。”小吕抢先说。

“我也是。”另一个特警说。

“抽我的。”小吕说。

“抽我的。”其他特警都说。

大家都争着表态，几个人都撸起了袖管。

护士看着他们，点点头。“那好，你们都跟我过来。能不能献血还要先看检验。”

廖樊和几个特警随着护士走了。谭彦和百合陪着卢芳坐在手术室外的长椅上。

卢芳目光呆滞，直勾勾地望着前方的地面。“我这辈子啊，最后悔的就是遇见他。”她自言自语，“媒人刚介绍的时候觉得他好啊，当警察，能依靠，还会说笑话，肯定对孩子好。但是……哼，哼哼……”她摇头，“谁知道蜜月还没过完，他就出任务去了，这一走就是一个月，人家新婚是花前月下，我呢，是独守空房。后来有了女儿，从小到大，感冒、发烧、头疼脑热，次次都指不上他，你们这些人啊，总是在加班，加班，加班，我真不能理解啊，有什么比家人还重要呢？啊？”卢芳抬起头，看着谭彦。

“嫂子，浪哥是个好警察。”谭彦忍住眼泪说。

“别叫我嫂子，我和他已经不是夫妻了。”眼泪从卢芳脸庞滑落，她继续自言自语，“是我离开的他，我受不了了，我不想再守活寡。我曾经想啊，从此以后，我与这个男人再无关系，他是死是活跟我没有一毛钱关系。但是……但是为什么我的心会这么疼啊……呜呜呜呜……他得流了多少血啊，你们警察整天都在干些什么啊……呜呜呜呜……”卢芳将手中浸满血水的作战服搂在怀里，痛哭流涕。

百合努力抑制着情绪，安慰着卢芳，却也泪水决堤。

谭彦看着这一幕，觉得心都被掏空了。但他知道自己不能哭，自己是政委，是代表组织的。但脑海里有个声音在问：是谁袭击了刘浪？为什么警方的几次行动都会被人察觉？谭彦努力让自己清醒，但越想，就越感到战栗。

这时廖樊走了回来，“集合！”他向众人大喊。

特警队员迅速集结，在他面前列队。

“按照刚才的分组，立即到各交通要道去支援。将开枪的歹徒抓获，才是对刘浪最好的交代。各组打开电台，随时听我的命令。记住，盘查时敏着点，遇到嫌疑人拘捕开枪的，都给我锐起来，要毫不留情！懂了吗？”他大声问。

“懂了！”特警们异口同声地回答。

“出发！”廖樊果断发令，带头就往外走。

谭彦忙跟上去，刚想说些什么，就被廖樊按住了肩膀。

“当特警，就得经历生死，这是我们的职责和使命。你是政委，要做自己该做的事情。”

谭彦点点头。廖樊拍了谭彦一下，转身带队出发。

手术在继续着，谭彦在门前伫立着。又过了两个多小时，手术室的红灯熄灭了，医生走了出来。

卢芳第一个跑了过来，她张开嘴想问什么，却一时没发出声音。

“对不起，伤得太重，我们尽力了……”医生摇着头说。

卢芳依旧没有发出声音，默默地坐回到长椅上。百合哭了，颤抖着坐到卢芳身旁。谭彦也不知道该说什么，刚往前走了两步，就感到腿上发软，蹲在地上。

不知什么时候，窗外下起了雨，无声无息的。谭彦将噩耗发到了特警大队的群里，不一会儿《拉德斯基进行曲》就响了起来。来电并不是语音，而是微信的视频通话。谭彦接通了廖樊的视频，随即小吕等人的又加了进来。他索性开成了视频会议模式，手机屏幕上亮出了许多个窗口。谭彦把镜头切到手术室门前，让大家目送刘浪最后一程。

医护人员缓缓地将刘浪的遗体推出，卢芳走过去掀开白布。刘浪的表情很安详，像睡着一样。

特警们都哭了，谭彦从没见过他们哭。但谭彦还是没哭，他强忍着情绪，咬破了自己的嘴唇。

在视频里，廖樊带头高喊着："忠诚，尽职，勇敢，奉献！"大家都齐声喊了起来。

雨越下越大，特警们伫立在雨里。所有的人都在敬礼，警车的红蓝灯光照亮了沉沉的暮色。

郭局在楚冬阳的陪同下也赶到医院。面对领导的劝慰，卢芳只是摇头，说刘浪感到冷，应该穿上警服。她伤心过度，显得神神道道的。谭彦无奈，只得回队去取刘浪的警服。队员们把车都开走了，谭彦就去坐地铁。他也不打伞，任雨水打湿头发，淋透衣裳。刘浪说笑的声音始终在耳畔打转，谭彦在拥挤的人群中刷卡、排队，默默地看着隧道里亮起耀眼的车灯。车门打开的时候，有个人从后面加塞。谭彦不知从哪来的那么大火气，一把就将他拽住。

"后面排队！"谭彦怒斥着。

那人二十多岁，不屑地看着谭彦，刚要回嘴，就被人群裹挟进车厢。他和谭彦挤在一起，于是便开始找碴，一会儿说谭彦身上湿，一会儿又故意踩他的脚。谭彦终于忍不住了，在下一站开门的时候，将那人揪了出去。两人在站台上交锋，那人虽然年轻力壮，但出手却毫无章法，只挥舞着王八拳往前冲，嘴里还不干不净地问候谭彦和他爸妈。谭彦虽然文弱，毕竟接受过训练，他趁其不备猛地出拳，一下就击中那人的下巴。那人应声倒地。这时下一列地铁刚好到站，谭彦在人们诧异的眼神中，默默地走进车厢。

回到特警大队，谭彦让马叔打开了刘浪的宿舍。天已经黑了，宿舍里的台灯亮着。屋里的生活用品一应俱全，柜子里的警服叠得整整齐齐。这里就是刘浪的家。谭彦取走了一身秋装，临走的时候想关上台灯，却不禁停在了书桌前。在台灯下，铺着一摞执法资格考试的教材，纸上留着刘浪的笔迹，他的字体歪歪扭扭的，笨拙可笑。在旁边还摆着一个警察小熊玩偶，上面贴着一张纸条，“祝刘小溪生日快乐”。谭彦终于忍不住了，热泪盈眶、泪流满面直至痛哭流涕。

“刘浪！”他歇斯底里地大喊着。他真的不愿相信，这么好的兄弟，已经离去了。

特警大队的专案会议室里气氛凝重，章鹏、廖樊、谭彦三个人围坐在会议桌旁。雨停了，窗外刮起了大风，风声像战马在嘶鸣。

章鹏用手捏着打火机，一下一下地往桌子上撴，有节奏地发出“砰砰”的声响。“事发的仓库是黑娃儿指认的，他说那里曾是藏毒的地点。但没想到啊，那帮孙子敢在光天化日下动手。事发后我们进行了搜查，发现了几处散落的毒品粉末，经鉴定，就是高纯度的新型毒品‘春雪’。”

“是原来蒋坤手里的那批货吗？”廖樊问。

“从现在获取的情报看，除了蒋坤之外，海城还没有其他团伙能搞到‘春雪’。但据黑娃儿交代，这批货已经被独狼抢走了。”

“据黑娃儿交代……那孙子的话可信吗？会不会一直给咱们指瞎道儿？”廖樊问。

章鹏抬起火机，给自己点上一支烟。“当然不能只听他一人的供述。但经过那海涛对其他毒贩的审讯，也证实了这一点。”章鹏说。

“有没有可能在被抓之前就已经串好供了？”廖樊又问。

“也不能排除这种可能。”章鹏点头。

“老谭，你怎么看？”廖樊转头问谭彦。但谭彦却并没回答。

“老谭，谭彦。”廖樊又叫。谭彦这才醒了过来，他一直愣愣地望着窗外。

“一个人就这么没了，昨天还一起吃饭聊天呢……”谭彦看着廖樊，声音颤抖。

廖樊看着谭彦，停顿了一下才说：“是啊，这么好的一个人走了。我总在想，如果那个任务是我带队，倒下的会不会是我，或者，能不能避免这一切的发生。但你知道吗？只要当特警，就要面对这些极端的事情，包括生离死别。”

“我在想你说过的那句话。”谭彦叹了口气，“干了特警，就意味着奉献和牺牲，就得在危急时刻拿命往上冲，这就是荣誉和忠诚。”他的眼圈红了。

廖樊的眼圈也红了。“老谭，刘浪牺牲了，我和你一样难过，但咱们现在没时间说这些，得继续完成他没完成的任务。你明白吗？”他的语气有些激动。

谭彦把身体靠在椅背上，眼神黯淡。“一整天了，我脑袋里都是这些话，我赶不走它们……什么是荣誉啊？是百折不回的坚守；什么是荣誉啊？是义无反顾的冲锋；什么是荣誉啊？是勇者无惧的担当；什么是荣誉啊？是初心不改的忠诚……”他自言自语。

“谭彦，谭彦……”章鹏打断他，“我还有情况没有说完。”

“嗯……”谭彦点点头。

“为了尽快抓获嫌疑人，在事发之后，技术部门对附近的通信网络进行了侦查，搜索到了十多个信号源。除去我们的人之外，其中一个号码的尾号，是1117。”章鹏说。

“1117？”谭彦不解，“这……有什么问题？”

“尾号1117的电话号码，前7位与之前那个匿名电话一模一样。”章鹏回答。

“匿名电话？”廖樊也警觉起来，“你说的是那个举报蒋坤的电话？”

“是的，就是那个电话。现在这个尾号1117的号码与那个1122高度接近，不得不引起我们的重视。咱们都搞了这么多年的案子，该明白这不会只是巧合。”章鹏说。

廖樊腾地一下站了起来，在会议桌旁踱步。“两个号码接近，而且在仓库里还发现了‘春雪’，如果照这个方向分析，那举报蒋坤的人很有可能与袭击刘浪的人存在关联。”

“如果判断正确，我想不仅是存在关联的事情，而且还很有可能是一个团伙的人。技术部门已经下去调查了，他们推测，这些匿名号码可能就是犯罪团伙集中购买的连号电话卡。”章鹏说。

谭彦愣住了，他努力让自己镇定，按照正常的逻辑去思考。如果真像章鹏和廖樊的分析那样，那案件背后肯定隐藏着一个巨大的阴谋。当然，从发现子弹的那一刻起，他就已经触碰到那个阴谋了，甚至已经成了那个阴谋的一部分。如果事实真是这样，举报蒋坤的事件就是个圈套，很有可能是其他犯罪团伙在借刀杀人，而那把刀正是自己。谭彦觉得自己是个傀儡、是个小丑，所谓的荣誉已经成了讽刺和嘲笑。

他平缓着呼吸的节奏，让自己的思维渐渐敏起来、锐起来，进入一个警察的状态。他在延伸着疑问，如果蒋坤的死是借刀杀人，那刘浪遇袭又说明什么？遭遇毒贩是偶然事件吗？还是有人跑风漏气？藏匿“春雪”毒品的人和举报蒋坤的人是一伙儿吗？如果是，他们的目的是什么？但没想多久，思绪又纠结起来，成了一团乱麻。

“我……头很疼，你们继续，我出去走走。”谭彦实在绷不住了，起身离席。

外面刮着风，并不算冷。落叶被风裹挟着，在地面上游荡，发出“哗哗”的声响。谭彦置身在黑暗里，漫无目的地走着，大脑里空空荡荡，所有的纠结和彷徨似乎也和落叶一样，被风裹走了。不知是谁家的孩子在练琴，琴声断断续续，弹得并不流畅。那是肖邦的《降 E 大调夜曲》，诞生于遥远的 1830 年，乐曲旋律优美，饱含诗意。但在古典音乐中，谭彦是不喜欢肖邦的。肖邦过早逝世，作品中都有种幽怨的情绪。谭彦喜欢激情澎湃的、与命运作对的战歌，所以才会成为霍尔斯特和贝多芬的粉丝。但不知为何，此刻他却深陷在这段旋律之中不能自拔，琴声让一切都安静下来，让一切都变得不那么重要。谭彦仰望夜空，风将乌云吹散，露出皎洁的月光。谭彦甚至在想，刘浪此时会不会就在某个神秘的地点，正坏笑着给别人讲着一段段笑话。

“嘭，嘭……”阵阵声响将他拉回到现实。他循声望去，是训练场那边的声音。

谭彦走进训练场，发现一个黑影正在训练塔前进行着绳降。谭彦仔细观察，那个人正是小吕。小吕动作标准，拉绳、下滑，如行云流水一般，在落到地面之后，又再次爬上训练塔。

“小吕，你干吗？”谭彦跑了过去。

小吕也看到了谭彦，却依然没有停下动作。他一丝不苟地单手结扣，然后拉绳、下滑，纵身像一只鸟一样。他刚落到地面，谭彦就抓住了他的胳膊。

“够了，你练得够好了。”谭彦说。

“不，还差得多。我师父说过，绳降的一瞬间，不能有私心，要像一只鸟一样。我不行，动作还不标准。”小吕泪流满面。他的手磨破了，渗着血。

谭彦知道他心里不好受，拍了拍他的肩膀。“你记得就好，你……有一个好师父。”

“绳降的要领是，通过拉绳、松绳，控制下滑的速度。在下降时要两腿分开，双脚支撑蹬住墙壁，下降时臀部后坐，右手松绳。向下倒脚，要有节奏……政委，你知道吗？在我那次坠楼受伤之后，其实我每天晚上都在加班训练，就为了让我师父看看，我能做好这些动作，我不是个‘尿人’，但是……我的动作标准了，但我师父呢，他却永远看不到了。政委……”小吕哭出了声音。

谭彦也忍不住了，泪水决堤。他一把搂住小吕。“他已经走了，咱们改变不了现实，唯一能做的，就是把案子破了，把那帮孙子都绳之以法，给他一个交代。”

“政委，你相信灵魂吗？”小吕问。

“灵魂？”

“我看过一本书，上面说人是有灵魂的，每个人在离开之后，体重就会减少 7 克，那就是灵魂的重量。我总觉得，我师父还没走远。”小吕说。

“你还相信这个？”

“曾经不相信，但现在却愿意相信。”小吕表情黯淡。

谭彦叹了口气：“我如果还在政治部，你知道我会对你怎么讲吗？我会批评你这种想法是幼稚而错误的，是违背唯物主义的。但现在我要对你说，如果真有那7克，也不是什么灵魂，而是一个警察最后的荣誉。”

小吕看着谭彦，没有再说话。

“哎，别消沉，特警不是该敏着、锐着吗？走，跑起来！”谭彦大声说。

他拽了一把小吕，自己率先跃上了跑道。他拼命地跑着，像阵风一样，冲刺了几百米之后，又跑到了障碍训练区。他纵身跨过了板障，又爬过了绳梯，不一会儿汗水就浸透了他的制服。小吕也跟上来，同他一起训练。

“锻炼身体，准备挨打；锻炼肌肉，准备挨揍！”小吕大喊起来。

“《特警训练手册》第十一条的要求是什么？”谭彦大声问。

“为维护社会的安全与稳定，为维护人民的生命和财产，勇往直前，奉献一切！”小吕大声回答。

风停了，月光洒在了训练场。谭彦不停地奔跑着，眼泪和汗水一起飘洒在空中。

谭彦回到宿舍，换上了一身新的特警作战服。他从抽屉里取出那个一等功奖章盒，放在口袋里，然后填写了“公车使用单”，驾车来到了市局。

深夜，郭局的办公室还亮着灯。谭彦在门前停下脚步，在警容镜前整理好自己的警容风纪。墙壁上贴着大幅海报，上面的他制服严整、站姿挺拔，身旁印着宣传标语“保卫这座城市，用我们的胸膛”。谭彦沉默了一会儿，鼓起勇气敲响了办公室的门。

郭局还在伏案加班，谭彦走进去，什么话也没说。他打开盒子，把奖章和子弹都放在了桌上。郭局摘下花镜，看着谭彦。

“郭局，我辜负了组织对我的信任，愧对获得的荣誉。”谭彦看着郭局。

“坐下说吧。”郭局站起身来，将办公室的门关上。

谷底

黑夜转瞬即逝。黎明到来的时候，世界恢复了喧嚣。在特警大队食堂，谭彦默默地喝着一碗豆浆，他戴着耳机，耳畔是肖邦的《降 E 大调夜曲》。他在向郭局坦陈一切之后，郭局并没多说什么，只是告诉谭彦，一切会按程序办理。谭彦自然明白他的意思，他之所以选择这种最中立的办法，自然是因为与自己的关系。郭局叫来了纪委副书记康凯和政治部副主任楚冬阳，让谭彦把事实情况又说了一遍。康凯和楚冬阳都感到棘手。郭局公事公办，让两人协同技术部门到涉事仓库进行勘查，对那枚子弹进行检验，一旦确认检验结果，就尽快研究对谭彦的处理建议。在事实清楚后，郭局会向那洪林书记进行汇报，正式召开市局党委会进行研究。

按照《公安机关人民警察奖励条令》规定，伪造事迹或者申报奖励时隐瞒严重问题，严重违反规定奖励程序，获得授予荣誉称号奖励的个人受到开除处分、刑事处罚等五种情形，应当撤销奖励。但谭彦的问题比较复杂，主观上不具备伪造或隐瞒的故意，在取得荣誉后也未有被开除处分等情形，说白了只是获得的奖励名不副实，且在知情后没有如实上报。所以对谭彦撤销奖励的工作看似简单，实则非常复杂。楚冬阳向郭局陈述利害关系，如果要撤销奖励，必须由奖励申报机关报请奖励批准机关同意，谭彦荣立的个人一等功、全省青年卫士等称号，都是由市局向省厅进行申报的，而省厅已经将谭彦的荣誉事迹报到了北京公安部，准备参加年底的全国优秀人民警察评选。只要撤销奖励的事情一起动，此事必将全省皆知。郭局没有犹豫，再次强调要依法依规，严格按程序处理，且处理结果要对全局公示，做到公开、公正、公平，足以服众。楚冬阳领会郭局意图了，他收回了谭彦所获的奖章和证书，等最终出处理结果后，再收回所获奖金。

虽然郭局要求在做出最终处理决定之前，此事要严格保密，但天下哪有不透风的墙，更何况对谭彦撤销奖励的工作涉及多个部门，需要逐级上报。消息不胫而走，第二天一早便全局皆知了。

谭彦正在发愣，耳机突然被拽掉了。谭彦转头一看，是百合。

“有时间吗？我想跟你聊聊。”百合说。

“这里不行吗？”谭彦问。

“这里人太多，出去走走吧。”百合说。

谭彦知道百合的用意，但也不好拒绝，就仰头喝完了豆浆，随她走了出去。

外面空气很好，昨夜的风带走了尘埃和雾霾。两人一前一后地走着，百合停在了一棵茂盛的柏树下。

“我跟你说过吧，刚考进特警队的时候，我特别不适应。不能化妆，不能留长发，不能像其他女孩那样有自由的业余时间。有一段时间我真的想放弃了。”百合看着谭彦的眼睛。

谭彦知道，她是想劝慰自己。“我知道，但后来你坚持住了。”

“知道因为什么吗？”百合问。

“因为……你坚强啊。”谭彦说。

“不是。是因为泰格。”百合说，“你知道吗？领导刚把泰格交给我的时候，它已经四岁了。它立过很多次功，是一只功勋犬。上一个训犬员辞职了，我是中途接的手，刚开始它不服我，见到我总是呜呜地叫。在训练的时候，还欺负我，咬着绳子不撒嘴。但领导告诉我，要想战胜它，必须先战胜自己。于是我就软硬兼施，在不训练的时候，跟它套近乎，喂它好吃的，帮它梳毛；训练的时候一点不客气，完全按照操作规程来。后来它被我驯服了，我也战胜了自己。但没想到时间这么快，刚刚六岁它就退役了，离开了一线。你知道吗？虽然警犬服役的黄金年龄只有三至五岁这几年，但它本来还可以再工作几年的。就是因为那次事故，才让它提前离开警队。”她的眼神黯淡下来。

“事故？我没听你说过啊。”谭彦说。

“去年夏天的时候，我在凌晨被叫醒，去参与处置一起持刀劫持人质的任务。嫌疑人在一个饭店劫持了自己的女友，他情绪很激动，扬言要同归于尽。为了不激化矛盾，所有男特警都在远处待命，只有我一个人扮装成饭店的服务员，给他们送水，以缓解嫌疑人的情绪。我当时搞砸了，不知道为什么那么紧张，我本想劝慰嫌疑人，却不料他突然发作，持刀向我袭来。危急之时，泰格扑了过去，咬住了嫌疑人的胳膊，但自己也被刀扎伤了。嫌疑人被控制住了，人质也得救了，但泰格的腿却整整缝了 20 多针，直接影响到了它的职业生涯。我刚开始训犬的时候，浪哥就提醒我，越快乐的相聚，分离时就越痛苦。我一直害怕这一天的到来，但没想到，它还是来了。泰格和浪哥一样，都成了英雄……”百合的眼睛里闪着泪光。

“如果再选择，还会当警察吗？”谭彦问。

“我喜欢一句话，宁愿做过了后悔，也不要错过了后悔。”百合看着谭彦。

谭彦点点头：“谢谢你，给我讲了这些。放心吧，我会撑住的。”

百合把手伸进口袋，拿出一样东西，递给谭彦。

谭彦一看，正是那个“猪爸爸”徽章。

“啊，我以为丢掉了，没想到你……”谭彦有些感动。

“你说过的，猪爸爸会把照片挂在墙上，会打棒球，会带佩奇和乔治去野营，会在下雨的时候在泥坑里跳，所以他是孩子心中的英雄。”百合说。

“谢谢你，谢谢……”谭彦低下了头。

“还有这个，送给你。”百合又递给谭彦一个东西。

谭彦展开一看，是一张柏林爱乐乐团襄城音乐会的门票。

“通过黄牛买的，没办法，太紧俏了。”百合说，“就在下个月，如果咱们能顺利破案，就一起去看。”

谭彦笑了，又哭了。他看着百合，觉得压在自己心里那块石头，似乎被撬动了。

“给我。”百合又伸出手。

“什么？”

“把徽章给我。”百合说。

谭彦把徽章交给百合。百合松开别针，将徽章别在了谭彦的警服上。

“你不是在书里写过吗？一只站在树上的鸟儿，从来不会害怕树枝折断，因为它相信的不是树枝，而是自己的翅膀。所以无论到什么时候，都要加油！”百合看着谭彦的眼睛说。

“嗯。”谭彦重重地点了点头。

这时，远处突然响起了一声口哨。谭彦转头望去，竟然是章鹏。

“哎，我们想了半天，还是觉得让百合来劝你最合适，以免……引起你的抵触。”章鹏苦笑。

“你？”谭彦皱眉。

“还有我呢。”另一边，廖樊走了过来，“郭局刚才找过我了。没什么大不了的，奖励撤销就撤销呗，职务不是还在吗？只要你当一天政委，你就得配合我这个队长的工作。对了，他们也来了。”廖樊冲谭彦身后一指，一辆警车开了过来。

车停住，那海涛、林楠和黎勇走了下来。

“就知道你得消沉。唉，你们这些政工干部啊……就是扛不住事儿。别害怕啊，要是特警不要你了，就找我来。我那视频大队正缺个写材料的呢。”黎勇笑。

“你们……是算计好了的吧，一起来看我的笑话？”谭彦皱眉。

“什么话？我们是来开会的。郭局抽调了全局的精干力量，刑侦、禁毒、经侦、预审、特警再加上视侦，十点整准时开会。”林楠说。

“哦，郭局没叫我。”谭彦苦笑。

“谁说的，郭局刚给我打了电话，让我务必叫你过来。秘大伟那边有消息了，咱们得一起商量商量下一步该怎么办。”那海涛说。

几个人围到了谭彦的身边，谭彦看着大家，有些不知所措。

“你们……都是怎么知道这事儿的？”谭彦问。

“哼，我看你啊，真是干政工把脑袋都干木了。你忘了，政治部副主任楚冬阳在经侦大队跟我搭过班子，他知道咱们俩的关系，能不跟我说吗？”林楠说。

谭彦这才知道，是楚冬阳漏的信儿。

“哎，在这件事上，他可是好意啊。他知道我跟省厅政治部人事训练处的人熟，让我先去打个招呼。”林楠说。

“别，这事儿，要公事公办。”谭彦说。

“当然，我打招呼的目的就是公事公办，不要节外生枝。”林楠说。

“还记得我讲的那个跟村干部喝酒的笑话吗？其实后面的结局我没给你讲，要讲就是悲剧了。我之所以那么玩命地跟他喝酒，目的是让他宽心。我们去村里抓的那个贼，就是他的侄子。”黎勇说。

“真的假的？”谭彦不信。

“真的,我什么时候说过假话啊？”黎勇反问,“哎,我们视频大队这个‘辅助科室’可都准备好了啊，随时配合你们特警大队行动。”

“对了，那两个匿名号码也有进展了，一会儿会上说。”章鹏说。

“哼，我看你啊，真是到一线挂职挂晚了。干警察的要是一辈子只窝在办公室里码字，那才算是冤枉呢。郭局这次召开的会议，就是继‘亮剑行动’开展后的第二波行动，还记得我送你的字儿吗？”那海涛问。

“什么字儿？”谭彦恍惚。

“哼，好好想想。”那海涛笑了。

市局的保密会议室里,众人正襟危坐。参会的都是市局中层以上的领导,所有人的手机都放到了门外的屏蔽箱里。那海涛正在向郭局进行着汇报:“经过我们预审部门对秘大伟反复进行工作，他终于同意配合。据他反映，那个南方的毒贩阿袁已经于近期到了海城，正在伺机寻找购买毒品的下家。但由于近期我们开展的‘亮剑行动’成效显著,海城大部分的贩毒团伙都被打掉,余下的散兵游勇也都不敢露头，所以阿袁手中的货迟迟未出。我认为，现在正是接近他的好机会。”

“阿袁手里的货，是‘春雪’吗？”郭局问。

“是的，秘大伟在我们的要求下，已经与阿袁取得了联系，并获得了一些样品。经过禁毒大队的鉴定，正是高纯度的毒品‘春雪’。”那海涛说。

“这些货是他自己的，还是另有幕后？”郭局问。

“这个还需要继续调查,但据秘大伟分析,阿袁背后应该有更大的卖家。”那海涛说。

郭局点点头。“这个‘春雪’最初在蒋坤手里，后来‘二孩子’团伙策反了蒋坤手下的‘灰熊’，又派了‘骡子’过去卧底，但没想到却被‘独狼’团伙抢走，现在又出现在了阿袁的手里。大家说说，他们之间可能存在什么联系？”

“郭局，从前面接连发生的案件来看，有两条线索是一直贯穿的。”章鹏说,“一条是‘春雪’的线索,正如您所说,这条线可以串起蒋坤、‘二孩子’、独狼和阿袁；但还有另一条线，近期也浮出了水面，就是那个举报蒋坤的匿名电话。”

章鹏这么一说，大家都把目光转到他身上。

“在近期的一次搜查中，特警大队的突击队长刘浪和队员受到了贩毒团伙的伏击。技术部门对当时案发地点的信号源进行了摸排，发现其中有一个尾号为1117的号码，与举报蒋坤的尾号为1122的号码十分接近，前7

位一模一样。”

“这说明什么？”郭局皱眉。

“两个号码高度接近，这不会是巧合。我认为，不排除是犯罪团伙集中购买的连号电话卡。”章鹏说。

“也就是说，举报蒋坤的和袭击刘浪的是同一伙儿人。”郭局思索着，“如果真是这样，你说说，谁是蒋坤的对头？”郭局用手指的关节点着桌面。

“在办案初期，我们认为蒋坤的对手是‘二孩子’团伙。但经过这段时间的工作，可以确定，真正抢夺蒋坤手中‘春雪’的团伙，是独狼。”章鹏说。

“那是不是可以推测，阿袁背后的人就是独狼？”郭局用眼睛扫视着众人。

大家都没有说话，默默地思考着。

“廖樊，这么长时间了，抓捕耍娃儿的工作有没有进展？”郭局问。

廖樊腾地一下站了起来。“郭局，还……没有进展。”

“是跑了，还是藏在海城哪里了？”郭局问。

“上周，刑警重案队在河滩发现了两具高腐的浮尸，经过调查，都是耍娃儿的手下。我想耍娃儿也有可能，被人灭口。”廖樊说。

“被灭口了？有证据吗？”郭局皱眉。

廖樊看着郭局，没说话。

“没有证据就继续找，只要耍娃儿逍遥法外一天，海城的百姓就面临着危险。廖樊，这个任务你要盯到底！”郭局加重了语气。

“是！”廖樊立正敬礼。

“林楠、黎勇，你们经侦和视侦也得继续推进工作，力争尽快找到有价值的线索。”郭局又说。

“是！”林楠和黎勇也站起来，立正敬礼。

谭彦坐在台下，看着郭局指点江山、分配任务，但从始至终，郭局都没正眼看他一下。谭彦心里压抑，想走又没有理由，如坐针毡。

“那海涛，何时安排和阿袁接头？”郭局问。

“明天晚上，在海城望海酒店。”那海涛回答。

“人员安排好了吗？”郭局问。

“人员我们还在挑选，专案组已经提前进驻酒店了。”章鹏说。

“好，你们记住，这次的任务不只是抓这个毒贩阿袁，而是要通过他，找到幕后的黑手。黎勇，你们视侦要和技术部门联手，在禁毒接触嫌疑人的同时发现阿袁身边联系人的蛛丝马迹，扩大追踪范围；林楠，经侦要调查上下游的资金，以钱找人；需要抓捕攻坚的时候，廖樊，你们大队责无旁贷。”郭局指示。

就在郭局大手一挥，准备做最后动员讲话的时候，谭彦突然说话了：“郭局，我……我有什么任务吗？”

郭局一愣，看着谭彦。

谭彦站了起来：“郭局，我申请化装成毒贩，与阿袁接头。”

“你？”郭局皱眉。

“我有三个理由，证明自己合适。第一，在预谋绑架秘大伟的案件中，我就扮装成秘大伟，说明在这方面我有经验；第二，正因为那次我帮秘大伟化险为夷，所以他一直对我心存感激，所以配合度也会更高；第三，第三……”谭彦一时没编好，嘴里绊了蒜。

郭局苦笑，转头问大家：“你们说，他去合适吗？”

“我不同意。”廖樊带头反对，“郭局，谭彦一线工作经验不足，如果贸然派他去卧底，会存在风险。”

“我也不同意。”章鹏也开了口，“阿袁狡猾多端，说不好会不会黑吃黑，我准备派出一个身手好的民警去接头，如果遇到危险还可以自救。”

“你们！”谭彦怒视着众人，“你们就让我为刘浪做一些事吧！如果不是因为我，他也不会牺牲；如果不是因为我，案件可能早就出现转机了。郭局，请您答应我的请战。”谭彦坚定地说。

郭局看着谭彦，心里掀起了波澜。这么多年，谭彦从来没用这种语气跟自己说过话。在他眼里，谭彦一直是个严谨有加但是魄力不足的“字警”，所以才动了让他到基层锻炼的打算。但没想到，谭彦经过这短短几个月的特警生涯，却像脱胎换骨了一样，变得让郭局都有点刮目相看了。但郭局在表面上，依然不动声色。

“让你去？你的把握有多少？”郭局问。

“我以党性保证，会全力以赴。”谭彦回答。

“我要的不是保证，而是百分之百的成功！你知道吗？在‘亮剑行动’开展以后，海城的毒品价格上涨了多少倍？谭彦，你答得上来吗？”郭局问。

“四……四倍。”谭彦依据以前开会的经验回答。

“错！章鹏你说。”郭局点将。

“一个月前还是四倍，但在我们打掉‘二孩子’团伙之后，‘春雪’的价格已经飙升到了以前的六倍。”章鹏回答。

“六倍……”谭彦也倒吸了一口冷气。

“你知道这意味着什么吗？如此高昂的利润，必会让毒贩更加疯狂。这次任务，不是简简单单地化装侦查和接头，而很有可能要面临死亡的威胁。谭彦，我再问你一遍，你有把握吗？”

“我……”谭彦看着郭局，“我有把握！”他回答。

“好，你既然这么说，我就同意你的请求。”郭局板上钉钉。

他这么一说，大家一片哗然。

“郭局，我看还是我们的人去吧，这次任务太危险了。”章鹏说。

“君子一言驷马难追，章鹏，你不想给谭彦这个机会吗？”郭局把话挑明。

一听这话，章鹏不言语了。大家都明白了郭局的用意。

郭局站起身来，走到会议室的一块蒙着布的白板前。郭局停顿了一下，转头看着大家。“从‘亮剑行动’开展以来，咱们团结一心、攻坚克难，几乎将海城的贩毒团伙全面瓦解，取得了一次又一次的胜利。但从长远来看，我们的工作还不够到位，还不深不细。咱们打掉的蒋坤和‘二孩子’团伙，只不过是浮在表面的罪恶，更深层次的黑幕咱们还没有触及。所以，是该开始第二波行动的时候了。”他说着将布掀开，白板上露出了密密麻麻的行动计划图。在上面，用黑色水笔写着四个大字，“藏锋计划”。

谭彦愣住了，这才明白在开会前那海涛说过的话。

“同志们，藏锋计划是由省厅禁毒总队主导的专项行动，咱们的亮剑行动只是其中的一部分。现在省厅已经开始收网了，贩毒网络在被逐一击破，同时还深牵出了海外的线索。都说‘藏锋藏智藏势，斗智斗勇斗心’，亮剑只是开始，藏锋才是重点。现在，深挖海城贩毒团伙幕后的攻坚战开始了！”郭局的声音铮铮作响。

卧底

在望海酒店的顶层天台，谭彦和章鹏并肩伫立，向下俯视。夜色如墨，远方的车海川流不息，人群如潮水般涌动。

“我们在那个地方设了观察点，如果阿袁驾车，就能马上获取他的车号。”章鹏指着酒店门口的一个位置，“还有正门和后门，黎勇的视侦大队也在暗中连上了酒店的监控，随时可以进行人脸识别。只要阿袁露脸，就不愁查不到他的真实身份。”他又说。

“酒店保卫部门知道咱们的行动吗？”谭彦问。

“没有通知他们，郭局特意强调，将此次行动的保密等级升至最高。除我们几个中层之外，其他所有参战民警都只能看到自己参与的局部工作，而不知道整体计划。”章鹏说。

“秘大伟呢？会不会跑风漏气？”谭彦问。

“哼，这个‘鼹鼠’啊，油滑得很。他这次之所以配合我们，也是想通了。你们之前在预谋绑架的时候解救过他，一旦黑道知道这个情况，肯定把打掉‘二孩子’团伙的事儿跟他联系上，他有口也说不清。那海涛掰开揉碎地给他进行了分析，他也明白了自己的处境，于是趋利避害，选择了跟我们合作。呵呵，现在他啊，可比我们还想将那帮毒贩一网打尽呢。”章鹏笑。

“嗯，明白了。”谭彦点头，“我的身份是什么？”

“这是你的全部档案，好好背熟。明天晚上就要以这个身份出场了。”章鹏递给谭彦一个 iPad。

谭彦认真看着：“沈岩，襄城人？”

“是的，这个沈岩是襄城的毒贩，外号老贼，在道上神龙见首不见尾的，很少有人知道他的真面目。这次他被阮龙集团的‘壹哥’派到海城来寻货。你要扮装的就是他。”章鹏说。

谭彦看着沈岩的资料，不禁皱眉。

章鹏看出他的担忧：“放心吧，这个人在两周前被我们抓获了，现在就关押在海城看守所里。他一贯独来独往，没有人会发现是你在扮装他。”

“好，我尽快熟悉资料。”谭彦点头。

“记住，秘大伟负责牵线，按照最后你和阿袁交易总价格的千分之三提成，你是来自襄城的老贼，你要买十公斤‘春雪’。这个酒店是阿袁订的，你从明天早晨正式入住。记住，一定要注意安全。”章鹏叮嘱。

“嗯，放心吧。”谭彦点头。

“对了，还有这几个视频，你看看。”章鹏说着拿过 iPad，点出了视频。

视频是几个不同地点的监控录像，时间大都是在晚上，上面显示出同一个身影。那个身影戴着帽子和口罩，看不清正脸。

“现在全市的‘天网系统’已经升级了，除了人脸识别还多了动作识别。这段时间，黎勇的视侦大队全面调取了几个案发地周边的监控录像，经过动作特征的大数据分析，排查出了这个人。”章鹏说。

“查出身份了吗？”谭彦问。

“还没有，还在做识别。但我想，这不会是巧合，这个人很可能与案件有关。”章鹏说。

谭彦默默地看着，若有所思。

第二天清晨，谭彦披挂上阵。他一改往日简单朴素的着装风格，换上了一身名牌。BURBERRY 的衬衣，BOSS 的外套，BV 的挎包，再加上一双

GUCCI 的平底鞋，摇身一变，成了个恶俗的土豪。而这种穿衣风格，也是秘大伟亲自指点的。按照他的说法，在道上混的这帮人，谈生意的时候大都是这种打扮。一是因为挣的是快钱，进得快也出得快；二是干着不法营生，有今儿没明儿，舍得消费；三呢，也是标榜身份，好谈生意。但谭彦却暗想，要不是秘大伟那身打扮，还不会被绑架团伙盯上呢。所以做人啊，还是要低调，学会锦衣夜行。

为了稳妥起见，一大清早，廖樊就开车将谭彦送到了机场。谭彦再从机场打车到了酒店。从下车一刻起，他就要正式入戏了。这次行动不比那次预谋绑架，谭彦大部分时间都要单独行动，虽然有章鹏和廖樊等人在暗中保护，但对手狡猾多端，着实算是独闯龙潭。

谭彦一边走一边观察着酒店周边的情况。望海酒店在海城算得上首屈一指，门前的迎宾员老远就冲谭彦鞠躬行礼。在酒店门外，摆放着一些充气的儿童游乐设备，许多孩子在嬉戏玩耍。在“海洋球”池旁边，一对母女正把外衣和书包放在自动扫码的更衣柜里。一切都平和有序。但谭彦此刻要面对的前路，却凶险未知。

谭彦走近前台，一个年轻的男服务员熟练地帮他开房。

谭彦把市局户政中心加急“伪造”的身份证递了过去。服务员一边敲着电脑，一边查验身份证信息。

“沈岩先生你好，您要住什么房型？”服务员微笑着问。

“带电脑的大床房，楼层高一些的，不要临街。”谭彦回答。

服务员麻利地操作着，几分钟就搞定了房卡。“祝您生活愉快。”服务员把身份证还给谭彦。谭彦暗笑，看来任何做假证的技术都比不过市局户政中心。

按照秘大伟的安排，他在到达酒店之后，需要上网进入一个网络直播间，在里面阿袁会主动找到他。谭彦按图索骥，登入了一个视频直播网站，用“延时”的 ID 登入了 81 号直播间，直播间里的主播正在唱着烂俗的歌曲，什么“女人不是妖，性感不是骚……”谭彦默默地等待着，一直等了两个多小时。他有些不耐烦了，起身来到窗旁，看着望海酒店另一面的老旧楼群。他沏了一杯咖啡，想稳定一下情绪，但还没喝一口，电脑的音箱突然发出了鸣响。一个叫“射击”的 ID 给他发了一个笑脸。

谭彦赶忙回复：“在。”

对方又发：“哪个房间？”

谭彦回复：“2103。”

对方下了线。

谭彦盯着屏幕，稳了稳情绪，再次走到窗旁，冲着那片老旧楼群，缓缓地伸展了一下腰身。在相隔百米的楼群中，正盯着望远镜的小吕回头跟廖樊报：“已经取得联系了。”

廖樊点头：“继续观察。”

谭彦本以为阿袁会马上造访，却不想这一等就到了傍晚。他没有开灯，在黑暗里踱着步，这种坐立不安的感觉，像极了写不出讲话稿的焦虑。他看了看表，这才发现自己还没吃晚饭，这显然不像一个久在江湖上行走的老炮儿做派。他披上了外衣，刚想开门，就在门缝底下看到了一张纸条。他举在手里观看，上面写着一行歪歪扭扭的字：“地下娱乐城，VIP3”。谭彦停顿了一下，开门走出了房间。

娱乐城位于望海酒店的地下一层，门口穿着红色旗袍的迎宾小姐齐刷刷地低头鞠躬。谭彦走进 VIP3 的时候，桌上的果盘已经摆好了，但阿袁却并不在里面。

“是谁开的房？”谭彦问服务员。

“一位先生，他已经付了娱乐套餐的钱，让您好好潇洒。”服务员回答。

“他人在哪里？”

“这个，我就不知道了。”服务员摇头。

“装什么孙子啊。”谭彦爆了粗口。

他知道从自己入住酒店时起，那个阿袁就一直在暗中监视。他按照章鹏教给他的行为方法，边骂边往包间外走。但还没出门，就被两个小姐挡了回来。谭彦一愣，服务员坏笑着凑了过来。

“先生，她们……也是套餐的一部分。”服务员说。

“一部分？哼，能干什么啊？”谭彦露出粗俗的嘴脸。

“您随意，‘小活儿’‘大活儿’都能干。那个先生已经付过款了。”服务员说。

“‘小活儿’‘大活儿’……”谭彦装作不屑。

“您看这样好不好，这包间也乱，要不您跟她们到房间里聊？”服务员暗示。

谭彦没有拒绝的理由。这时，两个小姐主动起来。“走吧，这里有点冷，去你房间，走吧。”两人说着就往外推谭彦。

“好，那就走。”谭彦没办法，搂着两个小姐就往外走。服务员见状，紧随其后。“先生，先生。”

“干吗？”谭彦回头。

“那个先生让您今晚尽兴，明天到老地方见面。”服务员说。

“他的话，你记得够清楚的啊？”谭彦看着服务员。

“呵呵，收人钱财，替人办事，我的本分。”服务员微笑着回答。

谭彦一不做二不休，带着两个小姐回了房间。一进门，一个人就拉上了窗帘，另一个开始宽衣解带。

谭彦虽然干了十多年警察，却压根没见过这个阵仗，心里怦怦直跳，但表面上却摆出一副色眯眯的样子。他为了抑制住情绪，转手从吧台开了一瓶“科罗娜”，咕咚咕咚地灌下肚去。

这时，两个小姐已经脱得一丝不挂了。她们嬉笑着走来，像蛇一样地缠绕在谭彦身上。谭彦没想到阿袁能跟自己来这套，脸红心跳，一时不知该如何进退。

两个小姐很主动。“先生，你想先从我们哪个开始啊？”一个丹凤眼的小姐说。

“你们……”谭彦咽着口水，不知如何拒绝。

“哎哟，你不会怕我们吧？”另一个粗眉毛的小姐笑了。

正在焦灼之际，谭彦突然发现了一个细节。那个粗眉毛小姐的挎包此刻正摆在床头柜上，里面隐约能看到一丝红光。谭彦心里有谱了。他撇嘴一笑，推开两人，一屁股坐在沙发上。

“说吧，阿袁让你们来干吗？”谭彦问。

她们一愣，显然没想到谭彦会这么问。

“哪个阿袁？”丹凤眼的小姐装傻。

“别废话，就是让你们来的那个。”谭彦虽然没在一线干过，但在政治部却练就了察言观色的本领。从刚才进了包间开始，谭彦就觉得不对。他知道，这是阿袁的圈套。

“呵呵……”丹凤眼笑了，“老板吩咐，就是让我们好好陪你，让你尽兴。”她说着又凑过来。

谭彦明白她们的用意了。

“把衣服穿上。”谭彦冲丹凤眼努了努嘴。

“啊？”丹凤眼一时没理解。

“穿上！”谭彦命令道。

两个小姐感到尴尬，无奈窸窸窣窣地穿上了衣服。

“阿袁那个王八蛋，要是不信就别他妈让我来。什么意思？拿我当猴耍？”谭彦拍响了桌子。

“哎，老板，阿袁可不是这个意思。”粗眉毛的小姐刚一解释，就说漏了嘴。谭彦更明确了，这两人肯定是阿袁的手下。

“我来海城，是见他的，不是跟你们混的。你瞧瞧你们这身材，要哪儿没哪儿，除了性别，全身都是假的，还跟我这卖骚呢？我知道你们有病没病啊？”谭彦开始模仿起黑帮电影中的流氓对白，“回去告诉那王八蛋，要是想见面，就尽快。明天我再等他一天，再不露面，就不陪他玩了。”

“老板，您别生气。”丹凤眼还想解释。

谭彦腾地一下站了起来，一把拉开了门。“滚！”他不客气地说。

两个小姐灰头土脸地离开，临走的时候丹凤眼还不忘提醒谭彦，明天在“老地方”见。

谭彦关上门，长长地呼了一口气。这时，《拉德斯基进行曲》响起来。他接通电话，是章鹏的声音。

“哎，我说‘谭荣誉’，你丫没失身吧？”章鹏在电话里笑。

谭彦没有回答，在屋里左顾右盼。

“放心，技术部门已经检测过了，房间里没问题。”章鹏说。

谭彦这才放了心。“别废话，你们都看见了吗？”

“没，没，我们就看见那两位露后背了。”章鹏笑。

“娱乐城的服务员，还有那两个小姐，都有嫌疑。”谭彦说。

“放心，黎勇的人已经盯上了，跑不了。”章鹏说。

“那下一步……该怎么做？”谭彦问。

“你刚才怎么处理的？”章鹏问。

“刚才有些急，我告诉那俩女的，明天要是阿袁再不露面，我就不陪他玩了。”谭彦说。

“嗯，这种处理好，够江湖。你既然说了，就得照办。我看这样，你明天继续上线等阿袁的消息，如果他依然不露面，下午订票，走人。”

“走人？就这么走了？”谭彦皱眉。

“记得我说过吗？宁丢勿醒，就算这次没交易成，也不能引起他的怀疑。对了，你现在马上给秘大伟打个电话，大骂阿袁，这才是正常反应。”章鹏提醒。

谭彦依计行事，在向秘大伟大骂阿袁之后，仰身躺在了床上。他感到疲惫，觉得化装侦查这活儿可真是比写报告还要费劲。正在这时，房间的电话响了起来。谭彦犹豫了一下，接通电话，传来一个女人的声音。

“先生，要服务吗？”那个声音妖娆暧昧，但谭彦却觉得很熟悉。

“有什么服务啊？”谭彦问。

“只要你钱包够鼓，什么服务都有。”那个声音回答。

谭彦暗笑。“行，你上来吧。”他说完就站了起来。

不一会儿，门就敲响了。谭彦透过猫眼看去，门外站着一个浓妆艳抹的女子，她的睫毛很长，留着短发，坤包的挂带缠绕在手中，熟练地在空中甩动着。

谭彦打开门，女子走了进来。

“我钱包够鼓，有什么服务啊？”谭彦坏笑。

“掏裆砍脖，折腕牵羊，抱膝顶摔，你选一个吧。”百合怒视谭彦。

“怎么了？着急了？怕我堕落了？”谭彦也笑。

百合不屑地推开谭彦，走到沙发旁。“领导指示，我陪你，待四十分钟。”

“四十分钟？”谭彦不解。

“对了，让我进门就要打开喷淋。”百合咋咋呼呼地跑到卫生间。

谭彦知道这是要给阿袁做戏，但能在这里见到百合，心情还是疏解了许多。

百合走出卫生间，用手拢了拢头发。在昏暗灯光的照射下，百合浑身散发出一种妩媚。谭彦突然觉得心跳加速，呼吸也急促起来。

“哎哎哎，你想干吗？我怎么觉得你不对劲啊。”百合警惕地看着谭彦。

“哼，众目睽睽之下，我能干吗？”谭彦自然知道百米外观察点那台红外望远镜的厉害。

“哼……”百合俏皮地撇着嘴。

“你知道吗？我曾经觉得，你我之间的距离很远。”谭彦说。

“啊？”百合不解。

“以前我觉得我们无论从年龄、经历，还是三观，也许都有不可逾越的鸿沟。但现在我觉得，我很想和你一直在一起。”谭彦说。

“你……犯什么神经啊。”百合的脸红了。

“我一直在努力，你知道因为什么吗？”谭彦说，“因为胆小、畏难、自卑，所以什么工作都要赶在前头，努力提前做好。但还总有危机感，想要退缩，也因此冲得更狠。一直到现在，都不敢停歇。”

“你已经做得很好了，不必总求全责备的。”百合看着谭彦。

“但遇到你之后，我觉得心里很踏实。从见你的第一面起，我就有这种感觉。”谭彦说得越发深情。

“真的吗？”百合的眼里闪着光。

“真的。我还记得第一天来特警大队报到的时候，你用手甩着胸卡的绳，穿着白衬衣和蓝色牛仔裤。当时我就觉得，这个女孩真美。”谭彦说。

百合笑了，笑得很灿烂，脸上厚厚的脂粉都掉了下来。“哎，我怎么觉得这么别扭啊，你的这些话是不是该在某个阳光明媚的日子对我说啊？”

“真心话，在哪里说都一样。”谭彦认真地说。

“这……算是你对我的表白吗？”百合认真地看着谭彦。

“哎，你不会这么俗套吧，非要让我说那三个字。”谭彦摆手。

“说。我想听。”百合说。

“好，我……嗐，我说不出口。”谭彦笑。

“说，我在听着。”百合握住谭彦的手。

“好，那我说了。”谭彦鼓起勇气，刚要说出那三个字，却不料电话响了起来。谭彦无奈接通，那边传来章鹏的声音。“先生，您到钟儿了。”

谭彦叹了口气，冲百合摊开了双手。百合自嘲地“哼”了一声，把坤包往身后一甩，开门走出了房间。

谭彦看着百合的背影，心里所有的彷徨和纠结都一扫而光。每当和这个女孩在一起的时候，他就感到温暖和安全，也许这就叫作爱情吧。

与此同时，在酒店外的一辆黑色轿车里，一个戴着口罩的男子在打着电话。

“哼，不敢接你们的招儿，倒自己找了个妞儿上去。废物……”他不屑地说着。

而他却没想到，自己的一举一动，此刻都在黎勇的监控中。

“章鹏，阿袁找到了。你记一下车号……”黎勇拿着电话轻声地说。

收网

谭彦辗转反侧，始终睡不着。他仰躺在床上，许多事像电影一样在他眼前闪过。十几年如一日的“字警”生涯，第一次被提拔时的喜悦憧憬，刚开始牵头宣传处准备大干一场的豪情壮志，以及在陈飞报告会之前的亢奋和冲动。他默默地叹了一口气，觉得困意袭来。他闭上双眼，但不知怎么的，老庞的身影突然出现在他面前。

“不会出什么问题吧，比如引起民警反感，或者家人临阵退缩？”老庞泼着冷水。

“我是觉得，这么设计是揭人家的伤疤，不太道德。弄不好会适得其反。”老庞继续说。

谭彦感到胸中憋闷，呼吸也急促起来。这时，郭局又出现在了眼前。

郭局站在台上，挥舞着手臂，对着台下大义凛然地背诵着谭彦写的讲话稿。“什么是荣誉啊？是百折不回的坚守；什么是荣誉啊？是义无反顾的冲锋；什么是荣誉啊？是勇者无惧的担当；什么是荣誉啊？是初心不改的忠诚！”台下响起热烈的掌声。

但突然，冯霞就冲到了谭彦面前，她歇斯底里地大喊着：“我就想问问你们，陈飞到底是不是被累死的，是不是?！五加二，白加黑，什么人能顶得住啊！要是被你们累死的，我们孤儿寡母的有没有人管？孩子上学，我们的住房怎么办？怎么办？”

谭彦猛地惊醒，额头布满了汗水。他虽然从梦中脱离，但耳畔依旧回荡着那许多个声音。

挠挠似乎在追问：“爸爸，以前每次吃完麦当劳，你和妈妈都会带我去北海的湖边玩，以后还可以吗？你们还会一起带我去吗？”

而季敏则在说：“我们已经结束了，你需要新的开始。”

谭彦彻底醒了，他抬腕看了看表，刚刚清晨五点。他拉开窗帘，看着天边的晨辉，轻轻坐在了沙发上。这些日子，他经历的事情太多了，自己似乎是在爬着一个绳梯，每一步都异常艰难，但刚到巅峰又如绳降一般地坠入谷底。他睡意全无，索性打开电脑，进入到那个直播间里。直播还没开始，里面没有任何互动。谭彦就挂着机，默默地等待着，宛如一个毫不在意结果的渔夫在佛系地垂钓。这一等就是一天，那个“射击”依然没有露面。

谭彦知道不能再等下去了，他决定开始下一步。他来到酒店的前台询问，然后在那个年轻服务员的指引下来到了商务中心。他订了一张到广州的机票，时间是次日早晨。

“先生，需要帮您订车吗？”服务员彬彬有礼地问。

“订一辆吧，早点到。”谭彦回答。

这步棋走出，就要看阿袁是否接招了。但令谭彦没想到的是，他刚回到房间，电话就响了起来。一个尖细的男声笑着说：“怎么，沈老板，生我的气了？”谭彦知道，对方就是阿袁。

“你要是有诚意，就出来见面。要是拿我耍着玩，我没时间奉陪。”谭彦语气强硬。

“哎哎哎，你要理解我啊，现在海城的风声这么紧，我这么做也是保护彼此的安全啊。呵呵，昨天那两个姑娘怎么样，今晚要不要再来陪陪你？”阿袁调笑着。

“别他妈废话，货呢？什么时候交易？”谭彦质问。

“‘鼹鼠’告诉我，你那边要多多益善？”阿袁问。

“只要价格合理，你有多少我要多少。”谭彦说。

“哼，好大的胃口。你知道‘春雪’现在的价格吗？”阿袁问。

谭彦心里咯噔一下，他终于听到了“春雪”这个名词。“不是涨了四倍吗？我接得动。”谭彦说。

“呵呵……现在可不止四倍了。”阿袁笑，“这样，你先验货，其他的之后再聊。”

“货在哪？”谭彦问。

“你现在下楼，出大堂。在门前有一个‘海洋球’池，旁边有一排更衣柜。”阿袁说，“第三排倒数第二个更衣柜，密码是六个 8。”

“你敢把货放在那里？”谭彦问。

“呵呵，越危险的地方就越安全。你先去验货，我一会儿再联系你。”阿袁笑着挂断了电话。

谭彦沉默着，权衡着利弊。这时，《拉德斯基进行曲》响了起来，是章鹏的来电。

“喂。”谭彦接通电话，“嗯，我准备一试。”

“你别急，我让技术的人先过去测试一下，起码要排除里面是否有爆炸物。”章鹏说。

“不行，阿袁既然敢让我去直接取货，周围肯定有眼线在观察。都到这个时候了，不能前功尽弃。”谭彦说。

“那也不行。听我的，得等确认安全之后再行动，我太了解这帮孙子了，为了钱什么都干得出来。”章鹏说。

“行了，别说了。我现在下去了。”谭彦说着就挂断了电话。他决定冒险一试，他不能再让自己失败。他想起了郭局在会上说的那句话，可以说这次行动，是郭局给自己的又一个机会。谭彦下了楼，快步走出大堂，来到那个“海洋球”池旁。外面起了雾，让夜色显得昏黑阴沉。他走到那个更衣柜面前，试探着按动了密码。

“啪”，更衣柜应声打开。谭彦小心地用手触碰，里面有一个手掌大小的纸袋，摸起来软绵绵的。谭彦慢慢地将纸袋从更衣柜中取出，没想到还没拿稳，就被身后的一股力量扑倒。

“谁！”谭彦惊得大叫。他奋力转过头，没想到扑倒自己的竟是两个警察。“你们……干什么？”谭彦大声问。

“你手里拿的是什么？”一个警察用力地撅过谭彦的胳膊，质问道。他的嗓音很粗，警帽遮住了他的面容，唯一清晰的是他耳旁的大鬓角。

“这……我也不知道是什么。”谭彦慌忙辩解。

“别废话，我们接到举报，在这个更衣箱里存有毒品。我们等你多时了。”另一个细嗓子留着胡须的警察冷笑。

谭彦晕了，没想到半路会杀出两个警察。两人不由分说，一把拎起了谭彦，又给他戴上了头套，粗鲁地将他塞进了车里。远处的百合急了，刚要行动却被章鹏制止。专案组的众人眼睁睁地看着谭彦被塞进了一辆黑色的轿车。轿车扬长而去。章鹏的额头冒出了汗水，他拿起电话，轻声地说：“行动，开始。”

漆黑一片，谭彦被蒙着头，坐在两个警察中间，不知他们要将自己带到哪里。车摇晃着，似乎在经过颠簸的路段。这时，粗嗓子警察发话了。“我知道，你不是沈岩。”

谭彦愣住了，但并没有马上回答。

“你根本就不是襄城人，我们查过你的地址。”细嗓子警察说。

“说！你到底是谁？叫什么名字？”粗嗓子警察问。

谭彦的大脑在飞速运转着，他在判断着，抉择着。

“你们为什么抓我？”谭彦反问。

“因为你贩毒啊。”粗嗓子警察回答。

“你们怎么知道，那个东西是毒品？”谭彦问。

“别废话，这还用问吗？”细嗓子警察说。

“你们要把我带到哪里？”谭彦问。

“带到……”两人有些犹豫。

“哎哎哎，别废话，回答我们的问题。我告诉你啊，只要老实交代，我们就能手下留情。”粗嗓子警察说。

“怎么手下留情？”谭彦问。

“只要我们满意了，我们就……放了你。”粗嗓子警察说。

谭彦暗笑，心里有谱了。

“别别别，你们可千万别放我。我倒要看看，你们要把我带到哪去。凭什么无缘无故地抓人啊，还讲不讲法律了。给我电话，我要联系我的律师。”谭彦提高了嗓音。

两个警察沉默着，显然没料到谭彦会如此强硬。

“还律师……哼，吹什么牛啊。”粗嗓子警察不屑，“你信不信，我们废了你！”他越说越离谱。

“废了我？哼，你们试试，有本事现在就废！”谭彦也叫嚣起来。

“哎哎哎，别激动，别激动。”细嗓子警察按住了谭彦的手，“其实……我早就看出来了，你和我们一样，也是警察。”

“哼，什么意思？”谭彦问。

“你是来这儿卧底的吧？”他问。

“呵呵，卧底？我还是他妈来这儿卧槽的呢。我不是警察，我是警察他爸！”谭彦大声说，同时猛地抬手，想揪掉蒙在头上的头套。这下两个警察急了，按住他。但谭彦仍不依不饶，左突右撞。无奈之下，车猛地停住了。两个警察合力把谭彦揪到了车外。

“警察打人了！打人了！”谭彦大喊，但随即腹部就中了一拳。他痛苦地弯下了腰,随即又被一脚踹倒。当他还想喊的时候,突然一个硬物顶住了他的头。

“再乱叫，我毙了你！”粗嗓子恶狠狠地说。谭彦知道，那是一把手枪。

谭彦不但没有害怕，心里反而坦然了。看来这次行动并没有失败，此刻自己面对的两人,显然不是什么警察。其实从刚开始他就看出来了,根据《公安机关人民警察内务条令》第十六条第一款规定，男民警是不得留长发、大鬓角，或者蓄胡须的。

谭彦没有退缩，反而用头顶住枪口，缓缓地站了起来。“你们丫装什么孙子啊！阿袁，你个王八蛋在哪呢？你他妈有完没完，要是站着撒尿的，就给我出来。别缩着头像个乌龟！”谭彦大骂。

他这么一折腾，顶在头上的枪口挪开了。谭彦一把揪下头套，渐渐恢复了视线。周围黑漆漆的，是一片荒地。远处不时响起轮渡的声音，应该是一处渔港码头。他与面前的两个“警察”对视着，那个留大鬓角的突然笑了。

“嘿嘿，沈老板，别害怕，不是真枪。”他说着抬了抬手。借着月光可以看到，那把枪的质地是塑料的。

“你们是阿袁的人？”谭彦冷着脸问。

两人没有回答，都摘下了警帽。

“走吧，他等着你呢。”小胡子冲车的方向招了招手。

谭彦重新上车，两个人客气了许多。司机戴着口罩，一声不吭地启动车辆。车又颠簸起来，朝着渔港码头的方向驶了过去。

到了码头，两个人已经脱去了警服。他们带着谭彦上了一条渔船。

“去哪里？”谭彦问。

“去找老板。”大鬓角回答。

谭彦没再拒绝，他知道走到这一步，就只能顺其自然了。

船开得不快，发动机“呜呜”作响。月光被波浪打散，变成波光粼粼的碎片。船离渔港越来越远，四周黑漆漆的，已经分不清哪里是海哪里是天。

“阿袁在哪里？”谭彦不禁问。

两个人没说话，分别靠在谭彦的两边。

海风吹起，谭彦不禁打战。此时他没带手机，身边也无任何防身的工具。一旦发生意外，可能会葬身鱼腹，连尸体也难找到。谭彦的心揪了起来，时间被拉得似乎无限长。又过了十多分钟，船停在了海面上。

“我再问你一句，你到底是谁？”大鬓角冷冷地问。

“你不懂规矩吗？要是真的问出了我的名字，不怕有危险吗？”谭彦看着他说。

“哼，老贼是吧……”大鬓角露出了本相，“我知道你，这么多年不过小打小闹罢了。你知道‘春雪’现在的价格吗？想拿十公斤,你有这个实力吗？说，你背后的人是谁？”他看着谭彦。

谭彦看着大鬓角，轻轻一笑。在专案组的计划里，已经提前写好了应对此情况的台词。谭彦别的不行，要论“讲故事”自然是行家里手。“我不是老贼。”谭彦说。

“你不是？”大鬓角皱眉。

“老贼只是牵线的。我，是他的老板。”谭彦一字一句地说。

“他的老板？”大鬓角愣住了。

“我之所以自己来，就是为了跟阿袁谈合作的。我知道，现在‘春雪’的价格被抬得很高，但说句实话，能接手这么多货的买家，可是寥寥无几。按照之前的价格，十公斤，上千万，我有这个实力。但如果想长期合作，阿袁得拿出诚意。”谭彦面不改色地说，“如果只有这种货色，就免谈了。”谭彦说着指了指细嗓子手中的纸包。

“怎么付款？”大鬓角问。

“现金付款。一把一结，如果货对，我全要。”谭彦说。

“我怎么能相信你说的是真话？”大鬓角问。

“我怎么能相信你是阿袁的人？”谭彦反问。

双方僵持不下。大鬓角看着谭彦，表情慢慢松弛了。“行，又是老贼又是鼹鼠的，我相信你。”他说着走到船边，拿起一个手电，冲远处晃了晃。不一会儿，一艘快艇开了过来。上面站着一个人，谭彦知道，他就是阿袁。

两船临近，之间只隔着两三米的距离。阿袁站在快艇上，冲谭彦招了招手。

“你就是阿袁？”谭彦歪着头问。

阿袁身材消瘦，穿一身蓝色的冲锋衣，脸上戴着墨镜，看不清容貌。他抬手拿出一个小包，一甩就扔了过来。谭彦赶忙接住，仔细一看，里面装的是白色的粉末。

“试试吗？”阿袁问。

“哼，我从来不碰这些玩意儿。”谭彦摇头。

“你回去检测一下，如果货对，咱们再确定交易的时间和地点。”阿袁说。

“哎，我说，有必要这么小心吗？你就这么怕警察？”谭彦不屑。

阿袁停顿了一下，叹了口气。“你该知道的，蒋坤死了，‘二孩子’也完蛋了。现在风声太紧了，我不得不加倍小心。”

“你有多少货？”谭彦问。

“你想要多少？”阿袁反问。

“有多少我全要，”谭彦说，“但是，价格不能这么离谱。”

“你是什么背景，能吞得起这么多？”阿袁问。

“我的老板，是‘壹哥’。”谭彦不紧不慢地说。

“‘壹哥’……”阿袁愣住了，“你说的是阮龙集团的‘壹哥’？”阿袁问。

“废话，还能有谁。”

“他……为什么要从海城买毒品？”阿袁不解。

“你们的这批‘春雪’，都是蒋坤从缅甸益撒尼那里买到的。质量其实很一般，但由于碰上了警察的严打，价格抬得很高。这直接影响了我老板手里真正‘春雪’的销售，所以……他要买回这批货。”谭彦照着剧本说。

“他疯了吗？花这么大的价格？”阿袁问。

“在买回之后，‘春雪’的价格会更好。你们是赚快钱的，有货就出。‘壹哥’是走长线的，他要让‘春雪’成为真正的品牌。”谭彦说。

阿袁愣住了，一时无话。

谭彦仔细地观察着，发现阿袁的右耳上，戴着一个耳机。海面上是没有信号的，谭彦知道，他在利用对讲机通话。

“好，那你先验货，回去我也得商量。”阿袁说。

“你的老板是谁？一共有多少货？”谭彦追问。

“咱们从这第一笔十公斤开始吧。如果愉快，后面的货会马上跟上。”阿袁说。

“我怎么能相信你就是阿袁？”谭彦问。

阿袁笑了，摘掉了墨镜。谭彦没想到，他正是那个娱乐城的服务员。

“呵呵，收人钱财，替人办事，我的本分。”阿袁笑了。

在渔港码头，一辆尾号为8845的黑色GL8轿车里，一个戴着口罩的男子举着对讲机，听着阿袁和谭彦的对话。

“我查了，阮龙集团的‘壹哥’最近确实往海城派了人。应该不会错。你按照规矩跟他谈吧，如果量大，‘春雪’可以降一些价格。”口罩男说。

“他要以原价收，全要。”阿袁汇报。

“不要轻信他的话，也要防止他们抢货。先约好十公斤的交易地点，等成了，再说下一步。哎，但是不要得罪他啊，现在能一下收这么多货的买家，也少之又少喽。”口罩男说。

“好的，二哥，我马上办。”阿袁说。

口罩男放下对讲机，默默地注视着海面。他在盘算着，下一步该怎么办。海城现在太危险了，警察步步紧逼，如果不尽快将这批“春雪”脱手，说不好会重蹈蒋坤和黑娃儿的覆辙。他正想着，突然听到阿袁的喊叫声。“二哥，不好了！那个人是警察！”

“什么？你再说一遍？”口罩男惊呆了。

“砰砰……”对讲机里响起了枪声。

“阿袁，快走，千万不能让他们抓到！”口罩男急了，拿着对讲机大喊。但为时已晚，海城警方的集中突袭，已经开始了。

在望海酒店门前，前台的男服务员刚刚下班，没走多远就遇到了一个醉鬼。醉鬼晃晃悠悠的，显然喝大了。他脸上和脖子上都留有伤疤，一看就不是什么善主儿。服务员躲闪着，但不料醉鬼还是撞上了他。

服务员刚想退后，不料醉鬼突然出手，一个干净利落的“折腕牵羊”，就将他撅在了地上。

“哎哟哟，你干吗？干吗！”服务员大喊。

“哼……”醉鬼笑了，“阿袁，你藏得够深的啊。”

“谁是阿袁？你什么意思？”服务员大惊。

“海城市公安局禁毒大队的，一会儿得好好交代啊。”老三说着就拽起阿袁，老谢和老乔也从一旁跑过来，给他戴上手铐。

老三拿起电台，跟章鹏报：“前台的阿袁到位。”

一处杂乱的出租房里，放着亢奋的音乐，丹凤眼和粗眉毛两人一边“溜冰”，一边手舞足蹈。正在这时，门突然被撞开了，百合带着民警冲了进来。丹凤眼还在迷幻中，她上下打量着百合，突然笑了。

“嘿嘿,你……不是那个‘上钟儿’的小金鱼吗？干吗？也想试试这个？”她说着抬了抬手上的冰壶。

百合想起丹凤眼勾搭谭彦就来气，一点儿没客气，上去就来了一个“折腕牵羊”，一下将她掀翻在地。

“警察！别动！”百合大声喊。

几个民警给两人戴上手铐。百合拿起电台,跟章鹏报:“两个女阿袁到位。”

距渔港五公里外的海面上，彻底乱了。警用快艇将谭彦所在的渔船团团围住，大鬓角和细嗓子都缴械投降。但可惜的是，那个阿袁却趁乱驾着快艇逃走了。

廖樊带着特警跳上了渔船，对船舱彻底搜查，原来特警们的快艇一直在附近守候。

“各小组注意，全力搜捕一艘红白相间的快艇，发现之后立即截停，立即截停！”廖樊在对讲机里大喊着。命令传给了行动组的所有成员，连特警大队的电台也接到了指令。

幕后

在食堂里，王宝的电台呜啦呜啦地作响。他一边吃面，一边生着闷气。

马叔在一旁看着，笑着走了过来。

“怎么了，木头人，今天的行动怎没带你去啊？”马叔问。

“他们说只是抓捕行动，不需要狙击手。”王宝叹了口气，抬头看着马叔。

“那也挺好，休息休息吧。”马叔说。

“好什么啊？主犯跑了。”王宝摇头，“要是我在，还能帮上些忙。”

“主犯跑了？那行动不是失败了吗？”马叔问。

王宝没说话，继续生闷气。

“你呀，先喂饱肚子再说。无论到什么时候，有三样东西都是重要的，吃进胃里的食物，藏在心里的梦想，坚持到底的决定。”马叔缓缓地说。

“这是……什么意思啊？”王宝不解。

“哼，你还年轻，到了我这个岁数就会明白的。”马叔慈祥地笑了。

市局指挥部里，郭局收到了章鹏的报告。

“阿袁跑了？是哪个阿袁？”郭局在电话里问。

“如我们所料，阿袁确实不是一个人，而是一个团伙。经过我们这两天的侦查发现，这个团伙一共有六名成员，一直潜伏在望海酒店内部。之所以约谭彦到这里交易，就是因为他们对这里熟悉。其中两名男性嫌疑人分别潜伏在酒店前台和娱乐城试探虚实；两名女性嫌疑人就是那天扮装成小姐到谭彦房间的；还有两人是打手，冒充警察劫持了谭彦。现在这六个人全都落网了。”章鹏汇报。

“不是跑了一个吗？”郭局问。

“是的，按照计划，跑了‘一个’。”章鹏回答。

“呵呵，那就好。六个人跑了一个，但我们却抓到了六个。这笔账，估计他们是不会算清的。”郭局笑了，“人呢？什么时候能押回来？”

“还有十分钟，已经到市区了。”章鹏回答。

“好，让廖樊盯紧着点，要确保万无一失！”郭局叮嘱。

因为阿袁团伙的首犯逃跑，特警大队全体队员紧急集合。在廖樊的指挥下，特警协同禁毒、刑侦、治安等各警种，在全城进行搜捕。马叔把食堂的大师傅都叫了起来，热火朝天地忙碌，赶在特警队员们出发前，让每个人都领到包子和酸辣汤。马叔忙碌着，一夜都没合眼，因为食堂人手不够，还几次亲自开车出去送饭。

经过那海涛的突击审讯，该团伙成员供述，他们一直虚拟成“阿袁”的身份，替贩毒团伙牵线搭桥。他们手里其实并没有“春雪”，货都在上家老板手里。团伙的主犯叫宋谦，就是在娱乐城冒充服务员的那个人。他在抓捕中驾着快艇逃走了。公安机关对外发布通缉令，全城追捕在逃人员宋谦。

直到上午十点，那海涛才从审讯室里走出来。他手里拿着一张纸，抬腕看了看表，沮丧地叹了口气。谭彦和廖樊站在门外。

“怎么着？口供没拿下来？”谭彦问。

“拿下来了，但……用了整整十个小时。”那海涛摇头。

“拿下来不就行了吗？叹什么气？”谭彦笑。

“哎，你知道我师父的外号吧，‘七小时’，我直到现在，也没超过他。”那海涛笑。

“加油，以后争取‘六小时’。”谭彦走到那海涛身旁。

“小吕那边怎么样？进展顺利吗？”那海涛问。

“一切都在按计划进行。黎勇的人都做好准备了。”廖樊回答。

“哎，这是独狼的画像。那孙子提供的。”那海涛把那张纸递给谭彦和廖樊。

两人展开纸，仔细凝视着。“他……不会做伪证吧？”谭彦问。

“哼，他们这帮人，不算是真正的毒贩，只不过是因为沾染上了毒品，靠演技去挣黑钱的。他们没黑道那帮孙子的假仗义劲儿，为了活命谁都能出卖。”那海涛不屑。

“那下一步怎么办？”谭彦皱眉。

“还记得郭局说的吗？藏锋藏智藏势，斗智斗勇斗心。好戏，才刚刚开始。”那海涛笑。

“对，如果一个石头子就能掀起波澜，那我们就多扔几颗。”廖樊也笑。

一辆尾号为8845的黑色GL8轿车在海城北郊的路上飞驰，就在即将驶到海城高速入口的时候，突然紧急停车。车内的司机戴着口罩，下意识地用手擦汗。可以看到，远处的高速入口闪烁着红蓝色的警灯。他犹豫了几秒，打动方向盘让车掉了个头，然后停在了路旁的阴暗处。他拿出手机，犹豫了良久，拨通了一个号码。

“喂，他们抓到阿袁了吗？不不不，是宋谦。”他有些慌乱。

“还没有，你也没联系到他吗？”一个低沉的男声问。

“他现在关机了，应该是在躲避警察的搜捕。在三个小时前，他给我发过一个短信，让我赶紧撤离，他的五个手下都被抓了，警察应该什么都知道了。”口罩男说。

“可笑，他们能知道什么……记住，越是在这个时候就越不能慌，赶紧回去，组织兄弟们应对，这里有我。”低沉男声说，“你给宋谦发个短信，让他到老地方等你。然后……”他没把话说完。

“这……”口罩男惊讶。

“他虽然不知道货的位置，但却见过你的面貌。这个人不能留。”低沉男声说。

“好的，我懂了。”口罩男说。

“这件事得你亲自办。”低沉男声叮嘱，“还有，货得尽快送出去。我有个安全的地方……”

时值傍晚，谭彦才从市局开会回来。连轴转了三十多个小时，他觉得有点吃不消了，但行动还在继续，他依然不能有一丝疏忽。在刚才的会上，黎勇通报了视频侦查的情况。重点嫌疑人的人脸识别结果已经出来了，相似程度高达 99.2%，已经可以动手抓人了。但郭局却指示依然要按兵不动，理由很简单。这次“藏锋计划”的目的，不仅是要像“亮剑行动”一样将贩毒团伙一网打尽，更重要的是要深挖毒品源头，打击幕后真凶，在擒敌抓人的基础上,还要将那批数量巨大的新型毒品“春雪”尽数缴获。可以说,“藏锋计划”是“亮剑行动”的“2.0”升级版。

谭彦一个人走进食堂，晚餐已经结束了，餐台上摆着鸡蛋炒饭和炸馒头片儿，还有凉拌木耳、咸鸭蛋、花生米等几个凉菜。谭彦随意盛了些，端着餐盘坐到了电视前。电视里正播放着一个野生动物的纪录片，一个深沉的背景人声在解说着:“自然界有着数不清的食物链，它们由各种各样的环节组成，一切生物的关系，都建立在食物链的基础上。狮子捕食羚羊，羚羊吃草，猫头鹰捕食田鼠，田鼠吃稻谷……自然界的食物链错综复杂，构成了食物链网，而人类则一直处于食物链的顶端……”

谭彦被馒头片儿噎了一下，他起身拿来开水壶，倒进一个汤碗里。水雾袅袅腾腾地上升，最后消失在灯光中。谭彦默默地看着，若有所思。这时，食堂外又响起了集结的脚步，能听得到，是廖樊在做战前动员。

“咱们特警，大部分时间是在给别人作嫁衣，但今天，咱们要打出自己的声威。每天训练为了什么？就是为了能在关键的时刻顶得上，打得赢。同志们，有没有信心？”

“有！”

“记住，场景会变，目标会变，但规则不变，战术技术不会变。冷静，果断，善战，是一名特警队员最基本的素质！”

“明白！”

“好，按照分组，大家马上行动！”廖樊发令后，特警们砸着整齐的步伐向远处跑去。不一会儿就响起了轰轰的汽车启动声。

谭彦笑了笑，廖樊依然还是老一套。

这时，马叔端着一碗蛋炒饭，也走了过来。他走起路来一瘸一拐的，尽显老态。

“哎，政委，他们这是干吗去啊？”马叔问。

“嗐，日常巡逻。”谭彦说。

“日常巡逻还需要……战前动员？”马叔笑。

“呵呵，您还不知道老廖，整天跟打了鸡血似的。”谭彦也笑。

“哎哟……这时间不等人啊，说老就老了……”马叔用手撑着腰，坐在了谭彦对面，“哎，这巡逻，你不去啊？”

“我在家待命，有别的任务。”谭彦冲马叔笑，“我一直看这个节目呢。”他指了指电视，岔开了话题，“动物世界里弱肉强食，要想生存下来，只能依靠利爪和牙齿。人类社会之所以文明，就是因为有道德、有秩序啊。”

“呵呵，也不尽然。”马叔摇头，“我们虽然站在动物谱系的最高端，但也很难改变天性，虽谈不上弱肉强食，起码有优胜劣汰吧。这是大自然的规律，谁都逆转不了。”

“有时我就想啊，你说这一生都匆匆忙忙的，到底为了什么呢？我在宣传处的时候，可以简单地把英模民警奉献的一生总结为两个字，荣誉。但现在想想，这么总结又显得单薄。人是复杂的动物，所有的行为都是有驱动力的，任何简单的总结归纳都是粗暴而不负责的。”谭彦似乎在自言自语。

马叔看着谭彦，也顺着他的话说：“其实啊，古人早就把人的一生分成了七个层次，是什么呢？是奴，徒，工，匠，家，师，圣。”

“怎么讲？”谭彦来了兴趣。

“所谓奴，可想而知，就是非自愿地进行劳动，整天要靠别人监督，我想这个社会的大多数人，都是这样过完一生的。而徒呢，则是能力不足，但肯学肯干的，这样的人只要老老实实地卖力气，按照规矩办事，就能升级为工。”马叔说着。

“呵呵，有点意思。您接着讲。”谭彦点头。

“而工和匠是个递进的关系，工是照本宣科、照方抓药，但只要认真钻研，就能逐渐升至为匠。所谓匠，指的就是精通技艺之人。而师呢，则又高了一级，他们除了掌握技巧和规律，还能将技巧规律传授他人，桃李满天下。再往上的两个层次，所属者就少之又少了。所谓家，不但要有生活的技巧，更要有独创性的见地，他们能引领潮流，推动这个社会的发展。而圣是最高级别，不但要洞悉万物，更要懂得把握这个世界的平衡，宣扬正义，荡涤丑恶，让这个社会风清气正。”马叔一口气说完，表情越发严肃。

“行啊，您这都是哪来的理论啊？”谭彦笑。

“嗐，我也是道听途说。”马叔自嘲地笑了，恢复了慈祥。

“那要照着您说的这个标准，您觉得我，是在哪个层次啊？”谭彦问。

“呵呵，这个不能乱说。”马叔摆手。

“嗯……”谭彦想了想，“我觉得，我可能也就是在工的那个层次，而您，则已经到了圣的程度。”谭彦盯着马叔的眼睛。

马叔被谭彦盯得有些不自然，摇了摇头。“你可别骂我了，如果我真到了圣这个程度，还会守着这个食堂吗？”他反问。

“那怎么了？您是人在食堂，可心……并不在食堂啊。”谭彦话里有话。

马叔看着谭彦，停顿了一下，又笑了。这时，百合端着餐盘走了过来。

“哎呀，你们聊什么呢？这么热闹。”她坐在马叔身边。

“哼，马叔给我上课呢。”谭彦笑。

“是吗？那我也想听听。”百合凑热闹。

马叔看着两个人，叹了口气。“谭彦，你的梦想是什么？”他很少这样直呼其名。

“梦想？”谭彦想了想，“我记得这个问题，曾经有个人问过我。我告诉她，年底柏林爱乐乐团在襄城有场音乐会，如果能放假，我想去看。”谭彦笑。

马叔没觉得好笑，继续着自己的话题。“我出生在一个山村，小时候家里穷，父亲走得早，就我和母亲相依为命。父亲走的时候，母亲还很年轻，村里的许多小混混就来骚扰。记得我那时也就十二三岁，只要见到他们进我的家门，一准拿着棍子将他们打跑。呵呵，你刚才说，人类社会之所以文明，就是因为有道德、有秩序，我却从没有这么想过。后来当了兵，呵呵，我曾经跟你说过吧，我那当的不是什么正经兵，就是个炊事班做饭的。除了给战士们做一日三餐，还得伺候那个小连长。那孙子事儿挺多，夜宵就爱吃个馒头片儿，炸老了不行，嫩了也说不可口。没办法，人在屋檐下，怎能不低头？可以说，我当兵的那几年，心里一直都在压抑着。后来退伍了，我想过考警察，但很可惜，没考上。因为视力不合格。他妈的，我入伍的时候视力还好好的，怎么退伍就不合格了？我琢磨了半天，估计就是在那个破灯泡底下炸馒头片儿炸的。呵呵，你要问我为什么想当警察，很简单的理由，除暴安良，惩恶扬善。真的，我从小到大一直疾恶如仇的，看到不平的事情总想管管。以大欺小、以强凌弱，只要我能管的，我肯定插手，甚至连排队加塞，我都要说两句。没办法，我就是这种性格。”他似乎在自言自语。

“但我可没看出来啊，您不像这种性格的人。”谭彦说。

“哼……人啊，多复杂。”马叔感叹，“后来干企业，本来有声有色的，又遇到了劫匪，好好的一个家，被他们毁了。这，就是命运。没办法。”马叔摇头，“哎，谭彦，你说这个世界上，是好人多呢，还是坏人多？”他问。

谭彦看着马叔：“好人多。坏人也是好人误入歧途。”

“哼，你真这么觉得？”马叔问。

“有什么不对吗？”百合插嘴。

“那我告诉你们，人之初，性本恶。咱们和那些食肉动物一样。这个社会，不是好人会变坏，而是罪恶就一直隐藏在每个人心底，只要时机成熟了就会破壳而出。”马叔叹了口气，“我总在想啊，人啊，在死之前是不是应该做些什么，以便让自己在行将就木的时候，觉得这一辈子没有白活。”

“你现在觉得，这一辈子白活了吗？”谭彦问。

“没有，我一直在做着自己认为对的事情。”马叔的眼睛露出锋芒。

“所以你就来到了特警队，承包了这个食堂。”谭彦说。

“对。”马叔点头。

“所以你每年还要拿出十多万进行贴补，为了能一直干下去？”谭彦说。

“没错。”马叔点头。

“所以你能随时关注队员们的动向，知道他们什么时候加班，什么时候行动，什么时候有重要任务。”谭彦说得已经很明确了。

“呵呵，你这么理解也没错。”马叔点头。

“所以，你就利用他们，去达到自己的目的？”谭彦盯着马叔的眼睛。

“这点不对，我没有利用他们。他们所做的，都是职责内的事情。”马叔提高嗓音辩解。

两个人对峙着，距离事实只有一层窗户纸。百合在一旁，密切观察着马叔的动向。

“唉……”马叔叹了口气，“我给你们讲个典故吧。战国时期啊，列国战争不断，百姓不得安宁。躲在深山里的鬼谷子啊，就想谋划一个大局，结束这个乱世。他是怎么做的呢？他教了文和武的两类徒弟，一类是苏秦、张仪，一类是孙膑、庞涓。他让他们相生相克，针尖麦芒。他先让庞涓下山，帮助魏国四处征战，扰得天下大乱；再让孙膑出马，帮助齐国克制魏国，让双方对峙；然后，苏秦身负六国相印，联络其他国家对秦国形成合围之势，使秦国十多年不敢出函谷关；而始作俑者鬼谷子呢，身处深山，却可遥掌天下。

你不觉得，他很伟大吗？”

“所以，你就改了姓名，从冯骥摇身一变，成了马学军。”谭彦说。

“哼哼，看来你已经查得很清楚了。”马叔苦笑。

“我们已经被蒙蔽得太久了。”谭彦说，“在你退伍的一年后，你说的那个连长出了车祸，造成腿部残疾。他被撞的地方没有监控，肇事司机到现在也没找到。这件事，是你干的吗？”谭彦问。

马叔没有回答，不屑地笑着。

“那个连长到现在走路还一瘸一拐的，就因为他让你感到过压抑，你就要让他付出代价？”谭彦继续说，“哼，但也可笑，你一直在模仿着他的特征，自称自己的腿也有缺陷。”谭彦指了指马叔的腿。

马叔依然没说话，似乎在等着谭彦揭秘。

“但你能骗得了我们，却骗不了科技。你可能不知道，海城的‘天网系统’已经全面升级了，除了‘人脸识别’功能外，还多了‘动作识别’。这段时间，我们调取了几个案发地周边的视频，都发现了一个能健康行走的身影。经过比对，那个身影就是你。”谭彦加重了语气，“对了，还有你使用的电话，1113 到 1133，哼，你处心积虑啊，手里有这么多匿名号码，看来是有一个大计划啊。哼，从冯到马，你去掉的两点，一个是正义，一个是良心。冯骥！你还有什么可说的吗？”谭彦拍响了桌子。

但冯骥却依然不为所动。他冷冷地看着谭彦，开了口：“是，你说得没错。我是在利用你们的信息。你们加班、集合，我都能看见，你们出动多少警力，我依据盒饭的数量就能判断。你们去了哪里，我可以暗自调查车里的 GPS，甚至连你们开会的内容，我都可以从闲聊中得知。但是，我不像你说的，丢了正义和良心。我才是真正为了正义！”他大声反驳。

“胡扯！”谭彦忍不住了，“我问你，那天开枪击毙蒋坤的人，是不是你？”

冯骥与谭彦对视着，沉默了一会儿才说：“是，那枪是我打的。”

“哼，哼哼……”谭彦摇头，“可笑，一个炊事兵竟然打枪打得这么准。”

“谁告诉你炊事兵就不练射击的？”冯骥蔑视地看着谭彦，“这么多年，我从未向命运低头。他们不让我做什么，我偏要做，而且还要比他们做得好。”

“所以你借着我的手杀了蒋坤，让警方灭掉了这个最大的团伙，之后又冒充‘二孩子’团伙抢走了那批‘春雪’，造成了蒋坤余部与‘二孩子’团伙的争斗，坐收渔人之利。借刀杀人，挑拨离间，隔岸观火，哼，你的计划很周全啊。”谭彦说。

“你不觉得，这些事就叫作正义吗？”冯骥放缓了语速，“我告诉你，这一年来，我一直在给你们引路，引导你们向着对的方向去走。每一件事，都是你们应该去做的！”

“包括将我拖下水？”谭彦皱眉。

“错，我是在成就你。让你获得至高无上的光荣。”冯骥说。

“扯淡！你是在利用我，你在利用身边的每一个人！独狼，你藏得够久了！”谭彦将“窗户纸”捅破。

“唉……”冯骥仰靠在座椅上，“我早知道会有这一天，但没想到会来得这么快，也没想到，会栽在你这么一个文人手里。但有一点你说错了，我不是独狼。我……只不过是他的指引者。”冯骥说。

“那谁是独狼？”谭彦问。

“你觉得，我会说吗？”他看着谭彦。

“你本可以用法律的武器维护正义。你可以举报那些毒贩，我们会依法拘留他们，检察院会提起公诉，法院会进行审判。你为什么要这么做呢？”谭彦问。

“是，你们是会拘留，起诉，审判，但过了几年呢？他们还会出来，还会作恶。你们的那些政工简报上总是说打掉了几个团伙，但打掉之后呢？除根了吗？等他们出来的时候又该怎么办呢？我告诉你，只有从物质上消灭，才能绝了后患。”他一字一句地说，“从我妻女走的那一天开始，我就想明白了，要对付罪恶，就要比他们更罪恶。要痛下杀手，不能留情，才能让好人生活得更好！”

谭彦看着他，心生寒意。昔日的经历和挫折，让冯骥的内心变得阴暗脆弱。他冲百合使了个眼色，准备开始动手。

“哎，事到如今，我倒想问问，我是怎么被识破的？”冯骥问。

“你一定知道‘亮剑行动’吧？”谭彦问。

“知道，当然。”

“在‘亮剑行动’背后，还有一个‘藏锋计划’，你就是这个计划的目标。”谭彦说。

“好，懂了。”冯骥点头。

“知道那个公式，为什么是六减一等于六吗？因为逃跑的一个人，是我们故意放走的。”谭彦笑了。

“行了，都明白了。愿赌服输，一败涂地。但起码，我做了自己认为对的事情。”冯骥站了起来，“但我还是想说，我没看错你，谭彦。你身上有我喜欢的潜质，虽然你嘴上说着正义和善良，但其实你是最懂弱肉强食的，听我的，只要好好走下去，你的仕途早晚能一帆风顺。但要记住，不要因为感性而停下脚步，你不属于这支队伍，你的职位升得越高，你就越能实现自己的理想，周围的一切就会变得越温柔。但当你卑微的时候，一切都是狰狞的面目。所以，别浪费自己的生命，别放纵自己的感情，不要让自己变成‘羊’，而要成为‘狼’。狼可以不吃羊，但吃的时候，是不会注意羊在流泪的。”

谭彦听着冯骥的话，竟然有些走神。而突然，冯骥就将手伸进了后腰。百合迅速反应，一个“折腕牵羊”，将他制服。他手里攥着一把枪，正是特警的 92 式配枪。谭彦知道，那颗射向蒋坤的子弹也该来源于此。

“你们让我死，让我死！”冯骥大喊着。门外等候已久的几个特警鱼贯而入，给他戴上了手铐。

“哼，冯骥，你表面上为了正义，口口声声要除掉罪恶，但实际上呢？你这几年处心积虑，为了让自己一家独大，妄图借我们的手铲除异己。你和蒋坤、黑娃儿等人一样不可饶恕！四倍的利润让你疯狂了，也正是由于这疯狂，才导致你的毁灭。你现在没有权利去死，等待你的是法律公正的审判。”谭彦的话铮铮作响，几个特警将冯骥押了出去。

百合看着谭彦，倒吸了一口冷气。“太可怕了，太可怕了……”她说着，“老谭，他，让我想起了你之前说过的一段话。”

“什么？”谭彦不解。

“你在政工会上说的，人有AB面，正面和负面。他不就是这样吗？上班期间看着是好人，但‘八小时之外’呢，是罪犯。”百合心有余悸。

“嘿，怎么能这么说呢。我说的那个AB面，是对待同志的。他，哼，无论八小时内外，都不是好人。你呀，参加工作时间太短，可别被他说的谬论给蒙蔽了。这个社会，很复杂的。”谭彦摇头。

“哦……”百合吐了吐舌头，“但他不承认自己是独狼，那真正的独狼在哪里呢？”

“这正是我们的下一个任务啊。走，带上雷欧，出发。”谭彦说。

荣誉

凌晨时分，秋风渐起，风吹过田野，掀起麦浪，也吹散了中年男人遮盖谢顶的头发。不一会儿，小雨就下了起来，淅淅沥沥的，若有若无，但淋在身上还是会觉得冷。海城北郊的检查站前，车流拥堵着，因为设备升级，原本的三个检查口只剩下了一个。

三辆墨绿色的厢式货车驶到检查口前，车身上印着黄色的“食品运输”字样。两个检查员示意停车，走到车旁查看。戴着口罩的司机并没下车，他摇开车窗，将一张食品运输的“绿色通行证”递给检查口的女检查员。女检查员笑容可掬，验过证件，示意放行。两个检查员左右分开，指挥着三辆货车缓缓驶出检查站。看车开远了，女检查员果断地掏出电台：

“安装已完成，目标已通过。”百合默默看着车的方向。

夜幕漆黑，雨水砸在车厢上叮叮咚咚地作响。三辆车相随紧密，在林间路上穿行，路旁的植物枝繁叶茂，伸出的枝丫像一双双高举的手臂。戴口罩的司机表情严肃，拿出对讲机进行呼叫。不到一分钟的时间，三辆车在几百米处的一个三岔路口各自分开，朝着三个方向行驶。那个司机驾驶的首车，开进了位于中间的道路。

道路开始颠簸，雨中的土路泥泞不堪。但不一会儿，车就驾到了一条路上。司机这才放了心，他摘掉了口罩，长吁了一口气。他拿起对讲机，告知另外两车在五公里外的路口会合，然后默默地点燃了一支香烟。他把车停稳，拿出手机，换上了一个新的手机卡，然后给一个尾号 1130 的号码发了短信。

“顺利过关，你那里怎么样？”

半分钟后，短信回复：“一切正常，风平浪静。”

司机撇嘴笑了，继续输入：“还差最后一个人，解决后万事大吉。”他没有再等回复，果断关闭了手机。他记得那个老头一直嘱咐自己的话，不但要万无一失，更要防一失万无。据说这是公安局的人常挂在嘴边的。他的表情有些不屑，又给手机换了一张卡，给另一个尾号为 1133 的号码发出短信。

“到位了吗？”

短信在很短的时间回复过来：“早已到位。”

他笑了，看来对方已经等急了。

司机打转方向盘，提高车速。绿色的厢式货车轰鸣着驶进黑暗，像一只凶猛的野兽。他拐过了两个岔口，远远地就看到了站在路旁的那个人。司机的脸背着光，看不到他的眼睛，但他的嘴角却露出了一丝邪恶。他将车速放缓，将车停在了距离那人五十米左右的地方，这时，另外两辆货车也刚好来到这里会合。司机走下车，冲另两辆货车拍了拍手，两辆车上呼啦啦地走下来五六个人。

这些人尾随着司机一起向前走着。雨渐渐停了，在月光的照射下可以看到，等候的人身材消瘦，穿一身蓝色的冲锋衣，脸上戴着墨镜。

司机笑了，冲他挥了挥手。

“这么多天了，你跑哪去了？”他大声问。

蓝色冲锋衣没说话，站在原地看着他。

“宋谦，你个龟儿子，那天跑得很快嘛。仙人板板，要不是老子机警，差一点就误事喽。”司机一边笑着说，一边默默地把手伸进口袋，摸到了枪柄，“哎，你说话嘛，为啥找这个鬼地方见面？”

这时，他与对方的距离已经缩短到了十米。这时，“宋谦”缓缓摘掉了墨镜，冲他笑了笑。司机停住脚步，仔细地看着，但一瞬间就愣住了，那个人根本不是宋谦，而是一个年轻人，他长得文质彬彬的，像个大学生的模样。

“你！不是宋谦！”司机猛地掏出枪，指住对方。

年轻人笑了：“独狼，我是海城市公安局特警大队突击队的成员，在这里等你多时了。现在我命令你，放下武器，立即投降！”那个人正是小吕。

独狼被吓住了，他身后的手下也连连后退。独狼冷冷一笑。“哈嘛皮！你拿老子当锤子！我现在就要你的命噻！”他将手一挥，后面一个人就冲了上来，用枪口指住小吕。

却不料小吕一点不慌，反而张开双臂，用两只手比画成枪的样子，对着那个手下。

“我再给你们一次机会，还不投降，后果自负！”小吕喊道。

“你还要吓唬老子呢？”独狼大笑。

就在那个手下要扣动扳机之时，一声犀利的枪响，划破了夜幕的黑暗。

“啊！”那个手下应声倒地，持枪的手臂溅起血光。

独狼赶忙向后闪躲，把身后的一个手下又推到了前面。“干掉他，干掉他！”他大喊。

“啪……”枪声再起，那个手下的枪也被击落。

在百米外的制高点，木头人枪神王宝正手持88式狙击枪，瞄准着这帮毒贩，枪口里冒出了阵阵青烟。

这时独狼才明白中计了，宋谦早已被抓，这是警方设置的一个圈套。而刚才和自己发短信的冯骥，大概也是凶多吉少。他也顾不了许多，喊叫着和残存的几个手下朝小吕的方向射击。但小吕早已躲到了安全区域，与此同时，周围闪起了警灯，响起了警笛。天空中也轰轰作响，一辆警用直升机由远逼近。

“呼啦……”一辆剑齿虎冲到了独狼等人面前，廖樊和谭彦全副武装地跳下车，持枪与独狼等人对峙。

“独狼，不，应该叫你要娃儿，你已经没有退路了。我命令你，立即放下武器！”廖樊按着警用喇叭大喊。

原来所谓的独狼，就是耍娃儿。这一系列的阴谋，都是他和冯骥在策划实施。

耍娃儿的手下被震慑住了，都放下了手中的武器。但耍娃儿却突然疯狂起来，冲着他们开枪。手下树倒猢狲散，各自奔逃，但随即就被冲上来的特警制服。警灯把夜幕照亮，剑齿虎的车灯照得耍娃儿睁不开眼。

“你和冯骥狼狈为奸，沆瀣一气，为了争夺毒品市场，不但谋杀了对手蒋坤,竟然还背弃了你的亲哥哥。耍娃儿,你对得起良心吗！”谭彦大声质问。

“良心？哼……良心……”耍娃儿缓缓地蹲在地上，“冯叔说过的，这个世界弱肉强食,如果你不变成狼,就一定会被别人吃掉。我没有选择,没有！你知道吗？‘春雪’现在的价格是多少？你知道吗！”他大喊着。

谭彦看着这个可悲的傀儡，知道冯骥一直在给他洗脑。“耍娃儿，你被冯骥骗了！他根本没想让你活着。你只是他的棋子，只要你到达送货地点，就会立即被干掉。还有那个阮龙集团的‘壹哥’，也已经被我们和当地警方联手端掉了。你们的末日到了！”谭彦大声说。

耍娃儿一下瘫坐在地上，他目光空洞，缓缓地举起枪口，指向自己的头颅。但在刹那间，一股黑风突然从侧面刮了过来，耍娃儿猝不及防，手臂一下被咬住，枪也掉在了地上。他转头看去，那是一条健壮的黑背警犬。耍娃儿慌了，被吓得魂不附体。在几天前，他明明眼看着它被子弹击穿，倒在木材厂里。

“啊！啊！”他彻底崩溃了，大叫起来。

特警们冲上去，将耍娃儿按倒在地。雷欧矫健地到跑到百合身边，龇着牙，呜呜地吼着，那样子像极了昔日犬王泰格。

技术人员从三辆货车的底部取下了追踪器。耍娃儿怎能想到，这些设备就是在百合冲他微笑的时候，检查员给安装上的。谭彦和廖樊带人搜查了货车，查获了车中暗藏的大批高纯度毒品“春雪”。

经过对冯骥和耍娃儿的突审，案件水落石出。从用借刀杀人的方法谋杀蒋坤，到故意派出卧底“骡子”引发蒋坤、“二孩子”团伙的猜疑，再到耍娃儿背弃黑娃儿抢走毒品，冯骥可谓是处心积虑，谋划了一盘大棋。但最终，还是罪有应得，被绳之以法。

行动大获全胜，独狼团伙全军覆没。在表彰大会上，廖樊带着特警大队的全体成员，面对国旗和警徽庄严地宣誓：“为了社会的稳定，为了人民的安宁，我庄严宣誓，我志愿成为一名公安特警队员，我保证忠于党、忠于祖国、忠于人民、忠于法律……为维护社会的安全和稳定，为维护人民的生命和财产，勇往直前，奉献一切！”

大家都流泪了，他们想起了刘浪，想起了每一个为了警察荣誉而付出生命的战友。什么是荣誉？是百折不回的坚守，是义无反顾的冲锋，是勇者无惧的担当，是初心不改的忠诚！什么是忠诚？险境之中显忠诚，不为回报看忠诚！所有为了理想牺牲的人，都会化作璀璨的繁星，他们用自己生命的价值把整个世界照亮。

几日后，谭彦戴着那个“猪爸爸”的徽章，到幼儿园参加了挠挠的家长会。挠挠跑到他面前，张开两只小胖手，上面是好几朵皱巴巴的小红花。

“爸爸，我也要学会把照片挂在墙上，会打棒球，会带佩奇和乔治去野营，会在下雨的时候在泥坑里跳，和你一样。”他的眼睛里闪着光彩。

谭彦接过那几朵小红花，仔细地展开，让它们重新绽放。他笑着，笑着，眼泪却不住地流了下来，那程度直接越过了热泪盈眶的第一阶段，达到了泪流满面。还好，不至于痛哭流涕。

“爸爸再给你讲一个故事吧。”谭彦看着挠挠，“从前有一个老人七十岁了，去世之前，牧师听他最后一次忏悔。他说自己曾经和卡拉扬一起学过小号，当时的天分比卡拉扬还要好，但是后来他爱上了赛马，又喜欢打球，就放弃小号了，到最后一辈子碌碌无为。如果再让他选，他会坚持自己的理想。”

挠挠看着谭彦，似懂非懂。“爸爸，那他一定很难过吧？”挠挠问。

“你知道吗？大部分人一辈子碌碌无为的原因，就是没能坚持下去。你只要坚持自己喜欢的事，并一直做下去，就一定会成功的。”谭彦认真地说。

秋风冷了，他把挠挠抱了起来，远远地看着季敏和老孟在向这里张望。谭彦看着两个人，心里很平静。

王宝在行动之后就离队参训了。他不负众望，代表海城特警获得了全省射击比赛的第二名，即将参加全国比赛。在谭彦去比赛现场慰问的时候，王宝还是那副木头人的德行，他不甘心地说着，要不是在关键时刻打了个喷嚏，自己肯定能得第一，射击比赛的时间有问题，总是在秋季花粉过敏的时候举行。谭彦笑了，给了他一拳，让他记住两句话，“藏锋藏智藏势，斗智斗勇斗心”，这是“名提”那海涛的总结。

经过竞聘，小吕被任命为特警大队突击队队长，正式继承了师父刘浪的位置。在任命当天，他来到了公安英烈纪念园，在师父的墓前讲了许多笑话。小吕笑着，哭着，告诉师父，他上午刚给新来的特警讲了绳降的技巧，他觉得动作的要领可以简略些，那样更容易被人接受。他还向刘浪保证，自己不会给海城特警丢脸，海城特警永远是最棒的，海城特警的突击队更是精英。

柏林爱乐乐团的襄城音乐会开幕了，百合陪着谭彦在音乐大厅欣赏着霍尔斯特的《行星组曲》。谭彦轻声告诉百合，哪里是《火星乐章》的铺陈，哪里又是《土星乐章》的递进。百合十分认真地倾听着，但不一会儿就靠在谭彦肩头睡着了。谭彦笑了，侧过身体，让百合更舒服一些。

在局长办公室里，郭局告诉谭彦，经过市局党委研究，他可以提前结束挂职了，市局准备任命他为政治部的副主任。但谭彦却拒绝了郭局，希望继续留在特警，干满一个任期。郭局笑了，提醒谭彦不要后悔。但谭彦却说，自己到了特警以后，才体会到了什么才是一名真正的人民警察。

郭局点了点头，站起身来，严肃地告诉谭彦，有一个新的任务需要他去参与。阮龙集团的“壹哥”团伙已经被省厅专案组和当地警方联手端掉了。经过对壹哥的审讯，深挖出了一个跨国的贩毒网络。海城公安将派出精干力量参与省厅的行动，在公安部禁毒局的直接领导下，彻底捣毁这个犯罪集团。

“谭政委，你做好准备了吗？”郭局问。

“做好准备了！请您放心！”谭彦敬礼，“还有……郭局……”他有些吞吞吐吐。

“什么？”郭局问。

“破案的事儿需要写个材料吗？我是说……大队有好几个优秀典型都可以树立，我是想……”谭彦笑了。

“哼……”郭局摇头，“这些你定，你是老的宣传处长。”

“好嘞，那我联系庞处，尽快提交材料。”谭彦再次敬礼。

撰写事迹材料的工作由谭彦亲自上手，在结尾的时候，他引用了自己为陈飞那场报告会写下的歌词：“攀一座高山用一生时间，跨一片海洋用心中执念，爱你的人在崎岖路上相伴，匆匆过客渐行渐远；有一点勇气就努力改变，有一点希望就变成草原，汗水眼泪托起远行的航船，挫折伤痛扬起蓬勃的帆。永不言弃，迎接最艰难的挑战，永不言败，哪怕路远山险，大声呼唤，向脆弱的昨天再见，栉风沐雨，勇往直前。”

忠诚，尽职，勇敢，奉献，特警的精神永存！

初稿：2019 年 6 月 23 日—9 月 9 日

二稿：2020 年 1 月 27 日—2 月 4 日

三稿：2020 年 4 月 8 日—4 月 10 日

FONGHONG
凤凰联动出品